ひきこまり
吸《きゅう》血《けつ》姫《き》の悶々《もんもん》
10
[Hikikomari the Vampire Countess no Monmon]

「余は神聖教教皇クレメンス504世である！」

「な、なんだよ？」
「あれよ！あの子が持っているのが魔核よっ！」

ひ

ひきこまり吸血姫の悶々 10

小林湖底

GA文庫

カバー・口絵　本文イラスト
りいちゅ

常世《とこよ》はとんでもねえ状況になっていた。

星砦《ほしとりで》はすでに姿を消したらしいが、彼らの置き土産《みやげ》により各国の緊張の糸がプツリと切断され、エンタメ戦争がお遊戯に感じられるほどのガチ戦争が繰り広げられている。鉱山都市ネオプラスを擁する〝トゥモル共和国〟も、領域侵犯だの何だのと理由をつけて複数の国に宣戦布告をしたらしい。

これらの争いを止めるためには魔核《まかく》を六つ集める必要がある。

六つ集めれば〝神殺しの塔〟の封印が解け、スピカ・ラ・ジェミニの友人、初代巫女《みこ》姫に会うことができるのだ。初代巫女姫はヴィルよりも強力な未来視ができるそうで、彼女の力を使えば世界を平和にする方法が分かるという。

だが、私たちはしばらく休息を取ることになった。

トレモロとの戦いは多くの犠牲をもたらした。

特に、フーヤオ・メテオライト。

仲間のために剣を執《と》り、邪悪な敵を打ち倒し、そして儚《はかな》く散っていった。

私もスピカも少なくないダメージを受けた。彼女の死を無駄にしないためにも頑張らなければならない——そういう理屈は理解できるのだが、まだ心がついていかない部分もある。

人の根源は心だ。

心が傷ついたままでは元気にご飯を食べることもできない。

だから少しの間、休息となったのだが——


「何でキャンプしてるんだ……?」

湖の水がゆらゆらと揺れている。

その畔《ほとり》で体育座りをしながら、私は「はあ~」と溜息《ためいき》を吐《つ》いた。

あっちの広場では逆さ月のやつらが薪《まき》割り大会をしていた。スピカが斧を振り回すたびにズドンズドンと地震のような衝撃が伝わってくる。何故《なぜ》か逆さ月のコルネリウスの眼鏡《めがね》が叩《たた》き割られて「ぎゃあああああ!」という絶叫が聞こえてきた。

あまりにも物騒すぎる。

どうせ休息なら宿屋に引きこもって本を読んでいたかったが、スピカのやつが「キャンプを始めるわよ!」と馬鹿《ばか》の思いつきのように宣言しやがったのだ。

拒否したら殺されるので私に拒否権はない。理不尽。

「コマリさん、サンドイッチ作ってみたの。食べる?」

「食べる」

リンズがバスケットを差し出してきた。レタス多めのやつを選んで口に運ぶ。シャキシャキとした食感がたまらなかった。

「美味《おい》しいな。部屋でゆっくり食べられれば理想的だったんだけど……」

「キャンプ、あんまり楽しくない？」

「いや、そういうわけじゃないんだけどさ。こんな状況でキャンプやってるのが不謹慎《ふきんしん》に思えてくるんだ。常世には苦しんでいる人たちがたくさんいるのに……」

「コマリさんは優しいね」

それこそ優しい微笑みを浮かべてリンズは言う。

「だけど、しっかり休むことも大切だと思う。ずっと戦い続ければ身体《からだ》を壊しちゃうから……フーヤオさんだって、コマリさんには無理してほしくないはずだよ」

「むむ……」

「あんまり思い詰めずにキャンプを楽しも？　たまには気分転換も必要だよ」

「そうだな……」

確かにリンズの言う通りだった。

常世に来てから理不尽な異能バトルが連続しているのだ。これ以上戦い続ければ、非力な引きこもりの貧弱ボディーなんてあっという間に爆散してもおかしくない。今日のところは静かに引きこもって英気を養おうではないか。

「よし！　そうと決まれば、さっそくテントに戻って惰眠《だみん》を――」

「コマリさーん！　釣れました！」

　名前を呼ばれて振り返る。

　サクナが嬉《うれ》しそうに駆け寄ってきた。その両腕にはピチピチと暴《あば》れる巨大魚が抱えられている。下手《へた》をすれば私の身長くらいありそうな――マグロ⁉

「な、なんだそいつ⁉　この湖にはそんな大きいのがいるの⁉」

「淡水のマグロだそうです！　もうすぐお昼なので、コマリさんに魚料理を振る舞ってあげますね！」

　淡水にマグロがいるなんて初めて聞いたけど……まあ常世だから何でもアリなのだろう。そんなふうに適当に考えていると、サクナが「あれ？」と呟《つぶや》いて立ち止まった。

「リンズさん、何をやっているのですか？」

「え？　コマリさんにサンドイッチを持ってきました……」

「手作りですか？」

「は、はい。愛情をこめて作りました」

「…………………」

「コマリさんはお昼ご飯、まだだったと思うので――あ、マヨネーズが口についてるよ。じっとしてて」

「むー」

リンズが指で私の口元を拭《ぬぐ》った。

それを自分のほうに持っていって——ペロリと舐《な》める。

メコォッ!!

サクナのほうから変な音が聞こえた。

どうやら彼女が腕力でマグロを絞め殺した音らしかった。

……え？　何？　何でサクナは無表情なの？

何で無表情でマグロを〆《しめ》たの？

「……リンズさん。ずっと言いたくて言えなかったんですけど……リンズさんはコマリさんに近づきすぎだと思うんです……」

サクナが控え目に言った。

でもなんか怖い。殺意すら感じる。

「そ、そうでしょうか……？」

「コマリさんの独《ひと》り占めはよくないと思います……」

「でも私はコマリさんのお嫁さんで……」

「書類上の話ですよね？　現実との乖離《かいり》がありますよね？　華燭《かしょく》戦争の結果としてそうなった

だけですよね？」

「えっと……」

「だからこれって不幸なことだと思うんです。あの、差し支えなければ関係書類をすべて燃やしてしまっていいですか……？　あんまり暴力的なことはしたくないんですけど、書類作成に関《かか》わった役人さんとかも全員殺して記憶を操作しなくちゃだと思うんです……そうするべきだと思うんです……」

「そ、そこまでする必要はないかなって思うんですけど」

「それってあなたの感想ですよね？」

リンズが「ひいっ」と悲鳴をあげた。

「お二人の結婚はなかったことになるんです。だからリンズさんはコマリさんにくっつくべきじゃないと思います。もしこれ以上変なことをすれば首を……」

「お、落ち着けサクナ！　テロリストの目になってるぞ⁉」

サクナは「そんなことないですよ」と恥ずかしそうに笑った。

そんなことアリアリだった。

原因は何だ？　どこで地雷を踏んだんだ？　私はサクナが釣りという労働に勤《いそ》しんでいるのを尻目《しりめ》にリンズのサンドイッチを独り占めしていただけなのだが——

いや原因それじゃね？

私もマグロを釣りに行けばいいのか？

困惑しながら釣り竿を探してきょろきょろしていた時、

「……あの。サクナさんもどうぞ」

リンズがバスケットを差し出した。

サクナが「え？」と言葉をつまらせる。

「私はコマリさんを独り占めしたりしません。サクナさんとコマリさんのご関係はよく知っています。結婚のことだって、サクナさんやヴィルヘイズさんが認めないならナシにしちゃおうかと思ってるんですよ」

「…………」

「だから仲良くしていただけませんか……？　サクナさんともお友達になりたいんです。コマリさんが大切にしているサクナさんがどんな方なのか……知りたいです」

モジモジと恥ずかしそうなリンズ。

そして何故かショックを受けたように固まるサクナ。

よく分からんが、これはチャンスだ。

「ほ、ほら！　サクナもサンドイッチを食べながら語らおうじゃないか！　今日は楽しいキャンプなんだから」

「そうです。コマリさんと一緒にサンドイッチを食べましょう――どうぞ」

サクナは依然沈黙していた。

しかしリンズの瞳《ひとみ》を見て「うッ」と苦しそうに呻《うめ》く。

まるで光に浄化される闇《やみ》の住人といった感じの表情だ。いや何を考えてるんだ私は。サクナだってリンズと同じで光属性だろうに。

「い、いただきます」

リンズの眼差《まなざ》しに根負けしたらしい。

サクナはサンドイッチをつまんでぱくりと食べた。

「あ……美味しいです」

「よかった。たくさんあるので遠慮なくおかわりしてくださいね」

「リンズさんは意外と普通の方なんですね」

「はい。私は普通の夭仙《ようせん》です」

サクナは頰《ほお》を赤らめて言った。

「誤解してました。てっきりコマリさんを毒牙《どくが》にかける変態さんなのかと……」

「どんな誤解だよ。リンズがそんなことするはずないだろ」

「そうみたいです」

サクナは「えへへ」と照れたように笑う。

この一連のやり取りには私の思惑《おもわく》を超えたナニカが隠されていたような気もするけれど、まあサクナが美少女なので何も問題はない。美少女はすべてを解決するのだ。

「リンズさん、後で私が作ったマグロ料理も食べてくださいね」

「ありがとうございますっ！　楽しみにしていますね」

「ふふ、みんなに喜んでもらえるように頑張ります！」

サクナはぎゅっと拳《こぶし》を握って笑みを浮かべた。可愛《かわい》い。

不穏な空気はもう感じられないので大丈夫だろう。

ちなみに私の中には〝危険度評価値〟というモノが存在する。

その人物がどれだけ私に実害を加えるかによってレベル1～5に分別しているのだ。

ヴィルは変態なので5。ネリアは私を妹扱いするので3。皇帝は変態だが少しは常識を弁《わきま》えているので3。プロヘリヤはまだよく分からないので暫定3。カルラとリンズは平和主義者なので1。エステルも超絶良い子なので1。ロロッコは天敵なので5。スピカはヤバすぎるので18くらい。

そして私の記録によれば、何故かサクナは2に分類されていた。ヴィルの悪影響を受けて暴走した時に間違ってレベルを吊り上げてしまったのだ。今回の一件でサクナは笑顔が可愛い生物だということが再認識できたので、1に戻しておこう。

まあ、とりあえず雑談に花を咲かせるか。

サクナとゆっくりできるのも久しぶりな気がするし。

☆

アマツ・カルラは緊張で大変なことになっていた。

はるか昔に失踪したお兄様、天津覺明《あまつかくめい》がすぐそこにいるのだ。

昔はどんなふうに接していただろう？

今はどんなふうに接すればいいのだろう？

駄目だ分からない。変なことを言って困らせてはいけない。ここは無難にキャンプの話題から始めるべきか――

「覺明おじ様、老《ふ》けたね」

泡を吹いてぶっ倒れるかと思った。

隣のこはるが羊羹《ようかん》を食いながら爆弾を投下しやがったのだ。

「ちょ、ちょっとこはる⁉　あまりにも無礼《ぶれい》すぎて幻聴を疑ったんですけど⁉　今すぐお兄様に『ごめんなさい』をしてくださいっ！　そうしないと羊羹はあげませんからねっ！」

「別にいい。食べさせてやれ」

しかし覺明は気にした様子もなくそう言った。

キャンプ場のコテージ。対面のソファに腰かけている従兄《いとこ》の雰囲気は、記憶に刻まれているものよりもはるかに鋭くなっている。

彼は先代大神《おおみかみ》の命令で逆さ月に潜入していた。

テロリストとしての過酷な日々がそうさせたのだろうか。

「お祖母《ばあ》様は息災か」

「は、はい！　それはもう！　この前なんか突然殴られて桜翠宮《おうすいきゅう》の柱に叩きつけられてしまいました」

「それはカルラ様が業務中に昼寝をしてたから……」

「昼寝ではなく休憩です！　お兄様、こはるの言うことを信じてはいけませんっ」

「お前は昔から昼寝が大好きだったな。よく天津の屋敷の縁側でよだれを垂らしながら爆睡していたのを覚えている」

「も、もうお兄様ったら……！　それは私が本当に小さい頃の話でしょう⁉」

「カルラ様は今もよだれ垂らして寝てるけどね」

「場を引《ひ》っ掻《か》き回さないでくださいっ‼」

「……とにかく元気そうで良かった。カルラもこはるもお祖母様も」

覺明は湯飲みに茶を注《つ》ぎながら言う。

「悪かったな。天照楽土《てんしょうらくど》に戻ることができなくて」

「いえ……」

「これからも戻ることはできない」

カルラはびっくりして覺明の顔を見上げる。

「夕星《ゆうせい》をなんとかしなければならないのだ。あいつを放置しておけば常世もあっちの世界もひどいことになる」

「先代の……未来の私がそう言っていたのですか」

「いや、未来のお前は『夕星ではなくスピカが危険だ』と言っていた。しかし今はスピカよりも夕星のほうが危険なのだ。やつはどこかに姿を隠してしまったようだが、俺《おれ》はユーリン・ガンデスブラッドと協力して引き続き星砦の追跡を続けるつもりだ」

朔月《さくげつ》として諜報《ちょうほう》活動をしてきたこと。フルムーンの一員として星砦と戦ってきたこと。大神カルラの予言に基づいて、この世を平和にするために四苦八苦してきたこと――覺明が歩んできた道はだいたい聞かされている。

やっぱり遠い。

この人は昔からカルラの手の届かないところにいた。

「……お兄様はご立派ですね。世界のためにそんなに頑張れるなんて」

「立派ではないさ」

覺明は予想外に冷たい声で言った。

「世界のことなんて考えていない。他人の幸せなんてどうでもいい。逆さ月も……ミリセントも……ゲラ＝アルカ共和国も……テラコマリでさえも俺にとっては駒でしかない」

「では、何のために戦っているのですか？」

「…………」

何故か黙られてしまった。

こはるが「分かった」と耳打ちをしてきた。

「覺明おじ様はキルティのために戦ってるんだよ」

「キルティさん……？」

「愛する人のためにテロリストと戦う。かっこいい」

今度こそ死ぬかと思った。

え？　そうなの？　そういうことだったの？

あのキルティ・ブランさんのために身を粉《こ》にして戦っていたの？

確かに〝影〟状態でないキルティは可愛い。庇護《ひご》欲をそそられる。

なるほどなるほど。だからお兄様は全然私のもとに帰ってこなかったのですね――あははははははは。

笑ってる場合じゃねえ。

「――お兄様⁉　キルティさんとどういうご関係なのですか⁉」

「キルティ……？　あいつはフルムーンの同僚だが」

「隠さないでくださいっ！　えっと……その……何か特別なことがあったりなかったりするのでしょうか……？」

「何を言っているのか分からないが――」

覚明はお茶を啜《すす》ってから言った。

「――キルティは夕星を排除するための仲間だ。俺たちは俺たちで世界をなんとかするために努力しよう。だからカルラも大神として天照楽土をまとめられるよう頑張ってくれ」

「それはもちろんそのつもりですが……」

「あと【逆巻《さかまき》の玉響《たまゆら》】を使いすぎるな。今の未熟なお前が何度も連発すれば取り返しのつかないことになる。俺の見立てではあと五、六回で限界が来るだろう」

「分かっていますっ！　分かっていますが話を捻《ね》じ曲げようとしないでくださいっ！　いったいキルティさんと何が」

「アマツ！　問題発生ですっ！」

上擦《うわず》ったような声が響きわたった。

噂《うわさ》をすれば影がさす。漆黒《しっこく》の衣服に身を包んだ少女、キルティ・ブランが大慌《おおあわ》てで転がり込んでくる。

「どうした。星砦の痕跡でも見つけたのか」

「えっと……あの人が……、」

「あの人？」

「サクナ・メモワールが……大剣を振り回して暴れています……キャンプどころじゃありません……」

カルラは困惑の極致に陥《おちい》ってしまった。

サクナさん……？　あなたはいったい何をやってるんですか……？

☆（すこしさかのぼる）

あっちの世界も大騒ぎになっていたらしい。魔核崩壊で発生した転移事故によって、六戦姫《ろくせんき》を含めた要人たちが一斉に姿を消してしまったからだ。

ネリア。エステル。ヴィル。リンズ。メイファ。プロヘリヤにリオーナ。

あとオマケで私。

各国は首脳会議を開いて捜索隊の派遣を決定した。

カルラやサクナは私たちのために未知の世界へ飛び込んでくれたのだ。

ちなみに捜索隊は二つのチームに分けられている。

カルラを中心としたチームは私やリンズを求めて南へ――鉱山都市ネオプラスへ。

ガートルードやピトリナを中心としたチームはネリアやプロヘリヤを捜して東へ――ルミ

エール村へ向かったそうだ。

ヴィルたちは今頃《いまごろ》何をしているのだろうか？　怪我《けが》はもう大丈夫なのだろうか？

スピカやアマツ曰《いわ》く「心配無用」らしいけれど、この目で無事を確かめるまでは心が落ち着かなかった。

「――コマリさんが見つかってよかったです」

湖の畔。

サンドイッチを食べながらサクナが微笑んだ。

「心配してたんですよ？　知らない土地に飛ばされて泣いちゃってるんじゃないかって」

「私は賢者だから泣かない。でもサクナが来てくれて嬉しいよ」

「えへへ。これで等身大コマリ人形を使う必要もなくなりました……」

「ん??」

サクナは「何でもないですっ」と慌てて首を振った。

リンズも不審そうに首を傾《かし》げている。

人形……？　あの私と同じサイズのマネキンたちのこと？　会話の練習相手にでもしてたのかな？　サクナって人と話すのが苦手なタイプの美少女だし。

「と、とにかくコマリさんとまたお話しできて嬉しいです。血塗《ちまみ》れになっている姿を見た時はどうなることかと思いましたけど」

「カルラのおかげだよ。あと逆さ月のおかげだ」

「そう……ですね……」

サクナは複雑そうな表情で湖面を見つめていた。

そうだ。この子は逆さ月によって大変な目に遭ったのだ。

オディロン・メタルに家族を殺され、道具のように働かされてきた。

「……コマリさん。逆さ月と関わるのはよくないと思います。常世のことは忘れて一緒にムルナイト帝国に帰りませんか……？」

「え……」

「このキャンプは〝神殺しの塔〟に向かうための準備期間――なんですよね？　でも向かう必要はないです。あの人たちと仲良くキャンプをする必要もないんです。常世のことは丸投げしてしまえばいいと思います」

「それはできないよ」

サクナの気持ちは分かる。

でも私は止まることができなかった。

「常世には困っている人たちがたくさんいる。私の力でどうにかなるなら頑張りたいんだ。だから今は逆さ月と協力するしかないと考えてる」

「どうしてもですか？」

「うん」

サクナは「そうですか」と諦《あきら》めたように笑った。

このキャンプの参加者には、逆さ月の事情を説明してあるのだ。

だからサクナもスピカの思惑を頭では理解しているのだろう。

しかしそう簡単に割り切れるものではない。間接的とはいえ、あの飴舐めテロリストがサクナの家族を殺したようなものなのだから。

「分かりました。コマリさんがそう言うのなら従います」

「ありがとう」

「でも……もし〝神殺しの邪悪〟と目を合わせたら……衝動が抑えきれなくなってまずいことになるかもしれません……」

「え？」

「たぶん殺しちゃうと思います……殺して記憶を書き換えて……あの人の脳をカピバラのものに作り替えちゃいましょう。それがいいです。カピバラは大人しい動物ですから……もう野蛮なテロはできなくなります。四足歩行でのんびり散歩をして……キャベツとリンゴをむしゃむしゃ食べて……人間としての尊厳を失いながら余生を送ればいいんです……ふふふ」

「…………」

私の頬を伝う冷や汗をリンズが拭ってくれた。

まずいぞスピカ。サクナに近づいたら大変なことになる――

そう思った直後のことだった。

「テラコマリ！　食材が足りないから熊を狩ってきてくれないっ⁉」

「！」

アホみたいにでかい声が鼓膜を震わせた。

背後に立っていたのは、奇妙な帽子をかぶったツインテールの吸血鬼。

サクナの目からハイライトが消えるのを目撃した。

「く、熊？　何言ってるんだお前は」

「この辺りには食べ物を売ってるお店がないのよ！　でもあっちに『クマ出没注意』っていう看板があったわ！　森の熊さんがたくさん住んでるんだって！」

「だから何なんだよ⁉　それ危ないやつだろ⁉」

「今日のメニューは熊料理に決定ってことよ！　ほらほら、一狩り行こうぜ！」

「むしろ私が狩られる側だよっ！　私はリンズのサンドイッチで満足だから――　おいこら！　私に触るなあああっ」

スピカは大笑いしながら私の二の腕をつかんできた。

抵抗すれば引っこ抜かれそうなので従うことしかできない。

「さあ出発よっ！　ちなみに武器はないから素手で頑張りましょうっ！」

「待て、食材ならある！　サクナがマグロを釣ってくれたんだ！」

「マグロは好きじゃないのっ！　あんまり抵抗するようならあんたを食べちゃうわよ⁉　熊のかわりにテラコマリ料理を――」

ぶおんっ。

風を切るような音が聞こえた。

不思議に思って顔をあげた瞬間、
スピカの顔面に拳がめり込んでいる光景を目撃した。

「は？」

それはそれは力強いパンチだった。

スピカの身体が竹とんぼのようにクルクル回転しながら吹っ飛んでいく。口から飛び出した紅色の飴が地面に落ちる。リンズが口元を押さえて息を呑《の》む――そうして私は恐るべきモノを見た。

サクナが拳を振り抜いたポーズで静止していた。

この子がスピカをぶん殴ったに違いなかった。

「――〝神殺しの邪悪〟さん。暴力はよくないと思います」

いやいや。ちょっと待て。

あまりにも突然すぎるだろ――そんなふうに驚愕《きょうがく》した直後。

しゅたっ！　とスピカが猫のように着地した。

「サクナ・メモワール？　いきなり暴力を振るうなんて失礼じゃない？」

彼女の顔には傷一つついていなかった。

あいつもあいつでバケモノの一種なのかもしれない。殴られたのが私の顔面だったらポップコーンのように弾《はじ》けて死んでいたはずである。それくらいサクナの拳はヤバかった。

「失礼？　コマリさんにひどいことした人が言うセリフですか？」

「まだしてないわ！　熊と戦わせるのはこれからよ⁉」

「もうしてますよね。あなたのせいで何回コマリさんが死にかけたと思ってるんですか。コマリさんだけじゃありません。ヴィルへイズさんもネリアさんもカルラさんも。私のお父さんやお母さんやお姉ちゃんも……」

サクナがさっきのマグロを握りしめた。

指先からあふれた冷気がマグロをカチカチに凍らせていく。

そうして完成したのは一振りの大剣である。

彼女はその切っ先をスピカに向けながら言った。

「これが最後の魔力です……コマリさんを守るために使います」

「ちょ、ちょっと待てサクナ！　こいつだって実は本気で言ってるわけじゃ」

「テロリストを庇《かば》うんですか？」

「うっ」

庇うつもりはない。でも仲間割れはよくない。

サクナは私の逡巡《しゅんじゅん》なんてお構いなしだった。

「大人しくしてください」

冷凍マグロを担《かつ》いで大地を蹴《け》った。

疾風《はやて》のような速度でスピカに斬りかかる。もうこれダメだな——そういう諦観《ていかん》を抱いた直後、「ずしぃん！」という衝撃波が辺りにとどろいた。

サクナのマグロとスピカの拳が激突したのだ。

私は吹きすさぶ突風を腕でガードしながら叫んだ。

「ま、まずいぞスピカ！　カピバラにされちゃう！」

「あっはっはっは！　私と遊びたいの⁉　かかってきなさいっ！」

挑発に乗ったサクナが渾身《こんしん》の一撃を放つ。

しかしスピカはそれを華麗に回避。マグロは湖畔のベンチに叩きつけられて——ベンチのほうが粉々に砕け散った。

「どわあああああ⁉」

「許せませんっ……！　これ以上コマリさんに近づかないでくださいっ！」

「テラコマリは私の協力者よ！　それは本人も納得してることなの！」

「だとしても……だとしても死ねッ‼」

サクナとスピカの目にもとまらぬ攻防が始まった。

マグロがぶおんぶおんと振り回される。対するスピカはしなやかな身のこなしでサクナの攻撃をいなしていった。薪の山が破壊されてコルネリウスが絶叫。さらにトリフォンが準備していたバーベキューセットも四方八方に吹っ飛んでいく。

「おひい様、もう少し静かにしていただけると助かるのですが……」

「トリフォン！　この子は私を憎んでいるの！　困ったわ！」

「七紅天《しちぐてん》オディロン・メタルの件でしたか。思慮の浅い虐殺《ぎゃくさつ》はトラブルの種になるというのに……これは彼を御《ぎょ》しきれていなかった我々の落ち度ですよ」

「あんたも私を責めるの⁉　確かに逆さ月はやりすぎた面もあるかもねえ――」

「凍りつけ」

「⁉」

スピカが足を止めた。というか足元がカチコチに凍りついていた。

地面を這う冷気が彼女に絡《から》みついているのだ。

「魔法……」

「『最後の魔力』――さっきのはブラフですよ」

サクナが殺意を滾《たぎ》らせて突貫した。

このままだとスピカが殺《や》られてしまう。

殺されて当然のことをしたテロリストなんだけど――

「終わりです」

マグロがものすごい勢いで振り回された。

スピカは動かなかった。動けないのかもしれなかった。

その腹部にマグロの一撃が叩き込《こ》まれた。

帽子が吹っ飛ぶ。小さな身体がゴロゴロと地面を転がっていく。やがて彼女は木の根元にうずくまったまま停止した。

「おわあっ⁉　おひい様⁉　死んだのか……⁉」

コルネリウスが薪に躓《つまず》きながらスピカに近づいていく。

何これ？　サクナはどうしちゃったの？　戦闘民族の魂でも乗り移ったの？

いや……仕方のないことなのかもしれない。

サクナにとってスピカは仇《かたき》なのだから。

「……殺しはしません。これで勘弁してあげます」

しかし白銀の美少女はマグロを放り捨ててそう言った。

その瞳はいつの間にか理性的なものに戻っている。

「さ、サクナ？　もういいの……？」

「コマリさんならそうするでしょうから。それに今は逆さ月と協力する時なんですよね。決着をつけるのは後にしておきます」

倒れたスピカ、破壊されたキャンプ場、無傷で立っているサクナ――ヤバイってレベルじゃねえ。普段温厚な人が怒ると怖いって言うけれど、これは度を超している気がするぞ。

「コマリさん、あの人には気をつけてくださいね」

「う、うん！　気をつけるよ！」

「何かあったら言ってください。その時は息の根を止めてあげますから……」

「………」

私やリンズは言わずもがな。トリフォンやコルネリウスでさえ「マジかよ」みたいな顔をして固まっているではないか。

ふとスピカが「げほげほっ」と咳《せ》き込んだ。

どうやら生きているらしい。

「げほっ……ああ～効いたわ。あんたって力持ちなのねえ」

むくりと上半身を起こす。

その口端からはたらりと赤い血が筋を作っていた。

「……まだやる気ですか？」

「いいえ。あんたをここで殺しても意味はないもの」

スピカは懐《ふところ》から飴を取り出して口に含む。

いつもより若干《じゃっかん》声のトーンを落としてこう言った。

「私は一部の人間からしたら殺されるべき邪悪よ。そんなことは理解している。だからあんたに反撃したりしないわ――この一撃は甘んじて受け止めましょう」

「スピカ……？　お前、変なものでも食べたのか？」

「私は最初からこうよ。理想を達成するためには犠牲は必要。でも犠牲になった者の復讐心《ふくしゅうしん》を否定する権利はない。この道を選んだ時から殺される覚悟は……死ぬ覚悟はできているわ」

いや、最初はこんな感じではなかったはずである。

やっぱりスピカも少し変わっているのだろう。

それはネオプラスの事件が――フーヤオの頑張りが影響しているのかもしれなかった。

サクナがムスッとした様子でスピカを見つめ、

「……もしかして、わざと攻撃を食らったんですか？」

「まさか！　あんたの一撃が私の回避能力を上回ったってだけのことよ！　それにしても逆さ月にこんな人材がいたとはねえ、なくしてしまったのが惜しいくらいだわ」

スピカがニコニコしながら近づいてきた。

まさか仕返しにパンチを繰り出すつもりか⁉――私はサクナを守るために彼女の前に出て

ファイティングポーズを取った。しかしスピカは予想外のことを言い放った。

「ねえテラコマリ！　この子もらっちゃっていい⁉」

「は……？」

「吸血動乱のおかげで逆さ月は人材不足なのよ！　ぜぇんぶあんたのせいなんだからね！　責任をとってその子を寄越しなさいっ！」

「や、やめてくださいっ……！」

スピカは私を押しのけてサクナに近寄ると、あろうことか猫のようにスリスリと頬擦《ほおず》りを始めやがった。いったいどんな神経してるんだ。ついさっき殴り合った仲だというのに。サクナは顔を真っ青《まさお》にして戸惑っているではないか。

「よせ！　サクナが気持ち悪がってるだろ！」

私はスピカを突き飛ばしてサクナを奪還した。

テロリストの魔手から守るべくギューッと抱きしめてやると、サクナは「はわわわわわわわわわ⁉」と変な声を出して顔を真っ赤《か》にしていた。よく分からないけど慌てているサクナも可愛かった。さっきの凶暴なサクナは白昼夢に違いないのだ。

「サクナは私のものだ！　絶対にわたさないぞ！」

「コマリさん……⁉」

「その子はもともと逆さ月だったのよ？　前の所持者が権利を主張して何が悪いの？」

「相手の気持ちを考えろよ！　お前は他人との距離の取り方が変なんだ。そんなんじゃ友達ができないぞ」

スピカがぴくりと眉《まゆ》を動かした。

「……あんたは友達がいるのね」

ぐさりと心に突き刺さる言葉だった。

「い……いるよっ！　サクナが友達だ！　なあサクナ⁉」

「え？　あ、はい。コマリさんは私の大切な人です」

「ほら見ろスピカ！　サクナは絶対に逆さ月なんかに戻ったりしないっ！」

「あっそ」

スピカは意外にもあっさりと身を引いた。

その表情には奇妙な哀愁《あいしゅう》が漂っていた気がした——いや気のせいに決まってるな。あの天真爛漫《てんしんらんまん》で凶悪な〝神殺しの邪悪〟が「サクナにふられて寂《さび》しい」なんて感情を抱くとは思えなかった。

「おひい様。そろそろ夕飯の支度《したく》をするべきかと」

「そうねトリフォン。熊はやめておくわ」

コテージのほうから「サクナさん⁉　何をなさってるんですか〜⁉」という声が聞こえてきた。カルラやキルティが外の騒ぎを聞きつけてやって来たのだ。

そんな彼らを無視してスピカは言った。

「ちょうどいい頃合《ころあ》いかしら。みんな十分休息を取ったでしょうし——夕飯でも食べながら今後の方針を説明するわ。常世に安寧《あんねい》をもたらす壮大な計画の説明をね」

「嫌な予感がするんだが」

「大丈夫！　テラコマリにはたくさん働いてもらうから！」

「私に『働く』なんて言葉は似合わないぞ……」

常世に来てから一カ月——スピカの計画は大詰めらしい。

とりあえず今はスピカに協力しようではないか。サクナの気持ちは分かるけれど、常世を平和にするためにはこのテロリストの力が不可欠なのだから。

「……？」

そこでふと、奇妙な視線を感じた。

さりげなく抱き着いてくるサクナの背後。

見知らぬ誰《だれ》かが湖畔を通り過ぎていったような気が……？

☆

日が暮れた。

「魔核を集めれば常世は平和になる……信じてもいいんですね？」

「もちろん！　あんただって魔核のスゴさは理解しているでしょう⁉　まあ正確には魔核で〝巫女姫〟が救出されることによって世界が平和になるんだけれど」

「なるほど」

カルラがちらりと手元の鈴を見下ろしながら頷《うなず》いた。

私は肉が焼けていくのをジーッと見つめながら沈黙している。

やはりキャンプといったらバーベキューだ。私が好きな小説『アンドロノス戦記』にも野外で肉を焼くシーンが出てくるので、密かに憧《あこが》れていたのである。引きこもりには縁のないイベントだと思って諦めていたが、人生何が起きるか分からないもんだな。

「コマリさん、こっちは焼けてるみたいだよ」

「ほんと⁉　ありがとう」

リンズが肉を箸《はし》でつまんで私の皿に運んでくれる。

少し焦《こ》げ目《め》のついた豚肉だ。見ているだけで腹の虫が大暴れを始める。

ちなみに食材を売っているお店はすぐ近くにあった。スピカの「熊を狩るわよ！」発言は私を困らせるための遊びだったらしい。くそめ。

「いただきま～す」

ぱくり。

あつあつの肉を口に含んだ瞬間、香ばしくて濃厚な感触がみるみる広がっていった。

ああ……なんて美味しいんだ……疲れが吹っ飛ぶ……キャンプ最高……。

「コマリさん、食べさせてあげますね」

サクナが「あ～ん」と人参《にんじん》を差し出してきた。

迷わずぱくりと食べる。これも美味しい。いくらでも食べられそうだ。

人参が大好きなウサギたちの気持ちが分かる気がするな……。

「ピーマンも美味しいよ。どうぞ」

「リンズさん、ダメですよ。コマリさんはピーマンが苦手なんです」

「そうなんですか？　じゃあこっちの玉ねぎを――」

両隣のサクナとリンズから無限に食料が供給されていく。

肉。玉ねぎ。マグロ。シイタケ。人参。マグロ。シイタケ。シイタケ。肉。マグロ。シイタケ。トウモロコシ。マグロ。肉。カボチャ。肉。シイタケ。マグロ。シイタケ――

なんかマグロとシイタケが多すぎる気がするけど大した問題ではない。

だって美味しすぎるからな。

サクナとリンズに食べさせてもらうバーベキューは最高だ。

でも私だけ食べてるのは申し訳ないな……そう思ってサクナのほうを見やる。どうやら杞憂《きゆう》だったようだ。彼女は私に食べさせるのと自分で食べるのを交互にこなしていた。

リンズはどうだろう？　うむ、こっちも心配なさそうだな。彼女は私に食べさせた後、わざわざ別の箸に持ち替えて茄子《なす》やシイタケをつまんでいた。

「テラコマリ……、あなたの友達は変な人ばかりだな」

リンズの隣のメイファァがぼそりと呟いた。

その顔色は一時と比べればずいぶん良くなっている。星洞《せいどう》の棺桶《かんおけ》にいたせいで体力が失われていたが、湖畔で休んでいるうちに問題なく歩ける程度には回復したのだ。

「……変な人？　まあ確かに普段は変態に囲まれてるけど、今は違うぞ？」

「もちろんリンズは変じゃない。でもそっちのやつは……いや、何でもない」

何でもないと言われると逆に気になってしまう。

まあ深く考えずにバーベキューを楽しもうではないか。

ふと、金網《かなあみ》の上で寂しそうに鎮座しているピーマンと目が合った。

普段ならば絶対に食べない。

あの苦味はどうも好きになれないからだ。

でも、このピーマンなら。

「……ピーマンに挑戦してみようと思う」

「コマリさん⁉」

サクナが驚愕に目を見開いて立ち上がった。

その気持ちは分かる。だって私はこれまで頑《かたく》なにピーマンを避けてきたのだから。

「だ、大丈夫なんですか……？　まだ早くないですか……？」

「サクナが心配する気持ちは分かる。人は挑戦によって成長していくものだ。あれに立ち向かわなければ私は真の大人にはなれない気がするんだ」

「コマリさん……！　やっぱりコマリさんはすごいです……！」

「お水はここにあるよ。つらくなったら飲んで」

リンズが急いでコップを準備してくれる。

さあ、これで退路は断たれた。

待ってろよ緑の悪魔め。ついに決着をつける時が来たのだ。

私はドキドキしながら箸をピーマンのほうへと近づけていき——

「さっさと食え!!」

「ぶわあああああああああ!?」

いきなり口にピーマンの束《たば》を突っ込まれた。

リンズとサクナが「コマリさんっ！」と悲鳴をあげた。しかしそれどころではなかった。絶望的な苦味が脳まで浸透していく。私はげほげほと咳き込んでその場に崩れ落ちた。

ぼろぼろと口からピーマンの破片がこぼれる。

そうして私の怒りは宇宙を駆け巡った。

なんだこれ……生《なま》じゃねえかよ‼　殺す気か⁉

「す、スピカぁああ‼　悪魔かお前はぁあああああ‼」

「話を聞いてないからそうなるのよっ！　私がせっかく今後の方針を説明してあげてるのにヒドイったらないわ！　そんなに女の子といちゃいちゃしたいの⁉」

「いちゃいちゃしてねえよ！　あーもう決めた！　ピーマンはしばらく食べない！　お前のせいだぞ！　お前は私がピーマンと破局する原因を作ったんだ！」

「ピーマン如《ごと》きで悩んでるなんて可愛らしいわね！　常世の人たちは戦乱で苦しんでるっていうのに！」

「…………………」

それを言われたら石のように黙るしかない。

確かに気が抜けていたかもしれないな。ちょっと反省。

カルラが「コマリさん」と真剣な表情でこちらを見つめてきた。

「スピカさんから話を聞きました。総合的に判断すると、常世の戦乱は必ず治めておくべきだと思います。何故なら私たちの世界とも無関係ではないからです」

「どういうことだ？」

「常世の戦乱は星砦によって引き起こされています。彼らはどこかへ身を隠してしまったそうですが、しかしこれは常世を滅ぼすための前段階のようなものだと思われます。そして常世が滅ぼされたら次は私たちの世界の番でしょう」

カルラの言う通りだった。

滅ぼす順番みたいなものはよく分からないけれど、実際に星砦のネルザンピは魔核を集めて悪事を働いていたわけだし、やつらの計画に楔《くさび》を打っておくことは必須だ。

「ゆえに我々は逆さ月と手を結ばなければなりません。常世を救う具体的な方法はスピカさんしか知りませんので――」

「アマツ・カルラは話が分かるわねえ！　さっすがアマツ・カクメイの従妹《いとこ》！」

カルラは顔を赤くして俯《うつむ》いてしまった。一方でアマツは黙々と新聞を読んでいる。こはるが彼の肉をどんどん奪っていくのも気にしていない様子だ。

「常世を救うためには常世の魔核を集める必要があるわ。何回も言っているけれど」

「で、今いくつ集まってるんだ？」

「二つよ！　私がアルカ軍から回収した一つと、フーヤオがトレモロ・パルコステラから奪ってくれた一つ」

あと四つもあるの？　気が遠くならない？

しかしスピカは「大丈夫！」と自信満々に笑って言った。

「星砦は負けを認めて引っ込んでいる。見つけて回収すればいいだけよ」

「見つけるといっても……どこにあるのか分かるのか？」

「六つの魔核を所定の場所に隠しておいたのは私。だいたいの位置は分かるわ。まあほとんどが星砦に発掘されちゃったみたいだけど」

お前が魔核を隠したのかよ――そんなツッコミを入れる前にスピカは地図を取り出して一点を指し示した。

このキャンプ場から少し離れた位置。

〝神殺しの塔〟の割と近くに存在する街だった。

「完全中立国の〝神聖レハイシア帝国〟。常世の神聖教の総本山よ。ネオプラス知事府の地下に隠されていた資料によれば、星砦は六つの魔核のうち四つを手中に収めていた――そしてそれをすべて傀儡《かいらい》国家に貸与して戦乱を煽っていた」

「あとの二つは？　星洞に埋まってたやつと……」

「この神聖レハイシア帝国に安置されているものよ。ここの魔核はちょっと特殊な隠し方をしたからね、やつらも簡単には見つけられなかったのよ」

つまり次の目的地はこの〝神聖レハイシア帝国〟ってわけか。

まあ回収しやすいものから回収したほうがいいだろうしな。

「ここからどれくらいかかるんだ？　疲れるからあんまり歩きたくないんだけど」

「キルティ・ブランが【転移】の魔法石を持ってるわ！　フルムーンが緊急脱出用に準備しているものね。転移先は常世の各地に存在する休憩ポイントで、レハイシアの近くにもあるみたいなの。今回はそれを利用させてもらいましょう！」

「ふ〜ん……」

じゃあ筋肉痛の心配はないってことか。

そこで私はふと気づく。

「……あれ？　ルミエール村にけっこう近いな？」

「そうね。神聖教のやつらは世界の真ん中に本拠地を構えなければ気がすまない狭量《きょうりょう》なやつらなのよ。あっちの聖都《せいと》レハイシアだって核領域の中央にあったでしょ？」

宗教に良い思い出なんか一つもなかった。聖職者だの聖騎士団だのにボコボコにされた記憶しかないし……まあ全部目の前にいる元・教皇サマのせいなんだけど。

いやそれよりも。

「ルミエール村の近くってことは、ヴィルたちに再会できるかもしれないな」

「捜索隊の半分もルミエール村に向かっていますね。あちらは大丈夫でしょうか……」

「とにかく！　我々の前途は明るいってわけよ！　常世の魔核は国に保護されているわけじゃないわ。あっちの時みたいにテラコマリと戦う必要がないから楽勝ね！」

スピカの言う通りだった。

魔核を狙《ねら》う側に回るのはなんとも複雑だけど、場所が分かっているならそんなに難しい話じゃないだろう。競争相手である星砦は撤退してしまったのだから。

そうと決まれば粉骨砕身《ふんこつさいしん》努力しようじゃないか。

世界を平和にするために。

「さあ、出発は明日よ！　今日は宴《うたげ》を楽しみなさいっ！　トリフォン、肉が足りないから熊を狩ってきて！　あとコルネリウス、シイタケはもういらないわ！　殺すわよ！　ほらほらアマツ、夕食時に新聞なんか読んでたら目が腐っちゃうでしょっ⁉」

スピカは無駄に元気な声ではしゃぎ始めた。

最近になって気づいたことがある。

フーヤオを失ってからというものの、スピカの振る舞いはいっそうお転婆《てんば》になった。

その馬鹿でかい声は強がりの一種なのかもしれない。

こいつは仲間を失うたび、ああやって無理にテンションを上げてきたのだろうか。

ちょっと自暴自棄《じぼうじき》な空気が漂うのは気のせいだと思いたい。まあ今のところはバーベキューを堪能《たんのう》しよう——そんなふうに欲望を発露させながら金網の上の肉を狙っていた時。

ふと、スピカの背後に誰かが立っているのを目撃した。

がっしりした体軀《たいく》の男の人だ。

年齢はアマツより上くらい。種族は和魂《わこん》、いや神仙種《しんせん》だろうか。

身体のいたるところに帯《おび》のようなものが巻かれている。たぶん囚人とかを拘束するバンドだろう。どう見たってカタギの人間ではなかった。

「おいスピカ！　その人は誰だ……？」

「え？　何のこと？」

「——スピカ・ラ・ジェミニ。貴様を拘束する」

岩のように落ち着いた声。

スピカがびっくりして振り返った。

そこにいた全員が「今気づいた」といった感じである。

そして——誰かが何かをするよりも早く、男の手から伸びた〝針〟がスピカの腕にぶっ刺さっていた。トリフォンが「おひい様！」と絶叫する。しかしその針はスピカを殺すためのモノではなかったらしい。

あれは針というよりも、注射器だ。

「おひい様から離れなさい」

烈核解放《れっかくかいほう》・【大逆神門《たいぎゃくしんもん》】が発動。物体を瞬間移動させる能力だ。

しかし転送された針はテーブルに突き刺さってズドンと大きな音を立てるだけだった。コルネリウスが「ちゃんと狙えよバカ！」と無責任に責め立てる。

トリフォンが舌打ちをして針を握りしめた。

今度はそのまま大地を蹴って男に襲いかからんとする。

「殲滅外装《せんめつがいそう》０４《ゼロヨン》-《縛《バク》》」

男が何事かを呟いた瞬間。

その服の内側から大量の〝帯〟が飛び出してきた。

「なッ、」

帯はトリフォンの身体を包み込み、あっという間にぐるぐる巻きにしてしまった。

どしんっ‼――拘束されたトリフォンがバーベキューの金網をひっくり返しながら倒れ込んだ。私もリンズも悲鳴をあげながらひっくり返ってしまった。

カルラが「熱いッ！　熱いですッ！」と叫びながら跳ね回っていた。

飛んできた焼肉が服の内側に滑り込んだらしい。なんてことをしやがるんだ――私は戦慄《せんりつ》しながら男のほうに向き直った。

「お、お前誰だよ⁉　襲撃するなら事前に言えよ⁉」

「俺は〝天文台〟の愚者04‐リウ《劉》・ルクシュミオ。スピカ・ラ・ジェミニとテラコマリ・ガンデスブラッドを処分する者。事前に言ったら奇襲の意味がない」

…………………。

……………。

……また新しい殺人鬼が出てきたんだけど⁉

何なんだよこいつら‼　次から次へと私を殺しに来やがって‼――いやでもちょっと待て。

こいつの言う〝天文台〟とか〝愚者〟とかには聞き覚えがあるような気が。

「――そうだ、スピカが言ってた六百年前のやつらじゃないか⁉」

「コマリさんには手出しさせませんっ！」

サクナが杖《つえ》を握りしめて前に出た。

気持ちは嬉しい。嬉しいけれど動悸《どうき》が収まらない。あの不審者はどう見ても普通じゃない。スピカと因縁のある相手なのだろう。

そして――当のスピカはぐったりと地に伏していた。

「ぐ……な……んだ……これは……太陽……？」

身体がふにゃふにゃして力が入らないらしい。

注射器から何かを注入されたに違いなかった。

簀《す》巻《ま》きにされたトリフォンが絶叫する。アマツは刀の柄《つか》に手をかけながらジッと敵の様子をうかがっていた。そしてコルネリウスは「触らぬ神に祟りなし」といった感じで荷物をまとめ始めた。おい、あいつ逃げるつもりだぞ。

「気分はどうだ。最悪だろう」

男――ルクシュミオが勝ち誇るでもなく淡々と言った。

「お前に注入したのは古い吸血鬼がもっとも苦手とする太陽のエネルギー。それを何万倍にも凝縮した秘薬、つまり対スピカ・ラ・ジェミニの特効薬だ」

「そうか。そうということか……」

何がそういうことなのか全然理解できない。

だがスピカが危機に瀕していることは分かった。

アマツが「おい」と警戒のにじむ声色で問いかけた。

「天文台のルクシュミオといったか。いったいどこから入ってきた。捜索隊は交代でキャンプ場の警備をしていたはずだ」

「他の連中ならすべて拘束した。この場に来たのは俺だけではない。他国から借りた軍人五百人ほども一緒だ」

「……いったい何が目的だ」

「前述の通りだ。スピカ・ラ・ジェミニとテラコマリ・ガンデスブラッドの処分。この二人は世界に多くの混乱をもたらした——魔核による秩序を揺るがすほどの混乱を」

ルクシュミオは倒れ伏すスピカをギロリと睨《にら》んだ。

その時、私は信じられないものを見た。

スピカの瞳に、一瞬だけ恐怖の色が浮かんだのだ。

「六百年前の続きだ。常世は貴様が荒らしていい場所ではない」

「ッ——」

気のせいではなかった。

スピカが——あのスピカが震えている。

この謎《なぞ》の男に睨まれただけで。

「ふ……ふふふ……なるほどねっ……！　まだ生きてたのか……六百年も経《た》ったのに……しぶといったらないわ……！」

「『魔核に危機が迫ると我々が復活する』――第一世界の魔核にはそういう設定が施されているのだ。《柳華刀《りゅうかとう》》は壊れた。だから俺が諸悪の元凶を殺すために浮かび上がった」

「あっはっは……！　ゴキブリだってもう少しか弱いってのに……なるほどなあ。か、か、ナチュ、ーリ、ア、を陥れたように……六百年経ってもお前たちは……！」

スピカが「ふにゅっ」と呻いた。

ルクシュミオが彼女の胸倉をつかんで持ち上げたのだ。

「黙れ。貴様は多くの人間を殺した犯罪者だ。ここにいる者たちも同罪」

「――――」

スピカが宙を舞った。

どしゃんっ！――その小さな身体がテーブルの上に叩きつけられる。

飛び散るピーマンや玉ねぎ。私は慌てて彼女のもとへ駆け寄った。

「スピカ！　大丈夫か……⁉」

「げほっ……ふふ……ふふふふ……身体が上手《うま》く動かない……」

「どうしたんだよ⁉　お前ってめちゃくちゃ強いんじゃなかったのか⁉」

「実は……あんたと同じで実力を隠してたの……本当は運動神経ダメダメで魔法も使えない最弱の吸血鬼なのよ……」

「そうだったの⁉⁉」

「嘘《うそ》よ……」

「こんな時に嘘吐くな‼」

しかしこれで確定した。

あの男は敵。そしてスピカでさえ容易《たやす》くねじ伏せられる力を持っている。いったいどうしたら――そんなふうに戸惑っているうちに、再びルクシュミオの服の内側から猛烈な勢いで帯が襲いかかってきた。

「次は貴様だ。テラコマリ・ガンデスブラッド」

「うわあああああああああああ⁉」

「コマリさん！　危ないっ！」

サクナが帯に向かって拳を叩き込もうとした。しかし彼女の腕はあっという間に絡めとられる。どれだけ力を込めても無駄だった――そのまま全身をぐるぐると拘束されて逆さ吊りにされてしまった。

「ぐっ……な、何これ……⁉」

「サクナ⁉　今助けてやるからな……！」

「待てテラコマリン！　それはおそらく特級神具だ！」

　コルネリウスが叫んだ。

「しかも魔核と同レベルの異質な気配がする！　迂闊《うかつ》に触ったら大変なことになるかもしれん！　いや大変なことになったらそれはそれでデータが採れるからいいんだけど……」

「その通りだ。殲滅外装は世界不変革のための究極兵器」

　ルクシュミオが別の帯を差し向けてくる。

　私はサクナに近づくこともできずに蹈鞴《たたら》を踏んだ。

「ま――待て！　いったん話し合おうじゃないか！　まだまだお肉がたくさんあるからお前も食べていかないか⁉　ピーマンもあるぞ⁉」

「空腹ではない。そして話し合いは必要ない」

「必要あるだろ！　私はまだ何も事情を理解していないんだ！」

「事情はスピカ・ラ・ジェミニが知っている。わざわざ俺から伝えるまでもない」

「お前はスピカと何があったんだ⁉」

「その小娘は世界に害をなす。そしてそれはお前も同じだ――だから処分する」

　聞く耳は持たないようだった。

　蠢《うごめ》く帯どもが私目掛けて殺到した。

　サクナやリンズが「コマリさん！」と絶叫した。他の皆もそれぞれ帯に追われているため助けを求めることができない。血の小瓶《こびん》も準備するのを忘れていた。かといって今から誰かの血を吸うこともできない。どうしよう。どうしよう。どうしよう。

「ッ」

目の前に帯が迫っていた。

もう駄目だと思って私は目を瞑《つむ》った。こんな挨拶《あいさつ》もできない殺人鬼にやられるなんて思いもしなかった。バーベキューで浮かれていた自分が馬鹿みたいだ。

帯の先端が私の肌に触れた。

その瞬間――

ぱりいいいいいいいいいいいいいいいいいいいいいんっ!!

何故か帯が粉々に砕け散っていた。

私は驚愕して目を開けた。コルネリウス曰く「特級神具」が光の粒子となって辺りに散らばっていく。

「なっ……無敵の殲滅外装が……!?」

ルクシュミオが瞠目《どうもく》した。

何だ？　何が起こったんだ？――私は不審に思って辺りの様子をうかがう。

いつの間にか仲間たちを襲っていた帯も砕け散っているではないか。

「貴様……何をした？」

「何って……無防備に立っていただけだが？」

ルクシュミオはハッとして硬直した。

「……なるほど。そういうことか」

「どういうことだよ……？」

「殲滅外装は〝銀盤《インセイント》〟の血族には通用しないよう設定されている。〝ガンデスブラッド〟……どうして今まで気づかなかったのか――ぶべっ⁉」

ルクシュミオの身体が横転した。

やつの頬をサクナの右ストレートが打ち抜いたのである。

白銀の美少女は拳を振り抜きながら低い声で囁《ささや》いた。

「許しません。せっかく楽しいバーベキューだったのに……」

「ま、待て」

「サクナ・メモワールの言う通り」

トリフォンが立ち上がって言った。

「おひい様を辱《はずかし》めた罰です。苦しみなさい」

【大逆神門】によって転移された針がルクシュミオの太腿にぶっ刺さった。今度は上手く命中したらしい――「ぐわあああ！」と野太い悲鳴が木霊《こだま》する。

しかし彼はすぐさま体勢を立て直して襲いかかってきた。

その手に握られているのは鋭利なナイフだ。

「せめてテラコマリ・ガンデスブラッドを……！」

「大人しくしろ」

「うぐっ」

アマツの足払いが発動。ルクシュミオは容易く転倒。

その隙《すき》を狙ってサクナとトリフォンが駆ける。動けない愚者に向かって容赦《ようしゃ》ない追撃が加えられた。殴ったり、足で股間を蹴りつけたり、杖の先端でツボをグリグリと抉《えぐ》ったり、脳天に針を突き刺したり。

「ぐ、ああああああああああああ!!　やめろ貴様らあああああぁぁ……!!」

悶え苦しむルクシュミオ。しかし二人はやめなかった。

私はドン引きしながらリンチの光景を見つめていた。

「何だあれ。状況が理解不能なんだけど……」

「コマリさん、私も参加したほうがいいかな……？」

「しなくていい!!　リンズにあんなのは似合わない!!」

「う、うん」

カルラが「お兄様」とアマツに声をかける。肉はとれたらしい。

「お兄様は何かご存知《ぞんじ》でしょうか？　あの方は〝天文台〟の愚者を自称していましたが」

「分からない。大神カルラからも聞いていない。世界を変えたことで歪《ひず》みが生じたのか……いずれにせよ放置しておくことはできないな」

「そうですね、拘束させていただきましょう——さあこはる！　敵が弱っている今がチャンスです！　やっておしまいなさい！」

「え、無理……」

カルラがずっこけた。

「無理なの⁉　何で⁉」

「それどころじゃないから。軍が攻めてくるよ」

「軍？」

その時、キャンプ場を地震のような衝撃が包み込んだ。

それは無数の靴音だった。私はびっくりして振り返った。夕闇《ゆうやみ》の向こうから軍服に身を包んだ男たちが歓声をあげながら駆け寄ってくるのだ。あれは——さっきルクシュミオが言っていた「他国から借りた軍人五百人」に違いなかった。

「奇襲作戦は失敗だ。しかし成果ゼロで帰るわけにもいかぬ……」

「何を言ってるんですか？　殺されたいんですか？」

サクナがルクシュミオの胸倉をつかんで尋問する。

傷だらけの愚者は「ふん」と冷静に嘲《あざわら》笑った。

「殺されるべきは秩序の破壊者だ。スピカもテラコマリも消えなければならない」

「世迷言《よまいごと》を……」

「おいサクナ！　逃げるぞ！　なんかいっぱい来る！」

「で、でもコマリさん。敵はここで仕留めておく必要があると思うんですけど」

「怖いこと言うなよ！　そいつを捕まえて逃げるぞ！」

「分かりました――きゃっ⁉」

再びルクシュミオが帯を拡散させた。

さっきので破壊され尽くしたわけではなかったらしい。

帯は私を避けるようにしながら仲間たちに襲いかかっていく。

しかもそれだけでは終わらなかった。

武器を構えた大軍が雪崩《なだれ》のように攻めてきたのだ。バーベキュー道具を蹴散らしながら突き進む大量の殺人鬼。仲間たちは帯の対処に追われてやつらに気を向けることもできない。

そして私は非力なので肉や玉ねぎが地面にぶちまけられていくのを見ていることしかできない。

やってられるかこんなもん！

「くそ！　こうなったら烈核解放を――」

「み、みみ、皆さん！　わ、私が来ましたのでもう安心ですっ！」

その時、控え目ながらも大きな声が響きわたった。

コテージのほうから黒衣の少女が大急ぎで走ってくる。

「キルティ⁉　今までどこ言ってたんだ⁉」

「え？　あの……陰キャすぎてバーベキューに参加できなかったっていうか……」

「キルティはコテージでオレンジジュースを飲んでたみたいだよ‼　一人で‼」

こはるが大声で教えてくれた。

キルティが顔を赤くして「そ、そそそ、そんなことよりもっ！」と絶叫した。

「魔法石をたくさん持ってきました！　敵はスピカ・ラ・ジェミニの特効薬を持ってるみたいです！　【孤紅《ここう》の恤《とむらい》】の対策をしてないはずがありませんっ！」

よく見れば、彼女は両手いっぱいにキラキラ光る石を抱えていた。

魔法石といったら爆発《ばくはつ》のイメージしかねえ。

私は来たる衝撃に備えてその場に亀のごとく縮こまった。

「だ、だからこれを使います！　皆さん伏せてくださ――――ぷぎゃっ⁉」

コケた。

魔法石がばらばらと散らばる。恐るべきことに全部発動済みだった。

私よりも早く伏せていたカルラが「キルティさんっ⁉」と驚愕の悲鳴をあげる。

もはやキャンセルすることもできない。そこらに散らばった魔法石は情け容赦なく魔力を拡散させた。

しかしそれは爆発魔法ではなかった。

すさまじい光がほとばしる。周囲の景色が魔力に包まれていく。

これは……【転移】の魔法だ。

さっきスピカが言ってた〝緊急脱出用の魔法石〟だろうか。

「逃がすか……！」

ボロボロのルクシュミオが帯を差し向けてくる。

しかし私の身体はすでに光の粒子に変換されてしまっていた。

コマリさん⁉　コマリさん‼

リンズやカルラ、サクナの声が耳に反響している。

視界がどんどん漂白されていく。

私が最後に見たものは――「やっちまった」みたいな感じで顔を真っ青にしているキルティの姿だった。おい。

【14】蠢動《しゅんどう》する常世《とこよ》

Hikikomari the Vampire Countess no Monmon

ルミエール村を出発して数日。

隣の〝ジュール村〟にコマリ倶楽部の姿はあった。

「これが魔核《まかく》……？　常世にもあったなんて……」

じーっ。

ネリアはテーブルの上に並べられた二つの物体を見つめている。

端的に言えば、それは〝キラキラと輝く星のような球体〟だ。

六つ集めれば願いを叶《かな》えてくれるというトンデモアイテム――魔核。

一見すればオモチャにしか見えないが、確かに微弱な魔力を放っている。

「私が持ってるものとは随分違うわね。魔核は込められた願いによって姿形を変えるって話だけれど……」

「今は魔核どころではありませんよ。そろそろコマリニウムが不足して餓死しそうです。ほら見てください、禁断症状で手が震えてきました……ああ……コマリ様……」

「ヴィルさんしっかりしてください！　目が虚《うつ》ろです！」

「エステル……私が死んだらお墓にはコマリ様のぱんつを被《かぶ》せておいてくださいね……」

「あわわわカニンガム大統領！　ヴィルさんが変になってしまいました！」

「これ以上変になるってすごいわねえ」

適当に言いながらネリアは二つの魔核を眺める。

これをもたらした人はすでにルミエール村を去ってしまった。

彼女はずっと常世で奔走《ほんそう》していた。戦乱を止めるために——悲しむ人々が少しでも減るように。そしてその渦中《かちゅう》でこの二つの魔核を奪取したのだという。


——これをネリアたちに預けておくよ。

——迷惑でなければ、コマリのもとへ届けてくれないか。

——あの子は〝神殺しの邪悪〟と一緒に魔核を探しているらしいんだ。

——え？　私？　私はこれから夕星《ゆうせい》を追わなければならない。二つの魔核の力を借りることで、やっとあいつの居場所が分かったんだ。

——またしばらく会えなくなってしまうけれど、こちらのことは頼んだよ。

——大丈夫。私のかわりにコマリがやってくれるから。


再会を喜んでいる暇なんてなかった。

もっと言葉を交わしたかった。一緒にご飯を食べたかった。

でもあの人はネリアたちに魔核を託すと風のように発《た》ってしまったのだ。

せめてコマリに会えるまでは待てばいいのに。ちょっと薄情じゃないか？――と思わないこともないが、それだけ忙しいということなのだろう。

そして、彼女が最後にかけてくれた言葉はネリアの心を大きく揺さぶった。


――立派になったね。きみならアルカを正しく導いていけるだろう。


「先生……」

彼女は「ついて来るな」と厳命した。

というか光のように消えたのでついていくのは不可能だった。

自分たちにできることをするしかない。まずはコマリと合流する必要があるだろう。

「ああ……コマリ様……コマリ様……」

「ヴィルさん!?　私は閣下ではありませんからっ!?　そんなにスリスリされても対応に困るのですが……」

「何やってんのよっ！　遊んでる場合じゃないでしょっ！」

「うべっ」

ネリアはハリセンでヴィルヘイズの頭をぶっ叩《たた》いた。

青髪メイドは「ひどいです」と涙目になって見上げてくる。

「私がコマリニウム欠乏症に苦しんでいるというのに……」

「だからそのコマリを探しに行くんでしょうが！　先生によればコマリは逆さ月と協力してるって話だけど、それがどこまで真実か分からないわ！　もしかしたら〝神殺しの邪悪〟にヒドイことをされてるかもしれないのよ！」

「っ……」

ヴィルヘイズの顔つきが変わる。

「……そうですね。エステルで遊んでいる場合ではありませんでした」

「遊ばれていたのですか……⁉」

「コマリ様は逆さ月と一緒に魔核を探しているのですよね？　そして鉱山都市ネオプラスでトレモロ・パルコステラを撃破した……」

「そうみたいね」

先生によってコマリの動向はある程度伝えられていた。

なんでも逆さ月に放ったスパイから逐次《ちくじ》報告が来るのだそうだ。

しかしその消息は南方の大国・トゥモル共和国あたりで途切れているらしい。

「まずは南に行くしかないわね。情報がなさすぎるわ」

「ご安心ください。私がコマリ様のにおいを辿《たど》りましょう」

「犬でも無理だと思いますが……」

「くっ、風が邪魔でにおいが薄れてしまっていますっ！　もっとコマリ様を嗅いでおけばよかった……！」

「もしかしてヴィルさんって変な人なんですか……？」

「まだ気づいてなかったの？　このメイドはサクナ・メモワールと並ぶ変態二大巨頭の片割れよ」

そんなふうに呆《あき》れて溜息《ためいき》を吐《つ》いた時。

休憩所の入り口から元気溌剌《はつらつ》な声が響いてきた。

「ヴィル！　ネリア！　あっちに変な人たちがいたよ！」

コレット・ルミエール。

右腕を失ったのに活発な少女だ。お医者様によれば「まだ動いちゃダメ」なのだそうだが、そんなの関係ねえと言わんばかりの勢いでネリアたちについてきた。

曰《いわ》く、「私もコマリ倶楽部の一員なんだから！」

「……変な人？　それならここにいるわよ」

「違うわよ！　なんていうか、ちょっと怖い人たち。でもテラコマリやエステルと同じような軍服を着てたの。あれってもしかして……」

思わずヴィルヘイズと顔を見合わせてしまう。

とりあえず会ってみれば分かるはずだ。

☆

「――おお！　ヴィルヘイズ中尉ではないですか！」

ヴィルヘイズは目が点になるのを自覚した。

村のカフェテラスに変態どもが集結していたのである。

具体的に言えば、ムルナイト帝国軍第七部隊――通称〝コマリ隊〟の面々が、野外のテーブル席で飯を食っていた。

カオステル・コント中尉。

ベリウス・イッヌ・ケルベロ中尉。

メラコンシー大尉。

ヨハン・ヘルダース中尉。

「……え？　な、何で中尉たちが常世にいらっしゃるのですか⁉」

エステルが思ったことを代弁してくれた。

カオステルが「愚問ですねえ」と逮捕されそうな笑みを浮かべて言う。

「この世界に閣下がいらっしゃるからです。我々第七部隊は閣下にぴったりと寄り添う義務があるのですよ。まるで船底に付着するフジツボのようにね」

コレットが「あの人きもちわるい」と引いていた。その気持ちはよく分かる。

「説明になってないぞカオステル」

ベリウスが溜息を吐く。

「ヴィルヘイズ中尉、その様子だと無事だったようだな――ひとまず再会できたことを喜んでおこう」

「まさか、あなた方も魔核の崩壊に巻き込まれたのですか?」

「魔核?」

吸血鬼たちが不審そうに睨《にら》み返してくる。

この四人は魔核の事情について知らないらしい。

説明が面倒なので後回しにしよう。

「……何があったのか話していただけますか?」

「京師《けいし》で光に呑《の》まれて転送されたのだ。太陽が二つもあるし、星座の配置も我々が知るものとは異なる――ここは異界の一種なのだろう?」

「苦労しましたよ。この世界には魔核がないのです。傷が治ることもなければ、魔法を自由に使うこともできない。これでは気軽に殺し合うのも難しいですね」

「イエーッ！　爆破《ばくは》できない渇いた世界。誰《だれ》が描いたんだこんな展開？　霧の中でオレたち迷ってる。イキリながら痴漢するカオステル」

メラコンシーが殴られて吹っ飛んでいった。

魔核がない場所でケンカはやめたほうがいいのにとヴィルヘイズは思う。

「事情はだいたい分かりました。こちらとまったく同じ経緯で強制転移されたのですね。偶然とはいえ合流できてよかったです」

「偶然ではないですよ」

「はい？」

「閣下のにおいを辿ったのです」

「コント中尉、失礼ですが少々気持ち悪いですね」

「おっと、勘違いしないでください。気持ち悪いのはベリウスです。彼の嗅覚を頼りにここまでやって来ました」

「そうですか、であれば問題ないですね」

「問題がない理由を教えてください。犬だから気持ち悪くないというのは人種差別ですよ。ラペリコ王国でそんな発言をしたら動物裁判にかけられるでしょうねえ、きっとヴィルヘイズ中尉には『冷凍バナナで殴打される刑』の判決が――」

「それよりもヴィルヘイズ中尉。閣下はいらっしゃらないのか？」

「はい……」

隠しても仕方のないことだった。

ヴィルヘイズは常世に流れ着いてからスピカと邂逅《かいこう》するまでの顚末《てんまつ》を簡潔に説明した。とりあえず〝コマリがトレモロに一度は敗北した〟という事実は伏せておくことにする。

カオステルが「ほぉ」と意味深に頷《うなず》いて、

「つまり閣下は逆さ月と行動を共にしていると」

「そうなりますね。常世の魔核を集めているのだとか……」

「どうでもいいっ！」

それまで黙っていた吸血鬼——ヨハン・ヘルダースが、空になった椀《わん》をテーブルに叩きつけて叫んだ。

「ここにいないならさっさと捜しに行くぞオラ！　テラコマリは雑魚《ざこ》なんだ！　殺人鬼なんかと一緒にいたらすぐに殺されちまう！」

「閣下が雑魚？　何を言っているのですかヨハン」

「お前の目は節穴か⁉　テラコマリは誰がどう見ても弱っちい小娘じゃねえか！　こうしちゃいられねえ、はやく助けないと……！」

「おい糞餓鬼《くそがき》。粋《いき》がるのはいいが、死ぬのはやめておけよ」

「僕が死ぬわけないだろ⁉」

いや毎回死んでるだろ、という無言のツッコミを受け流しつつヨハンは荷物をまとめる。

ネリアが「喧嘩《けんか》っ早いわねえ」と呆れていた。

「ヨハンって言ったっけ？　あんたにコマリの居場所が分かるっていうの？」

「分かんねーよ。だから急いで捜すんだろ」

「話にならないわ。――ねえベリウス、あんたの鼻でなんとかならない？」

「南だな」

ヴィルヘイズはびっくりしてベリウスを見つめた。

犬の獣人は腕を組み、太陽が浮かぶ方角を見つめながら、

「なけなしの魔力を全部使って嗅覚魔法を発動したのだ。正確な位置情報まで分かるわけではないが……ここからそう遠くない場所にいると思われる」

ネリアが常世の地図を取り出した。

ベリウスはその中央あたりをくるくるとなぞる。

「この辺りだろう……〝神殺しの塔〟……いや、〝神聖レハイシア帝国〟……」

エステルが「犬なら分かるんですね」と驚愕《きょうがく》の眼差《まなざ》しを向けていた。

カオステルが手を叩いて立ち上がった。

「決まりですね。準備ができ次第、さっそく進軍を始めましょう」

「っしゃあ！　さっさと行くぞ、てめえら！」

「イエーッ！　そんな装備で大丈夫か？　いつも通りに死ぬんじゃないか？」
「どういう意味だ⁉」
ヨハンとメラコンシーがじゃれ合いを始める。
とにもかくにも、これで方針は定まった。
二つの魔核を持ってコマリのもとへ、神聖レハイシア帝国へ向かうこと。そして星砦《ほしとりで》だの
スピカ・ラ・ジェミニだのをぶっ飛ばして元の世界へ帰ること。これだけの仲間がいるならば、
容易《たやす》いことのように思われた。

☆

神聖レハイシア帝国。
常世における神聖教の総本山。
どの勢力にも与《くみ》しない完全中立の都市国家だ。
普段は静謐《せいひつ》な空気に包まれた聖なる領域なのだが、ここ数日は異常なほどの熱に――言っ
てしまえば俗っぽい喧噪《けんそう》に満たされていた。往来は他国からやってきた役人だの軍人だので
ごった返し、むしろ神聖教の信者たちのほうが少数派といった有様だった。
そして――都市の中央の〝レハイシア大聖堂〟。

教皇がおわす神聖なる居城では、現在、大勢の重要人物たちが集まって激論を戦わせていた。

「――だーかーらっ！　先に攻めてきたのはそっちであろうが！」

「違うっ！　そちらが領土侵犯をしたから我が国の軍が動いたのだ！」

「何を言っておる⁉　我が国の武器庫が謎《なぞ》の爆発《ばくはつ》を遂げたのはどういうことだ⁉」

「知らぬ！　貴国の管理不行き届きだろうが！」

円卓を囲むのは四十二人。

常世に存在する全《すべ》ての国から集結したお偉いさんたちだ。

天井《てんじょう》あたりに掲げられた垂れ幕には『世界平和会議』という仰々《ぎょうぎょう》しい文字が刻まれている。

そう、彼らは平和のために意見をぶつけ合っているのだった。

「いったい何が目的なのだ！」「それはこっちの台詞《せりふ》だ！　いたずらに非人道的な兵器を使いおってからに！」「我が国の外交官を暗殺したのは貴国であろう⁉」「濡《ぬ》れ衣《ぎぬ》だ！」「ヒージェン王国とフェイタ帝国が手を結んで策謀したに違いない！」「無礼《ぶれい》であるぞ！　我々は平和を望んでいるというのに！」――

腹芸も何もありゃしなかった。

お互いがお互いに責任を押しつけ合ってやまない。

そもそもこの会議の目的は、「いかにして戦争を止めるか」というものだった。

今年に入ってからというものの、世界では原因不明の戦争が多発している。

誰もこれ以上の争いなど望んでいないのに、何故《なぜ》か他国に赴《おもむ》いた要人が暗殺されたり、各国の重要拠点が襲撃されたり、精神に異常をきたした軍部大臣が他国に侵攻を決定したり

——そういうことが何度も起きているのである。

さすがに列国は「おかしい」と思った。

その原因を突き止めるためにこうして中立国に集まったわけなのだが。

「まるで動物園なのじゃ……」

思わず溜息が漏《も》れてしまった。

大聖堂の奥、聖なる円卓の上座に蒼玉《そうぎょく》の幼女が腰かけている。

齢《よわい》は十を越えたくらいだろう。

不安そうに揺れる瞳《ひとみ》。雪のように白い髪。

神聖レハイシア帝国の教皇・クレメソス504世である。

一応会議の主催者はクレメソス504世なのだが、この非力な幼女の言葉に耳を傾けてくれる者はいなかった。誰もが好き勝手に相手を非難し、好き勝手に大暴《あば》れをしている。こんなことでは平和は遠いのじゃ、とクレメソス504世は涙目になる。

「ええい貴様！　話にならん！　表へ出ろ！」

「望むところだ！　ここで決着をつけてやる！」

おじさんとおじさんが取っ組み合いの争いを始めた。会議で暴力など言語道断《ごんごどうだん》である。しかし周りの国々は「いいぞ！　やれ！」などと囃《はや》し立てていた。拳《こぶし》が突き刺さり、カウンターが炸裂《さくれつ》し、議事堂は熱狂に包まれていく――

限界を迎えた。

ばんっ!!――クレメソス504世は円卓をぶっ叩いて立ち上がり、

「け、けんかはやめるのじゃ――――――――――――――――――っ!!」

しん。

円卓が静まり返った。

クレメソス504世は一生けんめい口を動かして訴えた。

「偉大なる神様の前でみっともないのじゃ！　ここは話し合いの場なのじゃ！　暴力なら余所《よそ》でやるのじゃ！　まずはお茶でも飲んで心を落ち着かせて――」

「のじゃのじゃウルセエんだよ!!　ガキはすっこんでろ!!」

「ひうっ……」

呆気《あっけ》なく撃沈した。

怖い顔で睨みつけられたのだから仕方がない。

おじさんたちは教皇猊下《げいか》を無視してケンカを続行した。

クレメソス504世はへなへなと椅子《いす》に座り込んでしまう。世界を平和にすると神様に誓ったの

が二年前。しかしその誓願《せいがん》は未《いま》だ果たされずにいた。だって誰もこの幼女の話を聞いてくれないから。

「余は教皇失格なのじゃ……神様に申し訳が立たないのじゃ……」

クレメソス504世。

本名は〝ミーシャ・モンドリウツカヤ〟。

一般的な神聖教徒の家庭に生まれたはずなのに、帝国の権力争いに巻き込まれ、あれよあれよという間に教皇へと祭り上げられてしまった哀れな幼女である。本来は〝クレメンス4世〟になるはずだったが、数字が大きいほうが強そうだったので〝504世〟にしておいた。〝クレメンス〟ではなく〝クレメソス〟なのは、即位に関する公式文書にスペルミスをぶちかまして間違ったまま登録されてしまったからだ。

とにかく、この世界をなんとかするのが神様に仕える自分の使命。

この会議も成功させなければならないのに、おじさんたちはケンカばかりで建設的な議論を全然してくれなかった。天上におわす神様も嘆いていることだろう。

神聖教には〝罰の日〟という概念が存在する。

もちろん神様は人々を救ってくださるが、救いようのない悪人が増えすぎると、神様は「こりゃもうダメだな」と匙《さじ》を投げる。その瞬間、どこからともなく悪魔が湧《わ》いてきて地獄につながる大穴を開けるのだ。人々は後悔の炎に焼かれながらその大穴に吸い込まれ、地上はまっさらにリセットされてしまう。

――〝罰の日〟なんて嫌じゃ。

――神様、どうか世界をお救いくださいのじゃ。

そんな感じで目を瞑《つむ》って祈りを捧げていた時のことだった。

「会議は踊る。されど進まず。これでは意味がない」

不思議とよく通る声が響いた。

喧々囂々《けんけんごうごう》とした言い争いが収まる。

四十二人のうちの一人――ネクリス王国の代表が円卓を睨んでいた。

名前は確か〝リウ・ルクシュミオ〟。

昨日までの代表が食べすぎによる腹痛で帰国したので、代理として派遣されてきたのがこの男だ。しかし何故か顔がボコボコに腫れているし、あろうことか松葉杖《まつばづえ》をついていた。

「リウ・ルクシュミオ大臣？　その恰好《かっこう》はどうしたのですかな？」

「転んだ」

場がどよめいた。痛いなら帰ったほうがよいのじゃとクレメソス504世は心配になる。

しかし彼は「それよりも」と強引《ごういん》に話を切り替えるのだった。

「貴様らは何も見えていない。このままでは戦争が終わることはないだろう。真実の敵から目を背《そむ》けて意味のない他者批判に専心しているではないか」

「真実の敵？　頭でも打ったのではございませんかな」

「病院で治療してもらったほうがよいですぞ！」

おじさんたちが嘲笑《ちょうしょう》する。しかしルクシュミオは構いもしなかった。

「おかしいとは思わなかったのか？　ここにいる誰もが戦争など求めていない。なのに不自然な争いの火種が発生して戦争へと発展する」

「おかしいと思っているから会議をしているのだろう。そしてそれは争いを起こしたがる国が存在しているのが原因なのだ」

「そうだな。しかし国ではない――裏で糸を引いている黒幕がいるのだ」

「馬鹿《ばか》な」

「トゥモル共和国の大臣よ、貴国は確か『鉱山都市ネオプラスが破壊された』という理由で隣国を攻めたそうだな」

「その通りだ。あれはヒージェン王国の謀略であり――」

「違う。すべてはスピカ・ラ・ジェミニとテラコマリ・ガンデスブラッドのせいなのだ」

「テラコマリ・ガンデスブラッドだと……⁉」

瞠目《どうもく》して立ち上がったのは翦劉《せんりゅう》のおじさんだ。

アルカ王国の外務大臣だろう。

「そ、そやつはムルナイトから献上された次期巫女姫《みこ》を掠《かす》め取った〝コマリ倶楽部〟のリーダーではないか！　まさかやつは両国の関係を破壊するために……！」

「証拠は揃《そろ》っているので後でお見せしよう。この世界で起きている不可解な事件はすべてやつらの仕業《しわざ》なのだ――ゆえに我々は互いに憎み合うべきではない。憎むべきは卑劣なテロリストなのである」

「――そ、そうじゃ！　すべての戦乱はテロリストのせいだったのじゃ！」

クレメソス504世は拳を握って立ち上がった。

ルクシュミオの言葉には不思議な説得力があった。よく分からんけどここは乗っておくのが吉だろう。ひとまず共通の敵を作り出して列国が団結する必要がある。

「テロリストは世界を混乱させて〝罰の日〟を実現しようとしておる！　みんなでぼこぼこにするのじゃ！　それが平和への道なのじゃ！」

「教皇猊下も賛同している。我々は協力してテラコマリとスピカを撃滅するべきだ」

「しかし……そのテロリストはどこにいるんだ？」

「いずれこの神聖レハイシア帝国を訪れるだろう」

「のじゃ⁉」

「やつらは〝魔核〟という至宝を求めている。魔核は悪用すれば世界を滅ぼすことができるほど強力な神具だ」

ルクシュミオは何故かクレメソス504世を凝視した。

正確には──クレメソス504世の首に提《さ》げられているペンダントを。

「せ、世界を滅ぼす？　恐ろしいのじゃ……」

「それがこのレハイシアにある。だからやつらは必ず攻めてくる」

「…………………………」

クレメソス504世は冷や汗が流れていくのを感じた。

神聖教教皇に代々受け継がれるレガリア、〝光のくす玉〟。

先代教皇から「これは神に認められた証だから手放さないように」と言われたペンダントのことだ。クレメソス504世は言いつけを律儀に守り、寝る時も、ご飯を食べる時も、お風呂《ふろ》に入る時でさえも、これを肌身離さず持ち歩いていた。

そして先代曰く、このくす玉は別名を魔核という。その名の通りくす玉状になっていて、外側の殻が割れると中から〝キラキラと輝く星のような球体〟が出てくるらしい。

とにかく、このままでは教皇の地位がヤバイ。

〝光のくす玉〟を奪われたらクレメソス504世はただの〝ミーシャ・モンドリウツカヤ〟になってしまう。神様に見捨てられてしまう。

ゆえにクレメソス504世は大慌《おおあわ》てで声をあげるのだった。

「──る、ルクシュミオ殿⁉　そのテロリストはいつ来るのじゃ⁉　どうやったらやっつけられるのじゃ⁉　そもそもどんな風体《ふうてい》をしておるのじゃ……⁉」

「安心せよ。俺《おれ》が似顔絵を描いて配ろう」

「ありがとうなのじゃ！　きっと恐ろしい顔に決まっておるのじゃ……」

「やつらは鉱山都市ネオプラスで星砦と対峙《たいじ》した際、人相書を流布して市民に追跡させたらしい。我々も同じ手を使ってやろうではないか」

「しかし、そう簡単に上手《うま》くいくのか……？」

「上手くいく」

ルクシュミオは片頬《ほお》を吊り上げて言った。

「列国が力を合わせれば何も問題はない。テロリストには神の鉄槌《てっつい》が下されるだろう」

それはそれは邪悪な笑みだった。

しかしクレメソス504世は不思議な安心感を覚えた。こいつならテロリストをなんとかしてくれる――そういう根拠のない確信がふつふつと湧き上がってきた。

「――さあ、戦いの時だ。平和と秩序はすぐそこに迫っているぞ」

☆

「……どこだここ⁉」

気がついたら草の上に立っていた。

空に浮かんでいるのは半分になった月。星座の位置がさっきと微妙に異なるから、キャンプ場から遠く離れた位置まで飛ばされてしまったらしい。

「ん？」

そこで私は背中に柔らかいモノが押しつけられていることに気づいた。

背後から誰かにギュッと抱きしめられているのである。

少し冷たいこの肌の感触は――

「……サクナだよな？」

「うひゃあっ⁉　ご、ごめんなさいコマリさんっ！」

白銀の超絶美少女、サクナ・メモワールが弾《はじ》かれたように身を引いた。

いったい何をしていたのだろう？　怖くなって私に抱き着いちゃったのかな？

「これは……えっと……その……コマリさんを守ろうと思って……」

「そ、そうだったのか……！　サクナはやっぱり頼りになるなぁ……！」

私はサクナの頭をナデナデしてあげた。

彼女は頬を赤らめて「えへへ」と笑っていた。あまりにも可愛《かわい》かったのでクラクラしてしまった。この子の美少女っぷりにはヒーリング効果があるのかもしれないな。

「サクナも一緒に【転移】してきたんだな」

「そうみたいです。キルティさんの魔法石が発動して……」

「やってくれたなキルティ……」

というかキルティって何者なんだろうか？　自称「フルムーンのメンバー」らしいけど……そういえば紅雪庵《こうせつあん》で出会った〝影〟とまったく同じ名前だよな？　まさか同一人物のはずがないだろうし。

サクナが「あっ」と声を漏らして指をさした。

「見てください、紅竜《こうりゅう》さんの群れです……！」

私も思わず声をあげてしまった。

だだっ広い草原のあちこちに紅色の竜が――〝紅竜〟がたむろしていたのだ。どうやらこの辺りは彼らのテリトリーらしい。といっても、紅竜は穏やかな動物であるため近づいても襲われることはまずない。私の相棒であるブーケファロスは例外だけど。

「すごいぞ！　こいつら野生なんだ！　しかも群れなんて初めて見た……！」

「五十頭くらいいそうですね…………あれ？」

サクナが何かに気がついた。つられて彼女の視線の先を見やる。

数頭の紅竜が集まって何かをむしゃむしゃ食べていた。

美味《おい》しい草でも生えてるのかな？

ん？　でもあいつらがモグモグしてるのってよく見れば人間の形をしてないか？　着物を着た女の子と……奇妙な帽子をかぶった金髪ツインテールの女の子……？

あれってカルラとスピカじゃね？

「うわあああああ⁉　何やってんだお前ら‼」

私が大声をあげて突撃すると、紅竜たちは一目散に逃げていった。

少し離れた位置で立ち止まり、ジッとこちらを観察している。

だが彼らを気にかけている余裕はなかった。

後に残されたのは、涎《よだれ》でべとべとになった二人の少女である。どうやら舐められていただけらしい。

「カルラ⁉　おいカルラ、しっかりしろ！」

「ふふふ……ここはお花畑……？　あれ……？　お祖母様があっちで手を振ってます……」

「お前のお祖母さんは生きてるだろおっ⁉」

「あの、コマリさん。こっちの人は殺しちゃってもいいでしょうか……？」

ぎょっとして振り返る。

サクナがうつ伏せに倒れているスピカの首筋に手を添えていた。

目がマジだった。

光のサクナが闇《やみ》のサクナに進化していた。

「これはチャンスですよね……何故か〝神殺しの邪悪〟は動けないみたいです……ふふふ……ゆっくり苦しませる感じで絞めてあげましょうか……」

「やめろサクナ、清楚《せいそ》な美少女に戻るんだっ！」

私は大急ぎでサクナに抱き着いた。

彼女の口から「にょわあっ⁉」という変な声が漏れる。

「じょ、冗談ですっ！　冗談ですから……！」

「冗談の目じゃなかったぞ⁉　お前が落ち着くまで離さないからなっ！」

「ふあぁあぁあ……もう落ち着かなくてもいい気がしてきました……」

「何でだよ⁉」

どうやら正気を保っているのは私だけらしい。

とりあえず状況の確認が先決だ。

☆

「キャンプ場から北に三百キロってところね！　星の角度からよく分かるわ！」

十分後。

ぐで〜っと仰向《あおむ》けになったスピカが元気にそう言った。

すでに夜の帳《とばり》が下りている。風は生温く、虫たちのさざめきが耳朶《じだ》を打ち、近くの草むらでは紅竜たちがうずくまって寝る準備を始めていた。

「もうちょっと北に行けば〝神殺しの塔〟が見えるはずよ……どうせならルミエール村に【転移】させてくれればよかったのに！」

この場所に飛ばされたのはたったの四人。

他のみんなは別の場所に【転移】させられてしまったのかもしれない。

「スピカさん、先ほどの夭仙《ようせん》はいったい何者なのですか」

カルラがハンカチで頬を拭《ぬぐ》いながら問うた。

そうだ、気になることがある。

突如として襲いかかってきた殺人鬼——リウ・ルクシュミオ。返り討ちに遭ってボコボコにされていたが、あいつのスピカに対する憎悪は本物だった。

「あの方は天文台の愚者と名乗っていましたよね？　お知り合いですか？」

「怨敵《おんてき》よ」

「どんな因縁があるのでしょうか」

「…………」

五秒ほど間が空いた。

「……私の夢を破壊した愚か者だ。とっくに死んだと思っていたんだけど、自らに封印を施して生き長らえていたなんて思いもしなかったわ」

「なんで私やスピカを殺そうとしてるの？　あいつも最強を目指すバーサーカーなの？」

「愚者どもの役割は秩序の維持よ。特に第一世界における魔核社会を存続させることを目的としているから、とにかく〝変化〟を嫌う。天仙郷《ようせんきょう》の魔核の崩壊がトリガーとなって復活したみたい。やつらは世界に変革をもたらしうる人間、つまり私やあんたみたいな革命家を殺そうとしてるの」

「私がいつ革命家になったんだ？」

「あんたは六国《りっこく》の人々の心を変えてきた。それは立派な革命なんでしょうね、あいつらにとっては」

愚者の目は節穴らしい。冤罪《えんざい》もいいところである。

とにかく新しい殺人鬼が襲ってくるというわけだ。

あいつらは倒しても倒してもポコポコ湧きやがるからな。

「……コマリさん、これからどうしましょう？」

サクナが不安そうに尋ねてくる。

「そうだな。できればキャンプ場に戻りたいけど……」

「それは無理よ！」

スピカが星を見上げながら言った。

「私たちのやるべきことは変わっていない。魔核を集めて〝神殺しの塔〟の封印を解けば、すべてを解決する手がかりを得ることができる。たとえ天文台の愚者どもが関係してきても、それは一緒」

「でも他の皆が」

「あくまで天文台の狙《ねら》いは私とテラコマリよ！　私たちが暴れ回って目立てば、他の皆の相手をしている暇なんかなくなるわ」

「スピカさんに賛成です」

しゃん、と鈴の鳴る音がした。

カルラが冷静な声色で続ける。

「【転移】がバラバラに発動した結果、キャンプ場にいたメンバーは常世の各地に飛ばされてしまったのでしょう。しかし彼らは皆、次の目的地が〝神聖レハイシア帝国〟であることを知っています。だから当初の目的通りに行動すれば問題ないかと」

「でも……」

「心配したくなるお気持ちは分かりますが、彼らも歴戦の猛者《もさ》たちです。そう簡単に捕まったりはしないはずですよ」

「話が分かるわねっ！　さっすが宇宙最強の大将軍！」

「…………え、ええそうですね！　私は宇宙最強ですからね！」

そのフレーズ、久々に聞いた気がした。

とにかく、頭脳明晰なカルラがそう考えるのならば従うとしよう。そもそも皆がどこに飛ばされたのかも分からないので、こちらから捜しにいくのは不可能なのである。

そこでサクナが「あれ?」と驚いたような声をあげた。

「見てくださいコマリさん、あっちに小屋がありますよ」

「え?　あ、ほんとだ」

紅竜たちの群れの向こうに、木造の小さな家屋《かおく》が建っている。

私たちは小走りで近寄った。どうやら倉庫のようだ。中には保存食や武器などが勢揃いしていた。

「なるほど。ここは〝フルムーン〟の避難先のようですね」

「どういうこと?」

「キルティさんの魔法石は緊急脱出用のものだったのです。【転移】した先に物資を備蓄しておくのは当然のことでしょう。鞍《くら》や鐙《あぶみ》もあるところから見るに、外の紅竜たちもフルムーンの一員なのでしょうね。いざとなったら彼らに乗って逃げられるように、と」

「そうか……あいつらもしゃべるってことか……」

「しゃ、しゃべる??」

「でもこれなら簡単にレハイシアに行けますね!　紅竜さんたちの足ならすぐです」

サクナがウキウキで室内を物色していた。

確かに彼女の言う通りだった。徒歩だったら筋肉痛になってしまうので、騎獣に乗れるのはありがたい。まあ今日はもう遅いから出発は明日になるのだろう。後で紅竜たちに話しかけてみようかな。たぶん駱駝《らくだ》のシャルロットと一緒で他の皆がいる時だと返事をしてくれないだろうけど――

そこでふと違和感を覚える。

小屋の中にいるのは、私とサクナ、カルラのみ。

「……あれ？　スピカは？」

「？　外ではないでしょうか？」

「コマリさん、あんなテロリストはどうでもいいです。それよりも……その、ベッドが二つしかないみたいなんです。よければ、私と一緒に寝ませんか……？」

「いやちょっと待て、あいつまさか……！」

私は大急ぎで小屋の外に出た。

例のテロリスト系お嬢様は、何故か草原のど真ん中に寝転がったままだった。

「……スピカ？　何やってんの？」

「何もしてないわ！　今日はここで寝ようと思ったのよ！」

「風邪《かぜ》ひくぞ？　あっちに小屋があるから一緒に寝ようよ」

「必要ないわ！　私は大自然が好きだもの！」

不審に思ってスピカの身体《からだ》を見下ろした。

まるでナマケモノのように微動だにしない。

試しにスピカの二の腕を揉《も》んでみた。

ゴリラを凌駕《りょうが》する力を持っているくせに、極めてぷにぷにだった。

そして私の予想通り、スピカは不自然なほどに抵抗しなかった。

「なに？　殺すわよ？」

「お前、まさか動けないのか？」

「動けるに決まってるわ！　動く必要がないから動かないだけであって――ふにゅっ」

おへその辺りを指でつついた瞬間、スピカの口から奇妙な鳴き声がまろび出た。

そうして天地がひっくり返るようなモノを目撃した。

スピカのほっぺたが少しだけ……ほんの少しだけ赤くなったのである。

これでもう確定した。

ルクシュミオは注射器のようなモノをこいつにぶっ刺した。確か〝太陽のエネルギー〟、スピカに対する特効薬と言っていた気がする。あれを食らった瞬間、スピカは全身の力を奪われて軟体動物のようになってしまった――それがずっと継続しているらしいのだ。

「やっぱりお前、動けないんだろ」

「動けると言ったらウソになるわね！」

「……やっぱりあいつの注射器が原因なのか？」

スピカは「そうね」と無表情で言った。

「私は古い吸血鬼だから、太陽が得意じゃないの！　それを凝縮されたエネルギーを注入されちゃったら、手足が動かなくなってもおかしくないわ！」

「いつ治るの？」

「知らない。こんなの初めてだもの」

最悪だった。

スピカの超絶パワーがあれば敵も楽勝で倒せると思っていたのに。

残された戦力は——時間を巻き戻せるけど普段は最弱のカルラ、血を吸えばヤバイことになるけど普段は最弱を超えた最弱の私、そして腕力の鬼と化した美少女のサクナ。

前途多難だ。

「……ねえテラコマリ」

「なんだよ」

「お手洗いに行きたいわ」

「…………」

今度こそ見間違いではない。

宵闇《よいやみ》のせいで分かりにくいが、耳まで赤く染まっている。そのくせ意地は残っているのか、あえて余裕そうな無表情を張りつけていた——ように見せかけて、恥ずかしさやら何やらを抑えきれずにパチパチと何度も瞬《まばた》きをしている。

本当に前途多難だ。

私は溜息を吐くと、スピカに肩を貸すべくしゃがむのだった。

15　神の領域、再び

Hikikomari the Vampire Cou no Monmon

神聖レハイシア帝国はルミエール村の手前にあった。

私は「ヴィルたちに会いに行こう！」と提案したのだが、スピカ曰《いわ》く「魔核《まかく》はすぐに回収できるわ！」とのことで、いったんレハイシアに寄って目的を果たすことになった。紅竜《こうりゅう》たちにご飯を与えないといけないため、どのみち直《ちょく》でルミエール村に行くことはできないのだ。

ごーん。ごーん。

門を抜けて街に足を踏み入れると、どこからともなく教会の鐘の音が響いてきた。常世《とこよ》のレハイシアは人口二千人程度の小さな都市国家だが、人々の信仰心はあっちの世界よりも篤《あつ》いように思われた。祭服の老若男女がそこかしこで跪《ひざまず》き、神に対して祈りを捧げている。

「紫色の建物ばっかりだな。どこかで見たことがあるような……」

「マンダラ鉱石でしょ？　ネオプラスの貿易収支報告書に書いてあったけど、鉱石の輸出先のお得意様はレハイシアなのよ。聖職者たちはキラキラ光るものが大好きみたいね、まったく俗っぽいったらないわ！」

「ふうん」

家屋《かおく》にあしらわれた〝斜め十字に光の矢〟のレリーフはほとんどマンダラ鉱石だ。

あの紫色には宗教的な意味もあるのかもしれないな。なんか神聖な気がするし（適当）。

私たちは紅竜を厩舎《きゅうしゃ》に預けると、いったん食事を摂《と》ることにした。

なんだかワクワクしてきたな。

実はこうやって色々な土地のレストランを巡るのが密かな楽しみとなっているのだ。

プロの引きこもりにはあるまじき思考かもしれないが、小説家の端くれとしては色々なモノを体験しておきたい。さあ神聖レハイシア帝国のオムライスよ、お手並み拝見といこうじゃないか！

いやまあ、それはさておき。

「ご苦労様っ！　もう降ろしてくれていいわよっ！」

「……何で私がお前を背負わなくちゃいけないの？」

「私が要介護者だからよっ！」

「堂々と言うなよっ！　あとさっきから何で私の首筋舐《な》めてるんだ？　なんかチクチクするんだけど勝手に血とか吸ってないよな？」

「吸ってるわ！　あんたの血って美味《おい》しくないわね！」

「どうりでクラクラすると思ったよ！　さっさと降りろ！」

「ふにゅっ」

私は店のソファにスピカを放り捨てた。

　スピカは「ひどいわ〜！」と不服そうな顔をしていた。両腕は動かせるようになったものの、未《いま》だに自力で立つこともままならないようだ。今ならこいつを擽《くすぐ》りの刑に処すこともできるのだが、完全復活した時に殺されそうなので何もできない。歯痒《はがゆ》い。

「コマリさん、荷物を処分してもいいですか？」

「あれ？　サクナ、そんなに荷物持ってたっけ？」

「違いますよ、そこに転がってるお荷物を殺そうかと思ったんです」

「うわああ⁉　その包丁はどこから持ってきたんだ⁉」

「コマリさんに迷惑ばっかりかけて……挙句《あげく》の果てにこっそり血まで吸うなんて我慢できません……ここで処分しておくのが人類にとっての幸福だと思います……」

「やめろサクナ、店で暴《あば》れたら迷惑がかかるだろぉっ！」

　私は慌《あわ》ててサクナを羽交《はが》い絞めにした。

　スピカが「しょうがないのよ」と溜息《ためいき》を吐《つ》いて言った。

「飴がなくなっちゃったから、直《じか》に血を摂取するしかないわ」

「飴？　あの赤いやつのことか？」

「そうよ、あれは虚弱体質の吸血鬼のために作られた健康食品なのよ。私ってすっごく燃費が悪い体質だから、常に血を舐めていなければぶっ倒れちゃうの」

「そんなに血を吸ってるのに、なんで身長は低めなんだ……？」

「…………」

あ、スピカがへそを曲げた。

だんだんこいつの感情の機微《きび》が分かるようになってきた気がする。

「……失礼ね。干物《ひもの》になるまで血を吸われたいの？」

「ご、ごめん。悪口を言いたかったわけじゃなくてだな、もしかしたら血は身長に関係ないんじゃないかっていう革命的発想に至ったっていうか……」

「何やってもテラコマリは伸びないわよ、それだけはハッキリ分かるわ」

私もへそを曲げた。

こいつの言うことはヴィル並に適当らしい。私はまだタケノコみたいなものであり、いずれ竹のごとく巨大化することは誰《だれ》の目にも明らかであるというのに。

まあいい。気にしても仕方がない。とりあえず料理を注文しようではないか。

……ん？　あれ？　あれれ？

オムライスがないぞ……!?

何で……!?

「スピカさん。さっそく今後の方針を決めましょう」

「カルラ！　大変だ、この店にはオムライスの用意がない！」

「お、オムライス？　確かにそれも大事ですけれど……まずはこの都市のどこに魔核があるのか知りたいのですが」

　私は穴が開くほどメニュー表を見つめた。

　おかしい。オムライスがない店が存在するとは……。

「そうね！　私は六百年前、常世の魔核に願いを込めた後、当時の支持者たちに頼んでそれぞれ隠させたの。悪用されたらマズイからね。でも魔核は魔力を放っているから、ほとんどは星砦《ほしとりで》に見つかっちゃったみたい」

「ここにある魔核は違うのですか？」

「レハイシアの魔核は神聖教教皇に代々受け継がれる〝光のくす玉〟――その中に隠されているわ。くす玉は魔力を隠蔽する神具だから、星砦のやつらも分からなかったんでしょうね。本当は六つすべての魔核にこういう処置をしたかったんだけど、くす玉は一個しかなかったからねえ」

「なるほど。では教皇猊下《げいか》に謁見《えっけん》すればいいのですね。しかし……代々受け継がれているということは、その〝光のくす玉〟は神聖教にとって重要なアイテムなのでは？」

「常世に来てから調べてみたけど、どうやら教皇を教皇たらしめるレガリアのようね！　私の知らないうちに別の意味で大事なお宝になってたみたい！」

「誠心誠意お願いするしかありませんね……」

「コマリさん、オムライスありましたか?」

「ない！　サクナも一緒に探してくれ……！」

「こっちのハンバーグはどうでしょうか？　半分ずつ食べませんか?」

「ハンバーグもいいけど、でも…………………………………ん??」

メニュー表の最後。

まるで広告みたいな感じで指名手配書が貼《は》りつけられていた。

盗み食いをした人だろうか？　うわ、とんでもない悪人顔。ラペリコのチンパンジーを五倍くらい怖くした感じだ。私が今まで遭遇してきた殺人鬼たちと比べても段違いだな。

いったい何者なのだろう?

そう思って何気ない気分で名前を確認する――

『世界を脅かす最悪のテロリスト！
スピカ・ラ・ジェミニ&テラコマリ・ガンデスブラッド
この顔を見たらすぐに通報ｏｒ殺害を！』

…………?

…………??

夢かと思ってメニューを閉じる。もう一度開いてみる。

そこにはやっぱり私とスピカの名前がくっきりと刻まれていた。

「……何でまた指名手配されてるの⁈ ⁉」

「こ、コマリさん？　あんまり大声を出すとお店に迷惑が……」

「それどころじゃないよ！　これを見てくれ！」

私はメニュー表をテーブルの上に広げた。

カルラの表情がみるみる曇っていった。

「何したのですか？　まさか食い逃げ……？」

「まだ食べてないよっ！　あーもう、何回お尋ね者になればいいんだ！　サクナ、私はこれから逃亡生活に入るぞ！　賞金稼ぎどもが雪崩《なだれ》を打って襲いかかってくるからなっ！」

「は、はいっ！　なんだか駆け落ちみたいですね……えへへ……」

「いいえ、その必要はありません」

カルラが冷静に言い放った。

「ご覧ください、この似顔絵。あまりにも下手《へた》すぎて誰だか分かりませんよ」

「え？　あ、言われてみれば……」

スピカはともかく、私はこんな凶悪な顔はしない。

飲食店のメニュー表にすら載っているくらいだから、この手配書はレハイシアのいたるところに流通しているのだろう。しかし私たちは未だに襲われていなかった。つまり、街の人々は私たちが入国したことに気づいていない。

「誰が描いたんだよこれ。絵心がないってレベルじゃねえぞ」

「絵心がないのか、コマリさんたちの顔を知らない人が描いたのか――問題なのは、私たちがレハイシアに潜入していることが敵側に漏《も》れており、かつ、それなりの対応策が練られているということですね。魔核の回収も一筋縄ではいかないかもしれませんよ」

「これは……たぶん愚者の仕業《しわざ》よ」

スピカが真剣な口調で呟《つぶや》いた。

「やつらは私を仕留めるためなら何でもするんだ。レハイシアを抱き込むくらいのことは平気でやってのける……」

こいつは愚者の話になると急に真面目《まじめ》になる。

それだけトラウマがあるということなのだろうけれど。

「元気出せよスピカ。みんなで力を合わせれば何とかなるよ」

「……干からびたいの？　あんたに言われなくても私は元気よ？」

「それならいいんだけど」

「じゃあ血をぜぇーんぶ吸ってあげる！」

「それはよくねえ！」

カルラが慌てて割って入った。

「お二人とも、喧嘩《けんか》はダメですよ。あとサクナさんはナイフをしまったほうが……」

「ダメです。右手を押さえられそうにないんです。あの吸血鬼がコマリさんの血を吸おうとするのを見ると……」

「と、とにかくご飯を食べて落ち着きましょう！　注文よろしいでしょうか⁉」

店の奥から「ただいまうかがいます！」と元気な声が聞こえた。

え？　もう注文するの？　スピカと戯《たわむ》れている場合じゃないな。はやくオムライスの代替物《だいたいぶつ》を見つけなければ——そんなふうに焦《あせ》ってメニューに目を通していた時。

がしゃーん‼

何かが割れる音が聞こえた。

「か、かか、……閣下ぁああっ⁉」

続いて聞き覚えのある声。

振り返る。そこに立っていたのは——店員の制服に身を包んだ紅色ポニーテールの少女。

どうやら彼女が皿を落としてしまったらしい。いやいやそんなことよりも。

「——エステル⁉　どうしてここにいるんだ⁉」

「こ、ここに閣下がいるかもしれないって情報があって……！」

エステル・クレール。

彼女は目に涙を浮かべて震えていたが、袖《そで》でゴシゴシと目元を拭《ぬぐ》い、しゅばっと軍隊らしい敬礼をして叫ぶのだった。

「ご無事で何よりですっ！　ずっとお捜し申し上げていたのですよ……！」

「そ、そうだったの？　他の皆は……」

どがしゃーん!!

再び何かが割れる音が聞こえた。

「こ……こま……コマリ様…………!?!?!?」

「え？」

割れたコップの破片が床に散らばっていた。店の偉い人が「お前らどんだけ割る気だよ!?」と怒鳴っている。そんなものにはお構いなしで猪突猛進してくるメイドの姿を私は目撃した。

青い髪と翡翠《ひすい》の瞳《ひとみ》。

涙ですごいことになった顔。

「コマリ様アアアアアアアアアアアア!!」

「ヴィル！　お前も一緒にいたのか——————ぐえっ!?」

メイドが猛烈な勢いでへばりついてきた。しかも私のお腹《なか》に顔を埋めて「コマリ様コマリ様コマリ様」と不気味に連呼するではないか。私はくすぐったいやら恥ずかしいやらで銅像のように固まってしまった。

「ああコマリ様……！　やっと見つけました……！　毎晩の妄想に出てくる偽コマリ様じゃなくて温《ぬく》もりのある真コマリ様がここに……」

「お、おい泣くなよ⁉　私はどこにも行ったりしないから……！」

「コマリ様ァアアアアアアアアアアアアアア‼」

「わあああああ‼　脇腹《わきばら》を揉《も》むな‼」

「『どこにも行ったりしない』？――コマリ様は嘘《うそ》吐きですね。あなたは私をルミエール村に置き去りにしたではありませんか。やむを得ない事情があったにしても許せませんね。私がどれだけコマリ様のことを心配したか……」

「ご、ごめん……」

「もう一生離れません。さっそく合体しましょう」

「おいこら、これ以上密着すんな‼　骨が折れたらどうすんだ‼」

サクナが「私も合体します！」と背後から抱き着いてきた。ハンバーガーの肉になった気分だ。私はこのまま圧死するのかもしれない――そんなふうに懸念を抱いた時。

「何やってんのよ。嬉《うれ》しいのは分かるけど目立ちすぎだわ」

「そうよヴィル！　テラコマリにくっついたらチビがうつるわ！」

店員の服を着たネリアとコレットが近づいてきた。

私は感動で泣きそうになってしまった。

「見つかってよかったわ。その様子だと元気そうね」

「ありがとうネリア……わざわざ捜しに来てくれたの？」

「当然でしょ！　私はコマリのお姉ちゃんだからね」

「それは諸説ある」

「まあとにかく――」

ネリアはちらりと視線を斜め下に向けた。

ぐで～っとソファに寄りかかっている少女、スピカ・ラ・ジェミニ。

「――何があったのか聞かせてもらうわ。特にそこのテロリストの企《たくら》みをじっくりとね」

☆

ネリアたちをここまで導いたのは第七部隊の連中（主にベリウスの嗅覚）らしい。

何であいつらも常世にいるんだよと思ったが、彼らも天仙郷《ようせんきょう》で魔核崩壊に巻き込まれたのだという。今はネリアたちと別行動をしており、日銭《ひぜに》を稼ぐために教会で清掃のバイトをしているそうだ。教会が爆発《ばくはつ》しても私の責任ではない。

「んで、私たちはこのレストランでバイトね。まさかコマリが来るとは思わなかったわ」

「コマリ様は私のにおいを嗅ぎつけて尋ねてきたのですよ」

「お前のにおいなんて分かるかよ」

ハンバーグをむしゃむしゃ食べながらテーブルを見渡す。

もはや団体さんだ。私とサクナ、カルラ、スピカの四人組に加え、ネリア、エステル、ヴィル、コレットら〝コマリ倶楽部〟のメンバーまで一緒にテーブルを囲んでいる。

前者と後者にはちょっとした温度差があった。

窓際に座っているテロリストに対する態度が違うのだ。

一応、ネリアたちには事情を説明しておいた。トレモロに受けた傷を逆さ月に治療してもらったこと、スピカやフーヤオと一緒に星砦を蹴《け》散らしたこと、カルラたちと合流してキャンプをして——謎《なぞ》の襲撃者が現れ、逃走のための【転移】に失敗して思わぬ場所へ飛ばされてしまったこと。

そして、常世を救うために〝常世の魔核〟を集める必要があること。

「この吸血鬼は毒薬の実験台にしたほうがいいですね。ちょうど『飲んだら死ぬまで踊りたくなる毒』が完成したので試してみましょうか」

「ま、待てヴィル！」

毒の小瓶《こびん》を取り出したメイドの腕をつかむ。

やっぱり皆にとってスピカは〝極悪非道のテロリスト〟なのだった。

「気持ちは分かるよ。でも毒はやめたほうがいい」

「では牢屋に入れましょうか？　キノコの苗床《なえどこ》にするのもよいですね」

「そうじゃない！　スピカと協力しなくちゃなんだ！」

「コマリ様……」

呆《あき》れたような吐息《といき》を漏れる。

翡翠の瞳が真剣な色を宿して見つめてきた。

「彼女はテロリストですよ。私がいない間に色々あったのでしょうが、逆さ月のせいでムルナイト帝国が危機に陥《おちい》ったことをお忘れですか」

「忘れてないよ。でもスピカにだって事情があったんだ」

「事情があるからといって非道を働いていいわけではありません。コマリ様は甘すぎるのですよ。その甘さによって傷つくことがないようにサポートするのが私の役目です」

「でも……」

「ヴィルヘイズさん。この方は私たちに危害を加えませんよ」

しゃん、と鈴の音が鳴る。

カルラがまっすぐヴィルを見据えて言った。

「しばらく行動を共にして分かりました。確かにスピカさんは目的のためなら手段を選ばない冷血な方ですが、今は利害が一致しています。それに――その心の性質が永久に変わらないわけではありません。コマリさんの影響を受けて少しずつ変わってきているはずです」

「むう……エステルはどう思いますか？」

「え⁉　えっと……メモワール閣下にお任せしますっ」

「私はキノコの苗床がいいと思います」

「おいスピカ！　お前も何とか言え！　このままだとキノコの養分になっちゃうぞ⁉」

「私の目的は常世を楽園にすることよ」

スピカは妙に落ち着いた声で続けた。

「そのためならどんな手段も使う。かつて殺し合った敵と協力することだって厭《いと》わない。いや――協力こそが要《かなめ》なのかもね。フーヤオだってそれを望んでいるだろうし」

「フーヤオ？　あの狐ですか？」

カルラが「はい」と補足した。

「フーヤオさんはコマリさんを助けてくれたんですよ。天舞祭《てんぶさい》ではあんなにヒドイことをしたのに……コマリさんに感化されて一緒に戦ったんです」

「信じられませんね。あの狐はコマリ様を真っ二つにした殺人鬼ではないですか」

「フーヤオはもうそんなことしないよ。あいつは変わったんだ……」

「敵とだって分かり合うことはできる。それを彼女は教えてくれたのです」

ネリアやヴィルが不思議そうに首を傾《かし》げた。

コレットが「ねえ」とヴィルの肩を叩《たた》いた。

「スピカさん……だっけ？　あの人から変な感じがしない……？」

「そうですね。変態の波動を感じます」

「そうじゃないわ。なんか懐《なつ》かしい感じがするの……」

「……？」

ヴィルはじーっとスピカのツラを見つめた。

ふと何かに気づいたように息を呑《の》む。

しかしすぐにクールな表情に戻ってネリアを振り返った。

「……カニンガム殿はどう思われますか。マッドハルトに協力していたテロリストですが」

「抵抗する様子がないならいいんじゃない？　もちろんその吸血鬼を許したわけじゃないけれど、私は利用できるものなら何でも利用する合理主義者よ」

「分かりました」

ヴィルは溜息を吐いて肩を竦《すく》めるのだった。

「私はコマリ様の選択に従います。言っても聞かないでしょうからね」

「あ、ありがとう……！」

「何かあっても私が守りますのでご安心ください。これからは私の服の内側で生活するのがいいでしょう。まるで子育てをするカンガルーのように包み込んで差し上げます」

「わあああ⁉　服が伸びるからやめろ‼」

　この感じも久しぶりだ。日頃からヴィルの奇行には悩まされていたが、その悩みが解消されてしまうとそれはそれでモヤモヤな感じが拭えなかったからな……いやいや脳に異常をきたしたのか私は。メイドはサクナみたいに大人しくあるべきなのだ。

「……あんたは恵まれているのね」

　スピカがしみじみと呟いた。

　彼女らしくないトーンだったので驚きを禁じ得なかった。

「スピカ？　どうしたんだ？」

「何でもないわっ！　目の前でイチャイチャされて殺したくなってきただけよっ！」

「今『殺す』って言いましたよね？　やっぱり苗床にしたほうが……」

「やめろヴィル！　その変な注射器は上司である私が責任を持って没収する！」

「話が進まないから落ち着きなさいってば」

　ネリアが呆れて割り込んできた。

「スピカ。あんたは魔核を集めればすべてが解決するって言ったわね？」

「そうね。そして魔核の一つはこの神聖レハイシア帝国にある。教皇が持っているはずなんだけど——」

　その時、外が急に騒がしくなった。

大勢の人々が移動するような気配。

「何でしょう？　あっちの演台に誰かが立っていますよ」

「ほんとだ。あれは……小さな女の子？」

窓からレハイシアの広場の様子をうかがうことができた。

その中央に、メガホンを持った女の子が立っている。

ここからだと分かりにくいが、その服装はザ・聖職者といった雰囲気だ。神聖教のシンボルマークである〝斜め十字に光の矢〟もあしらわれているし、どこぞの教皇様と似たような奇妙な帽子（ミニサイズ）もかぶっている。

「皆の者！　よく聞くのじゃ！　余は神聖教教皇クレメソス504世である！」

ぱちぱちぱちぱちぱちぱちぱちぱち。

拍手喝采が響いた。あれが第七部隊だったら「教皇猊下!!　教皇猊下!!」みたいな感じで絶叫していたはずであるが、さすがに神聖教の信者はそんな下品なことはしないらしい。

それにしても、教皇だって？

あの小さな女の子が？

いやまあ、スピカだって見た目は小さな女の子のくせに教皇やってたけど。年齢とかはあんまり関係ないのかもな――と思っていたら、そのスピカが私の頭をバシバシと叩いてきた。

「あれよ！　あの子が持っているのが魔核よっ！」

「いた、いたた、叩くなよ⁉　希代《きだい》の賢者の頭脳に傷がついたらどうするんだ⁉」

「ジェミニ殿。これ以上コマリ様をいじめると土の下に埋めますよ」

「それどころじゃないわ！　行きなさいテラコマリ！　これは千載一遇のチャンスよ！」

「でもハンバーグ食べ終わってないし……」

「あとで宇宙一美味しいオムライスが食べられるお店に連れていってあげるっ！」

「⁉　宇宙一……⁉」

「だから言うことを聞きなさいっ！　早くしないとアホ毛引っこ抜くわよ⁉」

「分かった分かった！　分かったから髪を触るな！」

「ちょっ、コマリ様……⁉」

決して宇宙一のオムライスにつられたわけではない。

私はスピカを背負って店を飛び出すのだった。

仲間たちも慌ててついてくる。スピカは私の毛を握って「はやくはやく！」と急《せ》かした。動けなくなってもお転婆《てんば》な吸血鬼である。こいつの言う〝六百年前の友人〟とやらはスピカの相手に苦労したに違いない。

☆

クレメソス504世は悶々《もんもん》とした日々を送ってきた。

教皇に即位したからには、何としてでも神の威光を全世界に知らしめてやりたかった。

それは単に「布教してやりたい」という聖職者的な考えではない——神聖教の融和思想でもってすべての争いを治め、人々に笑顔を取り戻したかったのだ。

眼前には、クレメソス504世を信じてくれる多くの神聖教徒たちの姿。

〝罰の日〟を回避するためには、ここが踏ん張りどころだった。

「この世界は痛ましい悲劇に満ちておる！　これまでずっと原因が分からなかったのじゃが、すべての悲劇は〝テラコマリ・ガンデスブラッド〟と〝スピカ・ラ・ジェミニ〟というテロリストのせいだったのじゃ！　神様がそう仰《おっしゃ》っておる！」

本当はリウ・ルクシュミオの言葉だ。

しかし彼は「俺《おれ》ではなく神の言葉としたほうがいいだろう」と提案した。そのほうが信者たちを説得しやすいから、とのことだ。神様の言葉を偽るなど言語道断《ごんごどうだん》、しかし争いを止めるためには仕方のないことだった。余も大人の戦い方というモノを習得してしまったのじゃ、とクレメソス504世は奇妙なドキドキを感じる。

「そして凶悪なテロリストたちは、世界の要——この神聖レハイシア帝国に攻め込まんとしている！　手配書は発行済みなので、すでに知っている者もおるじゃろう！　やつらの目的は、余が持つ教皇の証、〝光のくす玉〟じゃ！」

先代教皇から預かった神聖教の至宝。

それを掲げてやると、信者たちは「おおっ！」と感嘆の声をあげた。

「やつらは悪魔じゃ！　もし〝光のくす玉〟を奪われて悪用されれば、〝罰の日〟が訪れて地獄に通じる大穴が開いてしまうであろう！　絶対に、ぜぇったいに！　食い止めなければならないのじゃ！　ゆえに余は――ここで寝ることにした!!」

クレメンス504世の傍《かたわ》らには小屋がたたずんでいた。

石造りで、弓矢や銃弾を通さない頑丈なやつだ。

「言うなれば余は囮《おとり》！　もはや不退転の気持ちじゃ！　普段使っているイルカさんの抱き枕《まくら》も持ってきた！　さあ、世界を混沌《こんとん》に陥れる不埒《ふらち》なテロリストよ！　この小屋の半径30メートル以内に近づいてきたら命はないと思え！　余がボコボコにしてやるのじゃーっ!!」

再び信者たちが拍手をして祈りを捧げた。

自らを囮とする勇敢な教皇に感服しているのだ。

よっこらしょと演台から降りつつ、クレメンス504世はひっそりと決意を固めていた。

――皆の期待に応《こた》えるのじゃ！　テロリストを捕まえてやるのじゃ！

この作戦を考えたのはクレメンス504世自身だ。

「余が囮になる！」といった感じの作戦内容を説明した瞬間、ルクシュミオや列国の大臣たちは微妙な顔をした。〝光のくす玉〟を野晒《のざら》しにしてテロリストを誘き寄せるなんて、敬虔《けいけん》な神聖教徒なら泡を吹いて倒れるような蛮行《ばんこう》だからだろう。でもやるしかなかった。どんな手段を使ってでも世界を平和にすること、それが教皇の役目。

——ちゃ、ちゃんと軍は動いてくれるんだよね？

クレメソス504世は不安に苛《さいな》まれながら周囲を見渡した。

無論《むろん》、「余がボコボコにしてやるのじゃーっ‼」という宣言はハッタリだ。小屋の半径30メートル以内に何者かが侵入した場合、すぐさま多国籍軍が出動して一斉攻撃が始まる手筈《てはず》となっている。

あれこれ心配しても仕方がないだろう。

クレメソス504世は神様に祈りながら小屋へ向かった。

久しぶりの演説で疲れたから、ベッドでひと眠りしよう。

「ん？」

その時、人垣から悲鳴が聞こえた。

クレメソス504世は反射的に振り返る。

誰かが何かを放り投げていた。くるくると回転しながら放物線を描くそれは——不思議な紋様が刻まれた、きらりと輝く宝石のような物体。

「何あれ？　きれいなのじゃ～……」

呑気《のんき》に空中を眺めていたクレメソス504世。

それが爆発魔法を閉じ込めた魔法石であるとも知らずに。

ほどなくして、宝石はすぐそこの小屋に直撃した。

常世の人間が知るよしもない不思議なエネルギーがほとばしった。

案山子《かかし》のように棒立ちしていたクレメソス504世は何が何だか分からないうちに吹き飛ばされ、何が何だか分からないうちに小屋が爆発四散する映像を見た。

「きゃあああっ⁉」

素の悲鳴を棚引かせながらゴロゴロと石畳を転がる。

なんてことだ。半径30メートルの外から爆弾を投げられるなんて思いもしなかった。

だってクレメソス504世のボール投げの成績は7メートルだから。いったい誰がこんなことをしたのだ。余は教皇なんだぞ、神様の一番のしもべなんだぞ、命を狙《ねら》ってくる輩《やから》なんてテロリストくらいしかいないはず、

「！」

ハッとして顔をあげる。

逃げ惑う信者たち、駆け寄ってくる多国籍軍の兵士たち、モワモワと立ち上がるすさまじい爆炎――それら雑多な情報のせいで気づくのが遅れたが、クレメソス504世は確かに見た。

馬鹿《ばか》のように大笑いしている吸血鬼。

そして、その吸血鬼を負ぶっている貧弱そうな吸血鬼。

手配書とは似ても似つかないが、服装でなんとなく分かる。というか他の通行人たちとは明らかに様子が違うので、そうとしか思えなかった。来るとしても明日とか明後日だと思っていたが、まさか演説した直後に襲いかかってくるなんて。

つまり。

あいつらが。

あいつらこそが――

「て、てて、テロリストなのじゃ――――――――――っ!!」

☆

「――あっはっはっは！　キルティ・ブランから盗んでおいた【小爆発】の魔法石よっ！　スカッとする爆発っぷりだったわね～！」

「な、な……何やってんだお前ええええええええええええええええええええ!?」

私はスピカをおんぶしながら絶叫した。

こいつを不用意に連れ出した私が愚かだった。

せっかく『手配書の似顔絵が激烈に下手糞《へたくそ》』という奇跡が起きて助かっていたのに、これじゃあ自ら「私がテロリストです」と名乗りを上げているようなもんじゃねえか！

「あれ……？　スピカさんって意外と考えなしな方だったのでしょうか……？」

「そうですよカルラさん、はやくカピバラにしておくべきだったんです」

「毒の実験台のほうがいいですよ。やつの餡に練り込んでおきましょう」

背後でみんなが呆れていた。言うまでもなく私も呆れている。

もうトイレには連れていってあげない。

「何やってるのよ！　ぼうっとしてたら死ぬわよ!?　ほら見なさい、物陰に隠れてた軍人どもが大慌てで飛び出してきたわ！　やっぱり罠《わな》だったのよ！」

「なっ……おまっ……罠だと分かってて爆弾投げたの!?」

「罠だからこそ計算通りなのっ！　いいから魔核のもとへ向かいなさいっ！」

「んなこと言われても――」

「コマリさん危ないっ！」

サクナの拳《こぶし》がうなった。

「おぐえッ」――横から襲いかかって来た兵士が顔面を殴られて吹っ飛んでいく。また彼女に助けられてしまったらしい。

「サクナぁっ！　どうしよう、このままじゃ死んじゃうよ！」

「スピカ・ラ・ジェミニを差し出しましょう。私たちだけでも助けてもらえるようにお願いするんです……！」

言いながらサクナは兵士たちを千切《ちぎ》っては投げ、千切っては投げていた。

彼女はもともと魔法を得意とするタイプの吸血鬼だったはずなのに、常世の過酷な環境に適応するため一時的に肉体派になっているらしかった。

「さ、サクナ後ろっ！」

「え――」

サクナの背後から剣を持った兵士が飛びかかってきた。さすがにか弱い美少女が肉弾戦を続けるのは無理があったようだ――私は必死になって彼女を庇《かば》おうとして、

「えいっ！」

「グエッ」

しかしそれよりも早く、カルラの振りかぶった金属バットが兵士の後頭部に命中していた。

敵を屠《ほふ》ったカルラは「あわわわ」と顔を真っ青《まさお》にしてバットを取り落とし、

「殴ってしまいました……！　はやく治してあげないと……！」

「さすがねアマツ・カルラ！　その調子で頼むわよ！」

「いやです！　殴られるのは慣れてますが、殴るのは大嫌いなんですっ……！」

「後でいくらでも殴ってあげるから今は我慢しなさいっ！」

「何で殴られなくちゃいけないんですか⁉」

「喧嘩してる場合じゃないでしょ！　新手がどんどん湧《わ》いてくるわ！」

ネリアが双剣を振り回しながら叫んだ。

兵士たちは私たちをテロリストだと認識したらしく、血眼になって突貫してきた。もはや文句をほざいている状況でもなかった。私はスピカに促されるまま走り出す。

「コマリ様。そのテロリストは捨てるのが得策かと思われます」

「でもこいつ離れないんだよっ！　私の髪の毛がっしり握ってるし――」

「いたわ！　あの子よっ！」

視界の奥――爆散した小屋の隣に小さな女の子が座り込んでいる。

白い髪が特徴的な蒼玉種《そうぎょく》。彼女は私たちの接近に気づくと「ひぃぃ」と甲高い悲鳴を漏らして後退した。

「皆の者！　はやくテロリストを捕まえるのじゃ！　こっちに来てるのじゃ！」

「急げテラコマリ号！　動きが鈍ってるわよ！」

「お前、なんか重くないか……!?」

「あんたが貧弱なだけでしょ!?　殺すわよ!?」

こいつはいつも飴ばっかり舐めているから私に比べて体積が多いのだろう。それはそれとして私が貧弱なのも事実である。お荷物を背負った状態での短距離走なんて経験がないため、すぐに体力の限界を迎えてしまった。

「あっ」

「コマリ様っ！」

爆発でめくれ上がった石畳に引っかかり、コケた。

スピカが私の背中から転げ落ちて「ふにゅっ⁉」という悲鳴をあげる。ヴィルが間一髪《かんいっぱつ》で私の身体《からだ》を抱き留めてくれた。

しかし何もかもが遅かった。

目の前に槍を構えた兵士どもが立っていた。

その鋭利な先端がゆっくりと迫る。ヴィルのクナイでも捌《さば》ききれない。

このままじゃ死ぬ——そう思った瞬間。

「コマリさんっ！　私を舐めてくださいっ！」

「ぐぼえっ」

「メモワール殿⁉」

どこからともなく現れたサクナが私の口に指を突っ込んでいた。

その皮膚の裏側から、じわりと血があふれるのを感じた。

なるほど。そういうことか。

「何をやっているのですか！　コマリ様に無理をさせるわけにはいかないのです！　もしやむを得ぬ場合が到来したとしても私が口移しで血を捧げる予定だったのに——」

ヴィルの叫びなど耳に入らない。胸の奥から何かが湧き上がってくる。これは膨大な魔力の気配。すべてを凍《い》てつかせる真っ白なエネルギーの奔流《ほんりゅう》。ほんのり甘さの混じった血が口内を蹂躙《じゅうりん》していき——ほどなくして、私の意識は殺戮《さつりく》モードへと切り替わってしまった。

☆

ごうッ!!——

嵐《あらし》が弾《はじ》けたかのような衝撃が走る。

多国籍軍の精鋭たちが風に吹かれる木の葉のように吹っ飛んでいった。

白色のエネルギーがふわふわと広場に滞留している。肌を舐め回すような冷気が辺りに充満し、真冬に逆戻りしたかのような肌寒さが背筋を震わせた。

「か、神様……なの……?」

クレメソス504世は腰を抜かしてその威容を見つめていた。

なんて神々《こうごう》しい。あれこそ至高の存在が顕現《けんげん》した姿なのだろうか。

いやいや、そんなわけがない。

むしろ悪魔だ。というかテロリストだ。ウサギをも殺せるような眼光を放っているのがその証拠。しかし人々は「神のお怒りだ！」などと叫んで逃げていく。

　クレメソス504世は勇気を振り絞って叫んだ。

「み、皆の者！　逃げるのはよくないのじゃ！　こいつはテロリストなのじゃ！」

「てろりすとじゃない」

「ひっ⁉」

　いつの間にか、白いオーラをまとった吸血鬼が目の前にいた。

　テラコマリ・ガンデスブラッド。この世界を地獄に変えようとしている諸悪の元凶。

　彼女の足元からピキピキと氷が伝い、クレメソス504世の服の裾《すそ》を地面に縫いつけてしまった。

　逃げようと思っても逃げられない。服を脱ぐのは恥ずかしい。

「それ、まかく？」

「え⁉　ち、違うのじゃ！　これは、これは世の……」

「かして。すぐかえすから」

　怖すぎた。

　おしっこ漏れるかと思った。

　その時、テラコマリの背後から兵士たちが駆け寄ってくるのを目撃した。

「た、助かった！　こやつは悪魔じゃ！　はやく捕らえるのじゃ！」

「教皇ごと殺してしまえとの命令だ！　構わず串刺しにしろ！　〝光のくす玉〟さえ無事なら

ばそれでいい！」

「え」

教皇ごと？　助けに来てくれたんじゃなかったの？

疑問が脳内をぐるぐる巡る。兵士たちはクレメソス504世にすら殺気を向けて槍を突き出してくる。何これ。私も死んじゃうの？――そんなふうに絶望しかけた瞬間、遠くで誰かが叫び声をあげた。

「テラコマリ！　その子は人質にするわ！　誘拐《ゆうかい》よ！」

「――わかった」

「ゆうかい……⁇　ちょっ……のじゃああああああああああああああ⁉」

テラコマリがクレメソス504世を抱えたままジャンプした。

いや、ジャンプというよりも飛翔だった。謎の冷気を噴射しながら空のかなたへと吹っ飛んでいくのである。目が回る。吐き気がすごい。今までずっと隠してきたが、実は高所恐怖症なのだ。大聖堂の高いところにあるバルコニーで演説をする時は、いっつも手汗がすごいことになっていた――

しかしテラコマリはお構いなしだった。

クレメソス504世は絶叫を轟《とどろ》かせながら流れ星となった。

☆

テラコマリ・ガンデスブラッド。

〝銀盤《インセイント》〟の血族の娘。

殲滅外装《せんめつがいそう》が効かないうえに、規格外の烈核解放《れっかくかいほう》を所持している。

先ほどの広場の騒動は、彼女の力量を測るためのデモンストレーションだ。魔法も烈核解放も使えない雑兵《ぞうひょう》どもでは相手にならないことは分かっていた。

だが、まさかあれほどとは。

「――きょ、教皇猊下が誘拐されましたぞ⁉　これでは多国籍軍を出動させた甲斐《かい》も皆無ではありませぬか！」

「だから言ったのだ！　あんな馬鹿みたいな作戦はやめておけと！」

「やつらは東の〝クレメンス尖塔《せんとう》〟に立てこもったようですな」

「さっさと爆破《ばくは》してしまえばよかろうに！」

「そうも参りませんな！　教皇の代わりはいくらでもいるが、〝光のくす玉〟が失われるわけにはいかないのです。神聖教は唯一この乱世をまとめる力を持っており――」

「……アルカの大臣よ。貴様は先ほど裏で『神聖教など糞食らえ』と言ってなかったか？」

「それは個人的な話！　客観的に考えて宗教の力は不可欠であろう！」

「我が国も賛成ですな！　やはり教皇権の象徴である〝光のくす玉〟は重要だ！」

「世迷言《よまいごと》を！　すぐに攻め入ればいい！」

「何を言っているか！　教皇猊下の御身《おんみ》こそが重要であろう！」

「駄目だ。魔核……いや神聖教の至宝を傷つけるわけにはいかんのだ」

「わけの分からぬことを……！」

星砦の連中は己《おのれ》らの傀儡《かいらい》国家に魔核を貸与していたらしい。

その魔力を利用して魔法を〝発見〟した国々にとっては、〝光のくす玉〟――つまり魔核を破壊しかねない行為に否定的なのである。かといって魔核の効能を他国に知られるのも癪《しゃく》であるため、「神聖教が平和のために必要である」といった頓珍漢《とんちんかん》な主張になってしまうのだ。

愚かなことだった。

すでにテロリストどもを撃滅する準備はできたというのに。

その時、大聖堂の扉を蹴破《けやぶ》る勢いで伝令役が転がり込んできた。

「報告いたします！　クレメンス尖塔に立てこもったテロリストから連絡がありました！　彼らによれば、『すべての魔核を差し出せ、さもなくば教皇を殺す』と――」

大聖堂のおじさんたちがどよめいた。

なるほどな、とルクシュミオは口角を吊り上げる。

キャンプ場で盗み聞きしたところ、やつらが持っている魔核は二つ。

それ以外は星砦の傀儡国家が所持している、と思われる。

つまり、この機会に残りの四つもすべて集めてしまおうという算段なのだ。

「焦る必要はない。やつらに〝光のくす玉〟を破壊することはできぬ」

ルクシュミオはゆっくりと立ち上がった。

「俺はすでに攻略法を編み出した。連中は敵ではない」

「……ネクリスの大臣よ、今更信用できると思うのかね」

「どういう意味だ」

「教皇の馬鹿げた作戦に賛成したのは貴様だろう！　だいたい、貴様の描いた似顔絵も全然違ったじゃないか！　テロリストはあんなに凶悪な顔をしていなかった！」

「すまない。絵は不得意なんだ……」

大聖堂は唖然《あぜん》とした空気に包まれた。

こいつらとルクシュミオとでは見ている世界が違うのだ。

できればこんな養分どもとは関《かか》わりたくない。しかし利用できるものは何でも利用するのがルクシュミオの主義だ。常世の戦乱を止めなければ、こいつらの心が安定しなければ、第一世界に秩序は戻ってこない。

殲滅外装《せんめつがいそう》０４‐《縛《バク》》――

神具を発動する。無数の帯《おび》がゆらゆらと揺らめき始める。

埒外《らちがい》の神秘を目《ま》の当《あ》たりにした人間どもが一様に口を開けて固まった。

「――協力しろ。人質も籠城《ろうじょう》も大して意味をなさないのだ。俺は超常の力を持っているのだからな」

16 立てこもり吸血姫《きゅうけつき》

Hikikomari the Vampire Cour no Monmon

気がついたら誘拐犯《ゆうかいはん》になっていた。

「何で?!」

「あまりの現実に現実逃避したくなってきました。台所に洗い物を放置していた気がするので私は桜翠宮《おうすいきゅう》に帰りますね。カリンさんに怒られてしまいます……」

「やめろカルラ!!　そっちは窓だ!!　ここ十五階くらいだぞ!?」

「放してくださいっ!　このままでは軍に突入されて全員お陀仏《だぶつ》なんですっ!　こはる〜!　こはるどこにいるの〜!　私を助けて〜!」

ドスッ、と窓枠に矢が突き刺さった。

カルラは「きゃあっ」と悲鳴をあげて尻餅《しりもち》をつく。

私はおそるおそる窓の外——地上に視線を走らせた。軍人どもが立てこもり犯を包囲するような感じで整列している。というかそのまんまである。ヴィルが「おめでとうございますコマリ様」と呑気《のんき》に拍手をした。

「完全包囲されていますね。絶体絶命です」

「めでたくねえよ‼　なんでこんなことになったんだ⁉」

「コマリさんのおかげですっ！　忘れておりました……ご本人の意志はともかく、あなたは〝殺戮《さつりく》の覇者《はしゃ》〟という称号に相応《ふさわ》しいトラブルメーカーだということを」

「ごめん」

ぐうの音も出ねえ。

私が素で謝ったせいか、カルラが慌《あわ》てて「ま、まあそれがコマリさんの魅力でもあるのですがっ！」とフォローしてくれた。嬉《うれ》しいような嬉しくないような……。

「……しかし困ったな。これじゃあ袋のネズミだぞ」

「コマリ様、一緒に寝ますか？　今なら夢だったってことにできる可能性があります」

「一パーセントもねえよ」

「名案ですね。私は寝ます」

「寝るなカルラ⁉」

私たちは現在、広場の東に屹立《きつりつ》している尖塔《せんとう》に立てこもっていた。

サクナの血で烈核解放《れっかくかいほう》を発動した私は、スピカと教皇――そして危機に瀕していた仲間たち（ヴィルとカルラとサクナ）を抱えて飛翔した。たぶん「みんなを助けなきゃ」という心理が働いたのだろう。

しかし耳元でスピカが「あの塔がちょうどいいわ！」なんて叫ぶもんだから、無意識的にその指示に従い、めでたくこうして籠城《ろうじょう》することになったのである。

尖塔の最上階は、宮殿の応接間のようになっていた。

その中央にあるソファに幼女が座っている。

恐怖の表情を浮かべ、がたがたと身を震わせながら私たちを見つめている。

神聖教の教皇・クレメソス504世。

「――ろ、狼藉者《ろうぜき》め！ 余を攫《さら》って何をするつもりじゃ⁉ まさか食べるつもりか⁉ そうなのか⁉ 言っておくけど余はたぶん美味《おい》しくないぞ！」

「そんなの食べてみなけりゃ分かんないでしょ⁉ まずはそのぷにぷにしたお腹の肉を削《そ》いで唐揚げにしてみようかしら～！」

「ぎゃあああああああ！ 触るな、あっちへ行け！」

スピカが匍匐《ほふく》前進でクレメソス504世を追いかけ始めた。白銀の幼女は顔を真《ま》っ青《さお》にして逃げ回る。その気持ちは分かるぞ、私もあいつに鍋の具にされそうになったから。

「あっはっは！ 揶揄《からか》い甲斐《がい》のある子は好きだわ！ もっと悲鳴を聞かせなさいっ！」

「目が本気なのじゃ！ 本当に余を食うつもりなのじゃ～っ！」

「――ダメです、小さい子をいじめちゃ」

スピカの前に立ちはだかったのはサクナである。

彼女はクレメソス504世の両肩をつかみ、その耳元で優しく語りかけるのだった。

「大丈夫ですよ、私たちはあなたに危害を加えませんから。そこの匍匐前進の人は怖いですけど、何かあったら私が殺しますので安心してください」

「ひいいいいいい⁉　そなたからは淫邪《いんじゃ》な気配がするのじゃ‼　怖い‼」

「え……淫邪……⁇」

ガーン。サクナがショックを受けたように固まった。

スピカが「見る目あるわね～！」と爆笑していた。

クレメソス504世は脱兎《だっと》のごとく身を翻《ひるがえ》すと、部屋の隅にうずくまって「ふ～っ！」ところを威嚇《いかく》し始めた。そりゃそうである。彼女にとって私たちはレハイシアの平和を脅かすガチのテロリストなのだから。

「困ったわねえ」

スピカが匍匐前進で近づいてきた。

私はむしろお前の振る舞いに困ってるんだが。

「全然懐《なつ》いてくれないわ。私ってそんなに怖いかしら？」

「お前って自分を客観視できないタイプ？」

「テラコマリに言われたくないわ！　でもまあ、仲良くなる必要はないんだけどね。あの子が人質としての役目を果たしてくれればそれでいいんだもの」

スピカ曰《いわ》く、現在レハイシアでは常世《とこよ》の国々による会議が開かれているらしい。

ようするに、各国のお偉いさんが一堂に集結しているのだ。

そこで彼女はクレメソス504世を人質にとり、「この子の命が惜しかったら残りの魔核《まかく》を全部寄越しなさい！」という要求を突き付けたのである。なんかもうわけ分かんねえが、これも〝神殺しの塔〟に至るための作戦の一環なんだとか。

「……この立てこもり、意味あんの？」

「何事もトライ＆エラーが大事なのよ！　意味がないのならば、〝光のくす玉〟を奪って逃げればいいだけよ。あんたの烈核解放を使えば楽勝でしょ？」

「んな無茶苦茶な……」

ネオプラスの知事府を制圧した時から思っていたが、こいつの作戦は極めて考えなしだ。なんというか、成功しなくてもＯＫみたいな適当さがある。それで一定の効果をあげてしまうから部下たちに慕われているんだろうけれど。

カルラが「それにしても」と顎に手を当てて呟《つぶや》いた。

「齢《よわい》十かそこらの少女が教皇ですか。あの子は見かけによらず早熟の天才だったりするのでしょうかね」

「コマリ様より小さいのにコマリ様より頭がいいのかもしれません」

「その含みのある言い回しは何なんだ」

「馬鹿《ばか》ねえ、どう見ても傀儡《かいらい》でしょ⁉　あの子に実権なんてないのよ！　現にレハイシアの兵士たちは『教皇ごと殺してしまえ』って叫んでたわ！」

私たちはチラリと囚《とら》われの幼女に目を向けた。

こちらの会話が聞こえていたようで、クレメソス504世はその場で体育座りになると、目からぽろぽろ雫《しずく》をこぼして嗚咽《おえつ》を漏《も》らすのだった。

「余は……余は……うぐっ……」

私とカルラは慌てて立ち上がった。

さすがに可哀想《かわいそう》になってしまった。

しかしクレメソス504世はついに堤防を決壊させた。

これまで我慢してきたものが一斉にあふれたのだろう。

「余は……余は無力なのじゃあっ……！　うぅ……うううぅぅうぅう……うううううううううう!!　自分の無力さが不甲斐《ふがい》ないのじゃああああああああああああっ!!」

「な、泣かないでくれ！　私たちはきみの味方だから！」

「う、嘘《うそ》に決まっておるのじゃあああ！　うううう！　うあああああああああっ……!!」

「ほら、お菓子もありますよ！　風前亭《ふうぜんてい》の羊羹《ようかん》などはいかがでしょうか!?」

罪悪感がものすごかった。

私たちは必死で大泣きする幼女をあやすのだった。

☆

「……淑女《しゅくじょ》としてあるまじき姿を見せてしまったのじゃ」

しばらくするとクレメソス504世は落ち着きを取り戻した。

カルラの和菓子が功を奏したのだ。涙目で羊羹をもぐもぐと食《は》む姿からはハムスターみたいな小動物らしさが感じられる。ちょっと可愛《かわい》いと思ってしまった。

「こんなお菓子は食べたことがないのじゃ……」

「私が作りました。お口に合えばよろしいのですけれど」

「のじゃ⁉」

キラキラと輝く瞳《ひとみ》がカルラを見つめた。

ごくんと呑《の》み込《こ》んで、

「そ、そなたが作ったの⁉　こんな美味しいものを……」

「喜んでいただけて嬉しいです。まだあるので召し上がってくださいね」

クレメソス504世は向日葵《ひまわり》のような笑顔になった。

さっきまでこの世の終わりみたいな顔をしていたのが信じられない。やっぱりカルラの和菓子は世界を平和にする効能があるようだ。しかし蒼玉《そうぎょく》の幼女は途端に「むむむ……」と難しそうに眉《まゆ》をひそめ、

「そなた、アマツ・カルラといったか？　こんな優しい味はテロリストに作れるはずがないのじゃ。いったいどういうことなのじゃ……？」

「私はテロリストではありません。あなたにお話があるのです」

「お話？」

「それは私から伝えるわ！」

スピカが大声を出した瞬間、ビクッ‼　とクレメソス504世の肩が震えた。

羊羹を握りしめたままカルラの背に隠れる。

ほら見ろ、本物のテロリストが口を挟むからこうなるんだ。

「怖いのじゃ！　カルラはともかく、そいつは邪悪な気配がするのじゃ！」

「失礼な幼女ね！　蒸し焼きにするわよ⁉」

「ひいいいっ……！」

「おいスピカ、話が進まないだろ！　すまないクレメソス504世、こいつは空気を読まないテロリストで――」

「ひいいいっ……！　寄るなっ！　そなたは殺人鬼の風格を漂わせているのじゃ！」

「…………」

普通にショックだった。サクナが「気にすることないですよ」と私の頭を撫でてくれた。そうだな、気にすることないな。この子も淫邪とか言われてたし、クレメソス504世は思い込みが激しいタイプなのだろう。

　カルラが「ごほん」と咳払《せきばら》いをして、

「クレメソス504世さん。お願いがあるのですが、聞いていただけますか？」

「お願い……？」

「私たちは世界を平和にするために戦っています。テロリストなんかじゃありません。戦乱を止めるために、魔核がどうしても必要なのです」

　クレメソス504世はぎゅっと胸のペンダントを握りしめた。

　魔核――〝光のくす玉〟。

「……その言葉に偽りはないのか？　本当に平和を希求しておるのか？」

「はい」

「それは……余も同じなのじゃ」

　悔《くや》しそうな声。

　それは嘘偽りない彼女の気持ちだった。

「余は教皇になってから何も成し遂げられていない……戦乱を治め、世界のみんなに笑顔を取り戻すのが仕事のはずなのに、大聖堂に閉じ込められて教典とかを読むだけの日々じゃ。もちろん教皇としての権限なんてないようなもので、枢機卿《カーディナル》たちは言うことを聞いてくれない。余は自分の無力さが不甲斐ないのじゃ……」

「それでも世界を平和にしたいのですよね」

「当たり前じゃっ！」

ぎゅっと拳《こぶし》を握り、真剣な眼差《まなざ》しでカルラを見つめた。

「声が聞こえるのじゃ。平和を求める人々の声が……」

「声？」

「余は異能を持っておる。余が教皇に選出された理由の一つなのじゃが……余はベッドの中で人々の願いを聞くことができるのじゃ」

常世では烈核解放のことを〝異能〟と呼称することを思い出した。

それはたぶん、彼女の「人の声を聞きたい」という願いから発生した力なのだろう。

「どこの誰《だれ》とも分からぬ声じゃ。しかし、時たま聞こえる悪魔の声を除き、彼らはみな安寧《あんねい》を願っておる。戦いは嫌だ、人が死ぬのは嫌だ、神様、神様、どうか助けてください……そんな声が夜な夜な聞こえてくるのじゃ。余は彼らの願いを叶《かな》えなければならぬ。そして……神様も余にそう命じておる。『常世を平和にしてください』って」

「神様の声まで聞こえるの？　すごいな……」

「嘘ではないのじゃ。神様は自分のことを〝ナチューリア〟と呼んでいた。なんとも神々《こうごう》しい響きであろう？」

ぴくり。

仰向《あおむ》けに寝転がっているスピカの肩が震えた。

……？　何だろう？　スピカの表情がやけに険しくなったような気が。

「だから余は頑張らなくちゃいけないのじゃ。でもこうしてテロリストに捕まってしまった。しかも神聖レハイシア帝国をまとめ上げることもできず、枢機卿《カーディナル》たちからはいらないモノ扱いじゃ。余はもう情けなくて情けなくて……」

「心配する必要はないわ。私は常世を平和にするためにやって来たんだもの」

スピカが恐ろしいほどに真面目《まじめ》な声で言った。

「……そなたらこそが諸悪の元凶だと聞いたぞ？　それに列国はそなたらを退治するために一致団結しておる。このまま進めば戦争は終わると思うのじゃ」

「リウ・ルクシュミオがそう言ってたから？」

スピカはごろりと寝返りを打った。図星を突かれたように固まる幼女教皇の顔を五秒観察して後、「それじゃあダメね」と失望のにじんだ溜息《ためいき》を吐《つ》く。

「全然ダメよ、クレちゃん」

「く、クレちゃん……??」

「あいつは常世なんてどうでもいいと思っている。いずれ殺されちゃうわよ」

私はびっくりしてスピカに向き直った。

「ちょっと待てスピカ、あいつがレハイシアをまとめてるのか？」

「正確にはレハイシアに集まった列国をまとめているのよ！　そうじゃないとおかしいわ、私たちがテロリストとして指名手配されるはずがないもの！」

結局、あの天仙《ようせん》がすべてを仕組んでいるのか。

意外なことに、クレメソス504世は「余もそんな気がしていたのじゃ」と同意した。

「ルクシュミオ殿は囮《おとり》作戦の際、余を見捨てた。あんなことでは神様が望んでいる世界を実現することはできないのじゃ」

「その通りよ。だけど私たちにはできる」

「え……？」

スピカが肘を床につけて身体《からだ》を起こした。その瞳には揺るぎない意志が宿っている。

「常世は平和になるべきだ。そのためならどんな犠牲を払っても構わないと思っている――まあテラコマリとはちょっと考え方が違うけどね」

「ほ、本当なのか？　本当に常世を……カルラ」

「はい。たぶんスピカさんは本気で常世を変えたいと思っているのですよ」

クレメソス504世はスピカをじ～っと見つめていた。

そこで何かに気づいたように目を丸くする。歯に挟まっていたものが取れたかのような、あるいは用意されていた伏線がキレイに回収されたかのような――

「〝スピカ〟……思い出した……！　神様が仰《おっしゃ》っていた名前じゃ……！」

「神様……？　ナチューリア？」

「そうじゃ。ナチューリア様は『スピカに任せればすべてが上手《うま》くいく』とお告げになった。ということは……余はそなたのことを信じてもいいのだろうか……？」

〝光のくす玉〟を握りながらぷるぷると身体を震わせる。

どうにも奇妙な話だ。そのナチューリア様というのはスピカの知り合いなのだろうか？　どうしてクレメソス504世の夢に出てくるのだろうか？

「ねえクレメソス504世、」

言ってから気づく。クレメソス504世と呼ぶのはしっくりこない。

ここはスピカに倣《なら》って〝クレちゃん〟としておこう。

「……ねえクレちゃん。ナチューリアってどんな人なの？」

「ナチューリア様は神様なのじゃ。神々しい気配を放っておる。青色の髪を持っていて、翡翠《ひすい》のように綺麗《きれい》な瞳をしていて、常にクールでかっこいい佇《たたず》まいで……」

「コマリ様。塔の調査が終了いたしました」

いつの間にか私の隣にヴィルが立っていた。

「あれ？　お前どこ行ってたんだ？」

「私の専門は諜報《ちょうほう》です。皆様が駄弁《だべ》っている間にクレメンス尖塔がどんな施設なのかを調べて参りました」

「さっすがヴィルヘイズねっ！　また私のもとで働かないっ⁉」

「やめろ。こいつを雇ったらセクハラに悩まされることになるぞ」

「大丈夫ですよコマリ様。私はいついかなる時でもコマリ様のすぐそばに侍《はべ》ります」

「近すぎるんだよ！　おいこら、頬擦《ほおず》りしてる暇があったら調査報告をしてくれ！」

ヴィルは「つれないですね」と頬《ほお》を膨らませ、

「私の調査によれば、この塔は賓客《ひんきゃく》が宿泊するための施設のようです。キッチンもお風呂《ふろ》も完備、食料もたくさん備蓄されていました。籠城するにはうってつけの場所かと思います」

「そ、そうだったのか……」

「ちなみに外の兵士たちの様子もチラリと確認してきましたが、攻め込んでくる気配はありません。何やら機を伺っているような気配がありますが、そもそもこちらに教皇と魔核がある以上、彼らもおいそれと手出しはできないかと」

そう言ってヴィルはクレメソス504世――クレちゃんに目を向けた。

ところが、

「あ、え……？」

何故《なぜ》かクレちゃんの肩がビクリと震える。

手からぽろりと羊羹が落ちた。カルラが「クレちゃんさん？」と心配そうに彼女の顔を覗《のぞ》き込む。途方もない驚きに染められた表情。

やがて彼女はヴィルを指差しながら呟くのだった。

「か、神様……？」

その場にいた人間のほとんどが首を傾《かし》げた。

神様？　この変態メイドが？　何かの間違いでは……？

☆

夜の帳《とばり》が下りた。

マンダラ鉱石に彩《いろど》られた神聖レハイシア帝国は、宵闇《よいやみ》に包まれてもなお紫色の神々しい光を放っている。敬虔《けいけん》な信者たちは寝静まった頃合《ころあ》いだろうが、今は〝世界平和会議〟が開催されている真っ最中。各国の偉い人や軍人たちが往来を行き交い、酒を飲んだり下らない話に花を咲かせたりしている。

そして絶賛立てこもり中の凶悪犯・テラコマリの仲間たちもまた、観光客向けの酒場に集まって密かな打ち合わせをしているのだった。

「――突撃だ突撃！　さっさとテラコマリを助けに行くぞ！」

ドン!!　とテーブルを叩《たた》いたのはヨハン・ヘルダースだ。

第七部隊の鉄砲玉にして死に愛された少年。彼は貧乏ゆすりをしながらギロリとネリアを睨《にら》んだ。

「こんなところで飯食ってる場合じゃないだろ。塔は兵士たちに囲まれてるんだぞ」

「でも突撃はやめておいたほうがいいわ。あっちの世界ならそういう作戦も視野に入ったけれど、魔核による蘇生《そせい》が期待できない常世で無茶はできない」

「ぐっ……」

ヨハンは歯軋《はぎし》りをして腕を組んだ。

円卓を囲んでいるのは六人の仲間たちだ。

ネリア。エステル。コレット。ヨハン。ベリウス。カオステル。

昼間、コマリが烈核解放を発動したことで騒動は有耶無耶《うやむや》になった。ネリアやエステルも窮地《きゅうち》を脱し、こうして第七部隊と合流して作戦を練っているというわけである。

コレットが「ねえネリア」と声を潜めて尋ねる。

「この人たちって本当にテラコマリの部下なの？　何で犯罪者みたいな顔してるの？」

「犯罪者だからよ。不用意に近づくと大変なことになるから隠れてたほうがいいわ」

「うん」

コレットは縮こまってウインナーを齧《かじ》り始めた。

それを見たカオステルが「やれやれ」と肩を竦《すく》めて言う。

「犯罪者とは心外ですね。私は一度だって牢屋に放り込まれたことはないというのに。第七部隊に配属されることになった原因は冤罪《えんざい》ですよ」

「たぶんあんたが一番キモいわよ。何したの？」

「未来のために戦っただけです」

「はぁ？」

「それよりも今後の方針を考える必要があります。籠城は閣下の作戦なのでしょうが、指を咥《くわ》えて見ているわけにも参りませんので」

「作戦なわけあるか！　あいつは敵に囲まれてるんだぞ！」

「あの程度の包囲網、閣下の実力をもってすれば突破は容易でしょうねえ」

「……お前、まだ気づいてないのかよ？　テラコマリは雑魚《ざこ》なんだぞ」

「貴様は愚かだな」

　犬のベリウスが溜息を吐いて言った。

「では聞くが、閣下はどうやって広場の兵士を蹴《け》散らして塔に立てこもったというのだ？　万夫不当《ばんぷふとう》の戦闘力がなければ不可能であろう」

「それは逆さ月のボスがやったんだろ！　そうだ……あのテロリストも一緒なんだ！　今頃《いまごろ》テラコマリが泣いてるかもしれない！　僕は一人でも行くぞ！」

　ネリアは気になって尋ねた。

「ねえヨハン、あんたってコマリのことが好きなの？」

「うごァッ」

立ち上がりかけたヨハンがテーブルの脚《あし》に引っかかってスッ転ぶ。

エステルが「だ、大丈夫ですか⁉」と慌てて助け起こした。ヨハンは顔を真っ赤《か》にしてネリアを睨みつけていた。

「ぼ……僕は……」

しかしその言葉を引き継いだのはカオステルだった。

「ええもちろんですとも！　我々第七部隊は閣下の可憐さ&凶悪さに惹《ひ》かれた崇高《すうこう》なる戦士たちですからね！　ヨハンとて例外ではありません」

「そ、そういうことだ‼　あいつがいなきゃ第七部隊は終わりだからな‼」

ネリアは溜息を吐いてパスタをくるくると巻いた。

スピカ・ラ・ジェミニは教皇を人質にすると言っていた。つまり何らかの作戦が実行中であるということ。外側で不用意に騒げばコマリたちに迷惑をかけるかもしれない――しかし彼らが無事かどうかは確かめておきたい。

「もどかしいわね。いざとなったら魔核を使うか」

「魔核……？　閣下のお母様から預かったという常世の魔核ですか」

「そうそう。これを持っていれば魔力が供給されるのよ。非常時になったら魔法が上手いやつに預けようかと思うんだけど」

「僕に貸せよ。全部燃やしてやる」

「私の空間魔法も役に立つと思うのですがねえ」

「まあ二つあるからヨハンとカオステルでもいいけど――あれ？」

そこでネリアは気づいた。

「……なんか一人いなくない？　サングラスかけた変なやつ」

「メラコンシーか？　あいつはしばらく前に『トイレ行ってくる』などと言って席を立ったはずだが」

「あんなやつどーでもいいだろ！　とにかく魔核は僕が預かった！　さっさと塔を囲んでる兵士どもを蹴散らして――」

ヨハンが立ち上がるのと同時。

遠くで鈍い爆音が響いた。その場にいた全員がハッとして顔をあげる。どこかで何かが連続で爆発《ばくはつ》しているらしい。間もなく店の外が騒がしくなった。兵士たちが怒号をあげながら移動を開始する気配――

「――ねえ。あいつって爆発魔法が得意なんだっけ？」

「そうですね。ちなみにやつは爆発魔法の魔法石をたくさん持ち歩いてます」

「あの爆発があいつに関係する可能性はどのくらい？」

「十中八九。爆発があるところにメラコンシーあり、ですね」

「…………………………、」

エステルが「あぁあぁ」と目を回していた。

第七部隊は歯止めのきかないバーサーカーである――その事実を忘れかけていた。かつてゲラ＝アルカが運営していた夢想楽園を（何故か）爆破《ばくは》したのもこいつらなのだ。

「あっ……カニンガム大統領！　待ってください！」

「待ってられるか！　事実確認しなくちゃ……！」

ネリアは双剣を手に店を飛び出す。

その瞬間、いきなり目の前に見知らぬ聖職者が立ちはだかった。

「失礼。あなたは桃色髪の翦劉《せんりゅう》ですね」

「は？　何よあんた」

「サングラスの吸血鬼から伝言を預かっております。『敵は地下道を通って内部に侵入。いったんオレが食い止めるから援軍頼む』だそうで」

「！」

メラコンシーは見境なく突撃を敢行《かんこう》したわけではなかったのだ。

すでに戦いは始まっているらしい。

ネリアは伝言に使われた男を押しのけて走り出した。

コマリに危機が迫っている。何としてでも助けなければならなかった。

☆（すこしさかのぼる）

しゃかしゃか。しゃかしゃか。

目の前の金髪をシャンプーでしゃかしゃか洗っていく。うなじのあたりを指の腹でこすってやると、やつは「ふにゅう」と気の抜けた声を漏らして脱力した。

その様子はまるで普通の少女のようだ。

そのまま背後に倒れてしまいそうだったので、私は慌てて彼女の身体を支えてやった。ルクシュミオに注入された特効薬が効いているらしく、こいつは一人で立つこともままならない。

だからこうして私がお世話をしてあげているのだが――

「気持ちいいわ〜。奴隷のようにテラコマリをコキ使うのは気持ちいいわ〜」

「ちょっとは感謝しろよ？　お前は私がいなきゃ何にもできないんだからな」

「もちろん感謝してるわっ！　こんなのあんた以外には頼めないからねっ！　サクナ・メモワールやヴィルヘイズに頼んだら頭皮を抉《えぐ》り取られそうだもの」

「私だってイタズラするかもしれないぞ」

「あんたは他人にイジワルできるような人間じゃないでしょ？　どんな悪人にだって感情移入しちゃう空前絶後の甘ちゃんなのよ！　そのアホウドリなみに呑気な性質は私が利用してあげ

るわ――ぶべべべっ」

洗面器で汲《く》んだお湯を頭からかぶせてやった。

スピカが目を擦《こす》りながら「何すんのよー！」と喚《わめ》く。

「目にシャンプーが入ったじゃない！　後で挽肉《ひきにく》にしてあげるわ！」

「ご、ごめん。大丈夫？」

「わざとじゃなかったの⁉⁉　その優しさにびっくりだわ‼　殺す気も失せるじゃない、どうしてくれるのよ⁉」

「失せてくれて結構なんだが」

「コマリ様。ここにシャンプーのボトルがあるのでその吸血鬼の目に注入しましょう。今がチャンスです」

「うわあ⁉　やめろヴィル！　スピカは今動けないんだぞ⁉」

尖塔の浴場である。

私とヴィル、スピカは一緒に湯浴みをしていた。籠城中に呑気すぎやしないか？　と思わなくもないが、ずーっと張りつめた空気だと胃もたれを起こしてしまいそうなため、こうして交代で休憩することになったのだ。今頃カルラ、サクナ、クレちゃんの三人は塔の外を見張っているはずである。

「それにしても……この籠城はいつになったら終わるんだ？」

私はスポンジでスピカの身体を擦《こす》りながら問う。

スピカは「そうねえ」と天井《てんじょう》を見上げ、

「粘れるだけ粘るのがいいかしら」

「魔核ってあと何個必要なんだっけ？」

「三つよ。これらは星砦《ほしとりで》の傀儡国家が持ってるはずだわ」

「ちなみにですが、私たちはすでに二つの魔核を回収してますよ」

浴槽のへりに腰かけていたヴィルが言った。

スピカは目をぱちくりさせて全裸メイドを見つめる。

「……は？　そうなの？」

「はい。カニンガム殿が持っています」

「どうやって回収したんだ？　私は一個手に入れるのにもすごい苦労したんだぞ」

「それは……」

少し迷ってから、

「色々あったのです。後でお話ししましょう」

「ふうん。……そうなると、残りの魔核はたった一つってわけね。しばらくここに滞在してみて、相手に動きが全然なかったらテラコマリの烈核解放で逃げましょう」

「私は馬車じゃないんだけどな」

スピカの身体にお湯をかけ、泡を流してやる。これで終わりかと思ったら、やつは恐るべきことに「抱っこして湯船に連れてって！」とか言い出しやがった。すかさずヴィルがスピカの身体を担《かつ》ぎ、放り捨てるような感じで浴槽に叩き込んだ。

ばしゃーん!!　と水飛沫《みずしぶき》があがる。

スピカは「ぷはあっ！」と勢いよく水面から顔を出し、

「溺《おぼ》れたらどうするの!?　人殺しで前科がつくわよ!?」

「溺れない角度で投げました。ジェミニ殿、あなたはコマリ様に近づきすぎなのです」

「まったく過保護ねえ、そんなだとテラコマリが独《ひと》り立ちできないわよ？」

「あなたには分からないでしょうが、人は助け合いながら生きていくものですよ。独り立ちとは別次元の話です――さあコマリ様、全身を隈《くま》なく洗って差し上げますね」

「いいよ自分で洗うから!!」

変態メイドがタコのごとく絡《から》みついてきた。

いつもの感じで一進一退の攻防を続けていた時、ふと、スピカが奇妙な表情を浮かべて黙り込んでいることに気づいた。じーっと私とヴィルを見つめ、やがて「ふん」とつまらなそうに鼻を鳴らす。

「あんたたちは本当に好き合っているのね。私には理解できないわ」

ヴィルにデコピンを食らわせて撃退する。

その隙《すき》に私は湯船に飛び込み、スピカの隣に腰を下ろした。溺れてしまわないよう介助してあげる必要があるからだ。

「べ、別に好き合ってないぞ。あいつが付きまとってくるだけだ」

「でも二人は支え合って生きている。ヴィルヘイズがテラコマリを部屋の外に引っ張り出し、テラコマリはヴィルヘイズのために粉骨砕身《ふんこつさいしん》戦う――お互いがお互いを必要としているのね。それってか弱い人間のすることだわ」

「いや、そんな大層なものじゃないけど」

「私はコマリ様の恋人にして配偶者にしてメイドです」

「合ってるのはメイドだけだな。でもまあ……支えてもらっているのは確かだ。スピカにはそういう人はいないの？」

「それは……」

何故かスピカは遠い目で虚空《こくう》を眺めた。

その小さな口から予期せぬ単語が躍り出る。

「ナチューリア……」

それはクレちゃんが言ってた神様の名前だ。

「……神が友達ってこと⁉」

「違うわ。ナチューリアは塔に封印されている友達の名前よ」

「何でスピカの友達が神様になってるんだ？　ただの同姓同名？」

「ナチューリアの祈りがクレメソス504世に届いたってことなんでしょうね。イタズラ好きな子だったから、神を僭称《せんしょう》してもおかしくないわ」

「え？　じゃあクレちゃんは騙《だま》されてるってこと？」

「あるいは私が知らないうちに本物の神になってるのかもしれないわ」

「ジェミニ殿。それはそれとして私が神になっていたことも気になるのですが」

確かに謎《なぞ》だった。

クレちゃんはヴィルの顔をまじまじ観察して「神様なのじゃ」と主張した。すぐに勘違いだと判明したが、もしこの変態メイドが本当に神だったら世界は滅亡したも同然である。

「ヴィルヘイズがナチューリアに似てるからじゃない？　あの子もクールな感じだったし、髪の色とかも……微妙に違うけど、青系統ってところは一緒だわ」

「腑《ふ》に落ちませんね。その程度で間違えるでしょうか」

「その程度、じゃないわ。あんたは意志力がナチューリアに似ているの。初めて見た時はナチューリアかと思っちゃったくらい……前にあんたを攫ったのは、似ている理由を詳しく調査するためでもあったのよ」

スピカはニヤリと笑ってヴィルを見つめた。

「まあ今のところ偶然っぽいけど、代用にはなるかもねえ」

「ッ……や、やめろ！　ヴィルは渡さないからなっ！」

「あっはっは！　冗談よっ！　ナチューリアのかわりなんていないわ！」

「コマリ様、もう一回『ヴィルは渡さない』って言ってください。昇天しそうになりました」

「い、言わないよっ！」

「本当に仲がいいわねっ！　殺したくなってきた――けど我慢しておくわ！　私もあとちょっとでナチューリアに会えるはずだし」

へばりついてくるヴィルに抵抗しながら私は考える。

自分に置き換えてみよう。

六百年間もヴィルと離れ離れになるなんて耐えられるだろうか？

分からない。想像もできない。

スピカはナチューリアと再会して初めて完全体になれるのかもしれなかった。このテロリスト少女は片翼の鳥みたいなものなのだ。最近こいつは私を羨《うらや》むような目で見てくるが、たぶんそれは私がヴィルという片翼をほしいままにしているからだろう。

そうと決まれば、はやく魔核を集めなければならない。

なんだかスピカが可哀想だから。

「――ん？」

にわかに騒がしくなった気がした。

人々の声。そして何かが爆発するような音。浴室の外から誰かが走ってくるような気配がしたかと思ったら、いきなり扉がばこーんと開かれて銀髪美少女が姿を現した。

「コマリさん！　大変ですっ！」

サクナ・メモワール。

何故か憔悴《しょうすい》した様子で浴室に飛び込んできた。

「ど、どうしたの？　サクナも一緒に入る？」

「えっと、嬉しいんですけど……それよりも！　外の軍が動き出しました！」

「は？」

轟音《ごうおん》。

次いで塔を揺るがすほどの激震。スピカが「ふにゅ」と悲鳴を漏らしてひっくり返った。ぱらぱらと天井から落ちる砂を眺めながら私は立ち尽くした。

ヤバイ。

ついに敵が痺《しび》れを切らしたようだ。

☆

多国籍軍に与えられた任務。

それは夜陰に乗じて塔を奇襲し、やつらの隙をついて教皇と光のくす玉を回収することだった。クレメンス尖塔は地下で大聖堂とつながっている。テロリストどもの集中力が切れる頃合いを見計らい、地下隧道《すいどう》を通って一気に畳みかける手筈《てはず》となっていた。

先陣を切るのはルクシュミオだ。塔を包囲する多国籍軍には大砲をバカスカ撃たせているため、スピカやテラコマリの意識は地下にまで回らないだろう。

簡単な作戦だ。

簡単な作戦だったはずなのに――

「――イエーッ！　お前らマジで卑劣な奇襲。オレの魔法でみんな一蹴《いっしゅう》。死にたくなけりゃ帰んなGO TO HELL‼」

「何だこいつは……！」

高速で動き回るサングラスの奇人が四方八方に魔法石を投擲《とうてき》する。

そのたびに壮絶な爆発が巻き起こって兵士たちが吹っ飛んでいった。

ルクシュミオは咄嗟《とっさ》に《縛》を展開。しかし奇人は縦横無尽に隧道を跳ね回り、迫りくる帯《おび》の攻撃を華麗に躱《かわ》していった。

「イエーッ！　全弾命中、悪に天誅《てんちゅう》。これから始まるオレの宇宙」

しかも端々で魔法石を投げてくるから手に負えない。

隧道の天井や地面が抉れ、兵士たちが恐怖に震えて逃げ惑う。

「小癪《こしゃく》な……！　世界に仇《あだ》をなす悪魔めが……！」

「また爆弾か！　どんな手品を使ってるんだ⁉」

「ルクシュミオ様！　いったん退避しましょう！　敵に我々の奇襲がバレています！」

兵士たちが血相を変えて絶叫した。

退避など有り得ない。破壊者は必ず処分しなければならない。

ここで諦《あきら》めたら常世は取り返しのつかないことになる。

「イエーッ！――――――爆《は》ぜろ」

「⁉」

いつの間にか奇人が蜘蛛《くも》のように上空から降ってきた。

同時に魔法石の雨。ルクシュミオは帯を重ねてガードする――しかし爆風を防ぎきれずに吹っ飛ばされてしまった。

「ぐあああああああああああああッ‼」

無骨な石畳を転がりながら辛うじて体勢を立て直す。

帯が何枚も砕けた。破片が頭に突き刺さって血がダラダラと垂れる。

ルクシュミオは肩で息をしながら奇人を睨みつけた。

砂煙の向こう。サングラスの奇人はステップを刻みながらゆっくりと近づいてくる。まるで神聖教の教典に登場する悪魔のようだった。やつらはニヤニヤと笑いながら人を殺し、オモチャを壊すような感覚で世界を滅亡させるのだ。

「させるか。貴様は俺《おれ》がここで――」

「見つけたぜ!! てめえがテラコマリを狙《ねら》ってるアホだな!!」

熱風が吹きすさぶ。ほどなくして猛々《たけだけ》しい火炎の渦が襲いかかってきた。

ルクシュミオは再び《縛》を張り巡らせてガードする。しかし相性が悪すぎた。帯は炎に焼かれてボロボロと崩れていく――

「死ねやあああああああああああああ!!」

炎の幕を潜り抜けて金髪の少年が殴りかかってきた。

腕を交差させて防御。しかし拳の衝撃を殺しきることはできず、ルクシュミオの身体は回転しながら地面に叩きつけられた。

激痛を味わいながらゆっくりと立ち上がる。

こいつは魔核を利用して魔法を使っているらしい。多国籍軍の兵士たちは恐れをなしてへたり込んでいる。まったく使えないやつらだ――ルクシュミオは舌打ちをしながら《縛》を再起動させた。

目の前には金髪の少年。そしてサングラスの奇人。さらに向こうから桃色髪の翦劉や犬頭の獣人、紅褐色《こうかっしょく》の吸血鬼や枯れ木のような男まで駆けてくる。

「テラコマリの仲間か。大勢でご苦労なことだ……」

「おいメラコンシー！　こいつを仕留めればいいんだよな⁉」

「イエーッ！」

「覚悟しろオラァ‼」

　少年が炎をまとって突貫してきた。

　駄目だ。あまりにも強すぎる。こいつらは死んでも蘇《よみがえ》ることができる世界に慣れ親しんできたバーサーカー。ゆえに戦闘になると文字通り死力を振り絞ることができる。死への躊躇《ためら》いを抱えるルクシュミオにはできない芸当だった。

「貴様らの処理は外の軍に任せよう。さらばだ」

　殲滅外装《せんめつがいそう》を躍動させる。

　帯を操《あやつ》って隧道の端に立っていた柱を切断。

　ほどなくして、ものすごい勢いで天井が落ちてきた。

「はあ⁉　んだよこれ……」

「通路ごと破壊するつもりですね。味方の兵士なんてどうでもいいようです」

「ちっ……撤退するわよ！　おいヨハン！　ぼけっとするな！」

　不埒《ふらち》者どもが退散していく。

　この隧道は緊急時に教皇が国外脱出するための通路でもあり、追っ手を撒《ま》くための設備はきちんと用意されているのだった。特定の柱を破壊すれば力のバランスが一気に崩れ、隧道そのものが破壊される。敵はそのまま生き埋め、というわけだ。

崩落する天井。降《ふ》り注《そそ》ぐ瓦礫《がれき》。隆起する地面。

やつらの死に顔など拝む必要もなかった。

ルクシュミオは《縛》を操り、俊敏な動きでその場から離脱した。

☆

サクナに手を引かれて元の部屋に戻った瞬間、塔全体がぐらりと揺れた。

兵士たちが大砲をぶちかましたらしいのだ。

しかも一発だけではない。何度も何度も爆発するような音が連続している。カルラが震えるクレちゃんの肩を抱きながら声を張り上げた。

「た、大変ですっ！　尖塔の壁が破壊されているみたいですっ！」

「はあぁ⁉　こっちには人質がいるんだぞ⁉　あいつら何考えてんの⁉」

「コマリさん、逃げましょう！　私が先陣を切ります！」

「無茶するなサクナ！　そういうのはバーサーカーの仕事だ！」

再び砲撃が炸裂《さくれつ》。震動とともに塔が傾《かし》いだ。

スピカが「ふにゅっ！」と鳴き声を発しながら床を転がり、ベチン！　と壁に顔面を叩きつけていた。ものすごく痛そう。しかしスピカの心配をしている暇はない。

「コマリ様、脱出しましょう。先ほど裏口があるのを発見しましたので」

「どうせ裏口も塞《ふさ》がれてるわよ！　もう【孤紅《ここう》の恤《とむらい》】しかないでしょ？　誰でもいいから血を吸いなさいっ！」

「誰でもいいってお前、よくそんな無節操なことが言えるな……⁉」

「非常時にモラルを説いている暇はないわ！　さっさと吸え！」

「むむ……」

スピカの言う通りだった。

こうなったらヤケクソだ——私はいちばん近くにいたカルラの肩に手を置いて、

「ごめんカルラ！　ちょっと吸わせてくれ！」

「え？　えええええ⁉」

何故かヴィルとサクナが金切り声をあげた。

「待ってくださいコマリ様。吸うならアマツ殿ではなく私にしてください」

「コマリさん。和魂《わこん》種よりも蒼玉種の【孤紅の恤】のほうが使い勝手がいいと思うのですがいかがでしょうか……？」

二人の抗議を受け流してカルラにロックオンした。和風少女があわあわと狼狽《うろた》えながら顔を赤くする。構っている余裕はない。彼女の首筋にゆっくりと口を近づけていき——

しかし結局、吸血が果たされることはなかったのである。

「口を閉じろ」

「⁉」

いつの間にか背後から羽交《はが》い絞めにされていた。

そのまま私の身体は弾《はじ》き飛ばされ、何度か床をバウンドして停止した。痛い。状況がまったく理解できない。いったい何が起きたのだろう――――不審に思って立ち上がろうとするが、そこで壮絶な違和感を覚えた。

口元に超強力なガムテープが貼《は》られているのだ。

どれだけ引っ張っても全然取れそうにない。

「むーっ！　むーっ⁉」

「コマリ様！」

「コマリさん⁉　大丈夫ですか⁉」

ヴィルとサクナが大慌てで走り寄ってきた。

ちょっと待て二人とも、無理に剝《は》がそうとしないでくれ！　唇ごと引き千切《ちぎ》れそうなんだけど⁉――――そんな感じで攻防を続けつつ、私は状況を把握するために視線を広間に巡らせた。

驚くべきモノを見た。

窓の辺りに見覚えのある男が立っているのだ。

「あ、あなたは――！」

「ルクシュミオ殿⁉　いつからここにいたのじゃ⁉」

「はあ……はあ……《縛》を利用して……這い上がってきたのだ。これから貴様らを捕らえてやる……」

〝天文台〟の愚者、リウ・ルクシュミオ。

何故か全身傷だらけで今にもぶっ倒れそうなほど疲弊しているが、その殺意だけは本物だった。不気味な帯をひらひらと浮遊させながら、温度の感じられない視線で私たちを睥睨《へいげい》する。

ふと、彼の目が一点にとまる。

壁際でうずくまっている少女――スピカ・ラ・ジェミニ。

「……随分と弱っているようだな。やはり特効薬は覿面《てきめん》だったようだ」

「あんたこそボロボロじゃない？　転んだの？」

「ああ。だが貴様を捕らえるのには十分だ……」

「あっはっは！　大した執念ね……どれだけ私のことが憎いのかしら⁉」

「俺は秩序のために動いている。貴様のように憎しみを原動力にできるのは精神的未熟者の特権だな」

「…………」

ブチギレる気配がした。いつもは何を言われても飄々《ひょうひょう》としているくせに、どうしてルクシュミオの言葉には過剰に反応するのだろうか。落ち着けと諭《さと》してやりたいところだが、今の私は「むー！」しか言えない。

他に頼れるやつはいないのか――そこでふとカルラの姿が見えた。彼女は「どうしましょうどうしましょう⁉」と叫びながら犬のように走り回っている。あいつはもうダメだ。

スピカは冷ややかな目でルクシュミオを見上げた。

「……秩序秩序って。お前らは常世のことを何だと思っているんだ」

「養分」

答えは簡潔だった。

「第一世界を潤わせるための養分だ。我々は魔核による秩序の維持、そして第一世界の繁栄を望んでいる。だがそのためには常世の安定が必要だ。星砦によって荒らされた秩序を――常世に相応しい〝搾取される側の秩序〟を取り戻さなければならない」

「はっ、戦乱を治めるために動いてるってわけ？　私たちと同じ……なわけないわね。お前は常世を都合のいい世界に戻そうとしているんだわ」

「今そう言った。そしてそれこそが我々の使命」

「方法は？　この戦乱はそう簡単には終わらないと思うけれど？」

「悪のシンボルが滅びればいい。すべての責任をスピカ・ラ・ジェミニとテラコマリ・ガンデスブラッドになすりつけ、民衆の前で処刑するのだ」

「むうううううっ！　むううううううううっ！」

「落ち着いてくださいコマリさんっ！　もうちょっとで取れそうですから！」

「メモワール殿、あなたの馬鹿力《ばかぢから》だと口まで取れてしまいます。コマリ様、内側からテープを舐《な》めて粘着力を弱めてください。難しければ私が外側から舐めます」

「むうううううううううううううっ！」

公開処刑なんて冗談じゃねえ!!　常世で死んだら死ぬんだぞ!?

しかしスピカは私とは対照的に落ち着き払っていた。

嘲《あざけ》りのこもった視線でルクシュミオを見上げ、

「話にならないわねっ！　処刑なんて抜本的な解決にはならない！　常世はあの子の力で正されるべきなのよ！　六百年ぶりに目覚めたところ悪いんだけど、あんたは世界にとって用済みだから――――」

「ナチューリアなら死んでいる」

スピカの表情が消えた。

「これがその証拠だ」

ルクシュミオが何かを放り捨てた。

金属音を響かせながら一、二度床を跳ねる。

あれは――――髪飾りだろうか？　いったい誰のものだろう？

そこで私はぎょっとしてしまった。

スピカの顔が今まで見たことないくらい青くなっていたからだ。

「それは……ナチューリアの……」

「そうだ。六百年前、貴様はナチューリア・ルミエールと別離を果たした。第一世界に追い出されてからの常世は知らぬだろう？　あの巫女《みこ》姫はとっくの昔に死んでいるのだ。ゆえに《称極碑《しょうきょくひ》》からも名前が消えている」

「有り得ない……」

「有り得なくない。貴様の六百年は無駄だったのだ」

「有り得なくなくない！　あの子とは六百二十二年後に会おうって約束をした！　【パラドックスオラクル】に狂いはないはずなのよ！　だいたい〝神殺しの塔〟に封印したはずのあの子をどうやって――ふにゅっ」

ルクシュミオの帯がスピカを捕らえた。

力を奪われた〝神殺しの邪悪〟には抗《あらが》うすべもなかった。

「お前がやってきたことは子供の遊びだ。教皇の誘拐も、立てこもりも、それ以前のあらゆる行動も。六百年も生きながら大人になりきれない吸血鬼――哀れなものだな」

「……！」

スピカが凍りつく。

ルクシュミオは何も言わずに振り返った。次は私たちの番ということだろう。しかも階段を兵士たちが駆けあがってくる音も聞こえてくる。もはや敗北は時間の問題だった。せめてこの粘着テープを剝がせれば――いや待てよ？　鼻から血を流し込めばイケるんじゃないか？

そんな感じで革命的な発想を獲得するのと同時。

それまで黙って震えていたクレちゃんが声をあげた。

「ま、待てルクシュミオ殿！　この者たちはいいヤツなのじゃ！　世界を平和にするためには手を取り合ったほうがお得なのじゃ――」

声はそこで途切れてしまった。

クレちゃんは「え？」と不思議そうに自分の身体を見下ろした。ルクシュミオから伸びてきた帯の先端が、その腹部に突き刺さっていたのだ。

「く……クレちゃんさんっ！」

カルラが叫んだ。

クレちゃんの小さな身体がどさりと崩れ落ちる。

サクナが私のテープを後回しにして駆け出した。

「死ね」

拳を握り、力を込め、ルクシュミオの顔面に向かって必殺のパンチを繰り出した。

「ぐがっ……」

頬をぶん殴られた愚者の身体がよろめく。

しかし帯は別だった。攻撃の反動で隙だらけのサクナは、部屋を駆け巡る蛇のような神具にたちまち縛り上げられてしまった。

「このっ……は、放してくださいっ……！」

「なんて野蛮な蒼玉なんだ。しかし殲滅外装には敵《かな》わない……貴様ら全員をこのまま拘束してやろう」

「いったいどうして……！　クレちゃんさんは何もしていないのに……！」

「教皇はテロリストの毒牙《どくが》にかかり殉教した。これに憤激した常世の連合軍は、手を取り合ってテロリストに立ち向かった――そういう筋書きにすれば収まりがいいだろう」

「…………」

あいつは何を言ってるんだ……？

確かに戦乱を治めるには合理的なのかもしれない。でもクレちゃんだって常世をなんとかしたいと思っているのだ。それなのに、何の慈悲もなく切り捨てるなんて――到底許せることではなかった。

「むううううう!!」

「コマリ様!?」

私は我を忘れて走り出した。

クレちゃんを治療しなければならない、ルクシュミオをぶっ飛ばさなければならない、サクナやスピカを帯から救わなければならない——色々な目的意識に突き動かされた私は我武者羅《がむしゃら》に走った。しかし非力な吸血鬼にできることなど何もなかった。

「黙れ」

「コマリ様!!」

しなる帯。私を庇《かば》ってヴィルが吹っ飛ばされた。

「むー!」と叫ぶ暇もなかった。

私もいつの間にか床に叩きつけられていた。

背中に激痛。やつは帯を使わずに私を踏みつけていた。そうだ、私が触れるとあの神具はバラバラになってしまうのだ。せめて触ることができれば——そう思って手を伸ばしたのだが、手首を思いっきり摑《つか》まれてそれどころではなくなってしまった。

「コマリさ——きゃっ!?」

「大人しくしろ! テロリストどもめ!」

いつの間にか援軍が到着していた。

軍服に身を包んだ男たちがヴィルやカルラを羽交い絞めにしている。

まずい。これは本当にまずい。スピカもサクナもカルラも捕まってしまった。クレちゃんは怪我《けが》をして蹲《うずくま》っている。烈核解放は発動できる状況じゃないし、敵の兵士どもは無尽蔵に湧《わ》いてくる――

「むううう!!　むううううううう!!」

「眠っておけ」

首に衝撃が走った。

皆の絶叫が遠くなっていく。視界がぱちぱちと明滅する。やつの踵《かかと》落としが命中したのだと理解した瞬間、私の意識は闇《やみ》の底へと沈んでいった。

☆

■神聖レハイシア帝国・教皇庁よりおしらせ

世界を食い物にするテロリスト――〝スピカ・ラ・ジェミニ〟と〝テラコマリ・ガンデスブラッド〟が多国籍軍により捕縛《ほばく》されました。彼らは神聖レハイシア帝国に潜入し、教皇クレメソス504世猊《げい》下《か》を人質にとって暴虐の限りを尽くしました。この卑劣な仕打ちにより猊下は負傷、現在帝国の病院に搬送されましたが昏睡状態が続いております。この件だけにとどまらず、テロリストどもは数々の蛮行《ばんこう》を繰り返してきました。いたずらに国家間の亀裂を引き起こし、戦争が起きるよう暗躍していたのです。断じて許すわけには参りません。そこで神聖レハイシア帝国教皇庁は、神の御名《みな》のもとに、また、全四十二の国と地域の代表として、テロリストどもの公開処刑を決定いたしました。できる限り多くの方々に集まっていただき、悪の滅亡と、戦争の終結と、平和の曙光《しょこう》が差し込むその瞬間を、祈りを込めて迎えていただきたく存じます。

※

「――なんッだこれは!! 見るに堪《た》えない茶番劇ではないか!!」

ポワポワ王国の王宮。

プロヘリヤ・ズタズタスキーは教皇庁から届けられた書状を一読すると、即座にグシャグシャと丸めて床に叩きつけた。隣から覗き込んでいたリオーナが「まずいことになったねえ」と緊張感のない声色で言う。

「まさかテラコマリが捕まってたなんてさ。あとスピカ・ラ・ジェミニって逆さ月のボスだよね？ なんで常世にいるんだっけ？ しかも公開処刑って……もしかして例の〝世界平和会議〟で決まったことなのかな？」

「そうだ！ 世界平和会議に出席させたワオキツネザルたちはどうなっている⁉」

「手紙だけ先に届いたよ？ レハイシアには温泉が湧いてるから、みんなでのんびり入浴してから帰国する予定なんだって」

「…………。……会議の結果については？」

「何も書いてないよ。本当に出席したかどうかも怪しいね」

「私が行けばよかった‼」

プロヘリヤは頭を抱えて絶叫した。

いや待て。常世に来てから征服したのはポワポワ王国だけではない。あとの二国、ウカイ王国とミト王国からの報告を待とうではないか——と思ったのだが即座に否定した。すでに待ちではなく行動するべき段階に入ってしまっているのだ。

「想定外だな……ポワポワ王国がここまでポワポワしているとは思ってもいなかった。役人どもは昼寝ばかりだし、果物を巡って毎日ケンカばかりしているし……」

「動物たちが毎日バナナを届けてくれるのは何なんだろうね？　プロヘリヤが王様になったから、果物を届けなくちゃって思い込んでるのかな？」

「強者に貢《みつ》ぎたがる野生の本能というやつだろうな。バナナは私ではなくお腹《なか》をすかせた国民たちに分け与えてやればよいものを」

「でも美味しいよね。ポワポワのバナナは常世でも有名なんだって〜」

「呑気に食べている場合ではないっ」

「あいたっ」

リオーナにデコピンをしつつ、プロヘリヤは腕を組んで考え込む。

こうして国王に即位して分かったが、常世はあまりにも未熟だった。統治機構が前近代的すぎるとか、魔法文明が全然発達していないとか、そういう外面的な部分だけではない。人の心が幼いのだ。書記長のようにあれこれ謀略を巡らせるのは健康に悪いが、常世の人々のようにポワポワ生きていれば世界がめちゃくちゃになる。争いが無限に継続する。

スピカ・ラ・ジェミニはともかく。

テラコマリ・ガンデスブラッドを殺せば、世界はさらなる混沌《こんとん》に陥《おちい》るだろう。あっちの世界VSこっちの世界の大戦争が始まってもおかしくはないのだ。

そんなことも想像できないやつが大勢いることが問題なのである。この公開処刑を思いついた愚か者は世界の秩序を破壊したいのだろうか。

「——行くぞリオーナ。ポワポワ王国の軍を動かす。ウカイ王国とミト王国にも連絡しておいてくれ」

「まあそうだよね。あいつに死なれたら胸糞《むなくそ》悪いもんね」

「胸糞の良し悪しは関係ない。私はより多くの人間を救いたいだけだ」

「そんなこと言って、テラコマリのことが心配なんじゃないの？」

「ふん」

プロヘリヤは傍《かたわ》らに立てかけてあった銃を握った。

魔法は使えない。

しかしプロヘリヤには烈核解放がある。

そして——あんまり頼りにならないけど、大勢の動物たちがついている。

「テラコマリなら心配いらないさ。やつの心ならばどんな逆境も跳ねのけることができる。私はあくまで人民のために銃を取るのだ」

☆

神聖レハイシア帝国・第一級監獄——

裁判にて死刑が宣告された異端や背教者どもを捕らえておく施設らしい。

〝天文台〟の愚者リウ・ルクシュミオにまんまと拘束された私たちは、ジメジメした格子の内側に閉じ込められることになった。

「……これ、やばくね？」

「やばいですね。私の【逆巻《さかまき》の玉響《たまゆら》】ではどうすることもできません。このままでは公開処刑されてしまいます」

「処刑って痛いのかな？」

「それは痛いでしょう。死ぬんですから」

「ああああああああああああああああああああ‼」

「コマリ様落ち着いてください。私の【パンドラポイズン】を発動すれば脱出できるかもしれません」

「そ、そうだ！　頼りにしてるぞヴィル！」

「頑張ります。ちなみに発動するためには脱出する必要があります」

「意味ねえ!!」

暴《あば》れても鎖が音を立てるだけだった。

もちろん手足は縛られている。口に貼りつけられた粘着テープはなんとか剝がすことに成功したが（あれは神具ではなかったらしい）、ヴィルもカルラもサクナもスピカも格子をはさんだ別区画で拘束されているため、血を摂取することはできない。つまり逆転の超パワー【孤紅の恤】が発動できない。

「どうするんだよ⁉　あまりにも嫌すぎて現実逃避したくなってきたんだけど⁉」

「そのお気持ちは分かりますが、理性的に考えないとこの苦境を脱することはできません。まずは宇宙と交信する方法を考えましょう。ビビビ……コチラ常世コチラ常世　ＳＯＳ信号ヲ発信スル　救援求ム救援求ム」

「戻ってこいカルラ!!　現実逃避はよくないっ!!」

「だって死ぬんですよ⁉　現実逃避くらいしたくなってきますっ!!」

二人で大騒ぎをしていた時。

不意に「んーっ！　んーっ！」という苦しみの声が聞こえた。

振り返る。さらに隣の牢屋に白銀の美少女が囚われていた。

サクナ・メモワールである。ただしその拘束は尋常《じんじょう》ではない。他の皆は手足を縛られている程度なのに、何故か彼女は猿轡《さるぐつわ》を噛《か》まされているし、帯で目元を覆《おお》われているし、あろうことかロープで亀甲縛りにされていた。芋虫のようにのたうち回りながら「んーっ!」と必死で叫んでいる。

「さ……サクナ⁉　なんでサクナだけあんなに厳重なの……⁉」

「危険だからでしょうね。メモワール殿はこの中でいちばんの剛力《ごうりき》を誇ります」

「ひどすぎるだろ……可哀想に……」

穏やかな美少女になんてことをするんだ。絶対に許せねえ。どうにかして脱出する方法はないのだろうか——そんなふうにメラメラと怒りを燃やしながら私は考え込む。

心配なのは自分の身だけではない。

帯でお腹を抉られたクレちゃんのことも気がかりだ。最悪の事態は考えたくなかった。無事でいてくれればいいけれど、こんな牢屋の中では彼女の状態を確かめるすべはない。

ふと、私と同じように縛《いまし》められている金色ツインテールの少女の姿が目に入った。

スピカ・ラ・ジェミニ。

これまでの天真爛漫《てんしんらんまん》な雰囲気はどこかへ吹っ飛んでしまい、葬式のような暗い表情を浮かべてジッと座り込んでいる。私は尖塔で起きた出来事を反芻《はんすう》した。ルクシュミオが謎の髪飾りを示した途端、スピカの態度が急変したのだ。

何か秘密が隠されているに違いなかった。

「スピカ……どうしたんだ？」

「どうもしてないわ」

刺々《とげとげ》しい声。どうもしてないわけがない。

「髪飾りの件ですか。ジェミニ殿の友人の……」

「………………」

スピカはしばらく黙っていた。

ちらちら私とヴィルを見つめてからようやく「そうね」と呟く。

「ナチューリアは私が塔に匿《かくま》った。だから殺されているはずがない。でもあの髪飾りはナチューリアのものだった……かすかに込められた魔力からも分かってしまった」

「あいつが髪飾りを持ってるからって、本人が死んでるとは限らないだろ……」

「理屈の上ではそうね。でも〝天文台〟の愚者ならばナチューリアを殺すことくらい平気でやってのける。たとえ魔核に守られていたとしても……分からないわ……」

スピカはスピカらしくない煮え切らない態度をしていた。

こいつが困りに困っていることは理解できた。

常世を平和にするため、友人と再会するために頑張ってきた。六百年という常人には想像もつかないほどの長い時間をかけて。しかし愚者の登場によってすべてが水泡に帰そうとしている――私は思わず溜息を吐いてしまった。

スピカ・ラ・ジェミニはいつまでも心を閉ざしている。

この吸血鬼は根っからの引きこもりなのかもしれなかった。

「おいスピカ。私はお前に協力すると決めたんだ」

「……何よ。そんなの言われなくても分かってるわ、あんたは私に利用されるために存在してるんだもの」

「そうだよ。だからそろそろ話してくれてもいいと思うんだけどな。お前はたぶん逆さ月の仲間にだって本心を打ち明けていないんだろ？　なんていうか……奇天烈《きてれつ》な振る舞いをすることで人間らしい部分を見せないようにしている。それってすごく痛々しい気がするんだよ」

「そうかもねっ！　私は誰にも本心を見せていないわっ！　でもそれで構わないんだ。人は誰にも言えない痛みを抱えて生きている。それが普通のことなのよ」

「そんな痛みが普通になってしまう世界はおかしいだろ」

「…………………………、」

いったい彼女のメンタルはどういう成長を遂げたのだろう。

自分の心情を語らず、口から出てくるのは益体《やくたい》のない嘘や冗談ばかり。他人を道具のように使い潰《つぶ》し、邪魔をしてくる者は容赦《ようしゃ》なくぶっ殺す――逆さ月の幹部〝朔月《さくげつ》〟でさえその真意を正しく理解できていない。こいつは六百年間、ずっと孤独に戦ってきたのだ。そして本人はそれが当然のことだと考えてきた。

　ふとスピカと目が合った。

　やつは何故か驚いたような顔で私を見つめていた。

　しかしすぐに視線を外す。過去を反芻するように「私は」と呟きを漏らす。

「私は……密室にいた頃から何も変わってないいんだな……」

「密室?」

「あんたは私と同じなのかもね。同じだけど別の道を歩んでいる。私はナチューリアと離れ離れになったけれど、あんたはヴィルヘイズと一緒にいることができている」

「私はコマリ様から離れませんよ」

「ナチューリアもそう言ってくれたんだけどね」

　スピカは自嘲《じちょう》気味に笑って天井を仰いだ。

「とても癪《しゃく》だけれど、あんたと対比することで自分の置かれた状況が分かってしまったわ。どうしてくれんのよ」

「??」

　いまいち意味が分からなかった。

　やっぱり分かるようには話してくれないのか。

そんなふうに少し残念な気分になった時、しかしスピカは「分かったわ」と意外にも落ち着いた表情を浮かべてこんなことを言った。

「今まで誰にも言ってなかったこと……私がこれまで辿《たど》ってきた道筋を語ってやる。信じるも信じないもあんたしだいだけど」

「スピカ……！　ありがとう。もちろん信じるから心配しないでくれ」

「………」

何故かスピカはもにょもにょしていた。

目を背《そむ》けてぼそりと漏らす。

「……他の誰かに言ったら殺すからね」

「うん、秘密にするよ」

「私も聞いていいのでしょうか」

「ヴィルヘイズはテラコマリの一部みたいなもんでしょ」

カルラが慌てて「あ、あの」と口を挟んだ。

「私は……？」

「大丈夫よっ！　後で殺すからっ！」

「分かりました絶対に聞きません」

カルラが耳を塞ごうとした。

しかし両手を縛られていることに気づいてハッとする。

「――あの⁉　耳が塞げないんですけど⁉」

「あれは六百年前のことよ――」

「待ってくださいっ！　まだ死にたくありませんっ！」

スピカはお構いなしに語り始めた。

それは、これまで彼女が歩んできた六百年の旅路《たびじ》の話だった。

16.5 ということがあったのよ

Hikikomari the Vampire Countess no Monmon

「そんな痛みがへっちゃらになってしまう世界がおかしいのです」

六百年前――

私は荒れ果てた世界の中で、たった一つの優しさを見つけた。
鳥籠《とりかご》の中の少女、ナチューリア・ルミエール。

私はムルナイト帝国でひそやかに生まれた。

誰からも祝福されることはなかった。母は夭仙郷《ようせんきょう》から攫《さら》われてきた戦争奴隷で、私が生まれてすぐに流行《はや》り病《やまい》で亡くなったという。戦国時代も末期のことだったから、各国は今よりもはるかに排他的で、他種族と交わるのは禁忌《きんき》とされていた。もし私に神仙《しんせん》種の血が流れていることが露見すれば、帝国におけるジェミニ家の地位は危うくなる。だから私は〝いないモノ〟として扱われ、屋敷の密室に幽閉《ゆうへい》されていた。

筋金入りの引きこもりだ。怒鳴られ、詰《なじ》られ、吸血鬼にとっては大事な栄養源である血もろくに与えられない。殺せばいいのにと思うけれど、先代の妻が中途半端に善良な人物で、

「命を奪うのは可哀想《かわいそう》よ」と差し止めているらしかった。

そんな鬱屈《うっくつ》とした日々の中、ふとしたきっかけで彼女と出会い、唯一無二の親友となった。

自分と同じように幽閉されていたから、シンパシーを感じたのかもしれなかった。

私はことあるごとに牢獄《ろうごく》を脱走して彼女の鳥籠に足を運び、お話をしたり、お菓子を食べたり、ボードゲームで遊んだりした。

でも、楽しい時間は長く続かなかった。

ナチューリアは巫女《みこ》姫。ムルナイト帝国の礎《いしずえ》にして囚《とら》われの忌《い》み子。

私みたいな卑賤《ひせん》な吸血鬼が触れていい相手ではなかったのだ。

帝国の偉い人たちにバレて大変なことになってしまった。

殴られ、罵倒《ばとう》され、尊厳を踏みにじられ。

そうして私たちは結局、この争いだらけの世界から抜け出すことを決心した。

ナチューリアが言ったのだ――「違う部屋で一緒に引きこもりましょう」って。

ナチューリアに手を引かれなければ、私はいつまでも〝いないモノ〟のままだった。

ナチューリアが私をマトモな人間にしてくれたのかもしれなかった。

ナチューリアに従い、私は第一世界にさよならを告げることにした。

☆

向かった先は、二つの太陽が浮かぶ第二世界、〝常世《とこよ》〟と呼ばれる奇妙な場所。

そこは無垢《むく》な人たち——〝引きこもり〟だけが住む世界だった。

常世は六百年前の現世よりも文明レベルが遅れていた。魔力が豊富なくせに、人々は魔法の扱い方を知らなかったのだ。魔法で火を起こす方法を教えてあげると、彼らは驚きと歓喜の目で私たちを見つめた。色々な魔法を教えていくうちに、私は賢者と呼ばれるようになった（ちなみにナチューリアはそのまま巫女姫と呼ばれていた）。

かくして私たちは受け入れられ、世界のリーダーとして心優しい引きこもりたちを統括することになった。私たちが拠点にしていた村は、いつしか〝ルミエール村〟と呼ばれるようになった。〝ジェミニ村〟より舌触りがよかったからだろう。

エピソードとしては、本当に色々なことがあったように思う。

当時の神聖教教皇クレメンス1世が会いに来たり、長老から魔核《まかく》を授けられたり（指導者の証らしい）、棒つきキャンディの工場を作ったり、常世の色々なところを巡って縄張りを増やしていったり——ジェミニ家の密室にいた頃とは百八十度違う、輝かしい毎日だった。衣食住に不自由はないし、私に向けられる優しさも際限がなかった。

そして、すべての思い出はナチューリアに帰結する。ナチューリアと一緒だからこそ、あらゆる物事が楽しかった。こういう平和な日常が永遠に続けばいいと思った。誰《だれ》からも害されることなく、温かい揺りかごの中で永遠に生きていきたかった。

だが、平和の軋《きし》む音はすぐに聞こえてきた。

☆

「第一世界は二百年にも及ぶ戦国時代の渦中《かちゅう》。もはや自力で平和を取り戻すのは不可能な状況だ――ゆえに我々が浮かび上がった。常世には第一世界の養分となってもらおう」

突如として現れた六人組。

彼らは〝天文台の愚者〟と名乗った。

それは紛《まぎ》れもない侵略者だった。〝扉〟が解放され、第一世界の軍隊が攻め込んできたのである。常世は魔力の宝庫であり、彼らにとっては垂涎《すいぜん》ものの土地。愚者どもは六国《りっこく》の目を常世に向けさせることにより、むりやり戦国時代を終結させようとしていたのだ。

〝扉〟は世界に六つもあるらしく、楽園は虫に食われるがごとく汚されていった。

巫女姫と賢者の了承を得ずして、様々な国が作られていった。

ムルナイト帝国、ラペリコ王国、天照楽土《てんしょうらくど》、白極帝国《はっきょくていこく》、アルカ王国、夭仙郷《ようせんきょう》――国というよりも、正確には第一世界の国々の植民地だった。〝扉〟を通じて大勢の人間が常世を訪れ、我が物顔で「ここが我々の第二の故郷だ！」などと主張するようになった。

ほどなくして原住民狩りが始まった。

彼らにとって、常世の〝引きこもり〟たちは邪魔な存在らしかった。

私とナチューリアは逃げた。

逃げて、逃げて、逃げて、逃げて、逃げて――

そしてある日、愚者たちと拳《こぶし》を交えることになった。

場所は白亜のモニュメント、〝神殺しの塔〟のすぐ近くだった。

彼らの目的は、私たちが持っている常世の魔核を集めることだった。何に使うのか知らないが、どうせろくでもないことに決まっていた。

私は必死に戦ったが、結局やつらの〝殲滅外装《せんめつがいそう》〟を打ち破ることはできなかった。

ナチューリアは大きな怪我《けが》を負い、瀕死になった。

だから私は魔核に願いを込めたのだ――「ナチューリアを助けて」と。

長老曰《いわ》く、魔核には色々な制約があるらしい。

――魔核は人の願いを叶《かな》えてくれるが、二つの不可能があるのじゃ。まずもって人の意志をどうこうすることはできない。これはつまり、誰かを消したり殺したり、蘇《よみがえ》らせたりすることはできぬということじゃ。そして、真の願いを叶えることもできぬ。魔核が実現してくれるのは具体的な手段だけじゃ。たとえば『世界を平和にしたい』と祈っても、魔核には抽象的すぎて理解ができん。あるいは予期せぬおぞましい方法で叶えられてしまうかもな。

結果として、ナチューリアは塔に封印されることになった。よく分からないが、ナチューリアは愚者たちにとって〝破壊者〟という危険人物らしい。放置しておけば命を狙《ねら》われるから、誰も接触できない密室に幽閉される必要があったのだろう。

彼女は最後に烈核解放《れっかくかいほう》・【パラドックスオラクル】を発動し、私に言葉を残した。

――心配いりません。季節が六二二度巡った時にまた会いましょう。〝天上の宝石〟を傍《かたわ》らに。

その言葉を信じることにした。ナチューリアを匿《かくま》った私は、魔核を支持者たちに託して隠させた。愚者に魔核が渡ってしまえば、再び世界の秩序を書き換えられてしまうから。

しかし、事態は最悪のものへと移っていった。

「人間はどこまでも愚かだ。これほど広大なリソースがあるというのに、各国はそれを仲良く分け合おうとはしなかった。すべてを独《ひと》り占めにするべく戦いを始めたのだ。このままでは常世も無慈悲な戦国時代となるだろう。もはや最終手段に打って出るしかない」

結局、私は何もなすことができなかった。

やつらは常世を食い物にする計画をいくつも考えていたのだ。

「常世の魔核を確保するというサブプランは放棄することになった。すでに願いの微調整は終了し、発動が完了している。常世は閉ざされた箱庭となり、第一世界を繁栄させるための養分となるのだ。貴様はこのまま死んでおけ」

どうやら第一世界で魔核が起動したらしかった。にわかにすさまじい突風が世界を包み込んだ。木々がざわめき、空が破壊され、私たちの楽園はみるみるうちに台無しにされていく。いつの間にかふわりと身体《からだ》が浮いていた。

「ッ……常世は取り戻してやる！　またナチューリアと一緒に楽園を創るんだ！　絶対に絶対に……私は諦《あきら》めないいんだからっ……！」

叫びは愚者どもに届かなかったに違いない。

私は巨大な竜巻に呑《の》まれ、そのまま暗雲の中で意識を手放してしまった。

「――で、気づいたら元の世界にいたってわけ。ギリギリ生き長《なが》らえたのよ」

スピカは感情を押し殺したように訥々《とつとつ》と語った。

すでに夜が明けてしまっている。

カルラなんぞは隣で涎《よだれ》を垂らしながらぐーすか寝ていた。

〝神殺しの邪悪〟の口からもたらされた昔話はいささか突拍子《とっぴょうし》がなく、情報もあまり整理されていなかった。普通の感性を持っていたら到底信じられるものではないだろう。

しかし私はスピカが嘘《うそ》を言っているとは思わなかった。

彼女の星のような瞳《ひとみ》がきらりと輝いていたから。

「やつらは現世の魔核《まかく》に願いを込めて、常世《とこよ》のエネルギーをすべて現世に移送する仕組みを作った。〝扉〟を封印し、かつ媒介物とすることで魔力を行き渡らせ、人を殺しても死ぬことがない無限再生社会を実現したの。種族ごとに魔核の効果範囲が異なる理由は、無闇《むやみ》な戦乱を止めるためよ。他国に攻め入ったら『敵は蘇《よみがえ》れるけどこっちは蘇れない』っていう超絶不利な状況になるから、誰《だれ》も侵略戦争なんてしたがらなくなる」

「あれ？　でもゲラ＝アルカのマッドハルトはしてたような……？」

「そういう馬鹿《ばか》もたまに出てくるけれど、普通はしない。ちなみに核領域は緩衝《かんしょう》地帯よ。現世の人間はどいつもこいつもとんでもない戦闘狂だから、ガス抜きできる余地を残しておくことも重要なんでしょうね」

「だから私たちはエンタメ戦争なんかやってるのか……度《ど》し難《がた》いな……」

「魔核が壊れればこの秩序も壊れてしまうから、やつらは魔核を別の姿に変換して各国に守護させることにした。魔核を神と崇《あが》める人も現れ始めた。あんなのは神なんかじゃない、常世を衰退させるための邪悪な装置でしかないのに。だから私は魔核を探していたのよ――すべての秩序を破壊して、常世に帰還したかったの」

「でも常世に来られたわけですよね？　あちらの魔核を壊す必要はないのでは？」

ヴィルの言う通りだった。

しかしスピカは「違うわ」と神妙に首を振った。

「魔核は全部破壊しなければならない。あれは人間が扱うべき代物じゃないんだ。愚者どものように悪用する人間が出てきたら、私の力でも太刀《たち》打《う》ちできない」

なるほど。誰かが「全世界をオムライスにしたい」なんて願ったら、本当に世界はオムライスになってしまうというわけか。

「とにかく今語ったことが私の目標なのよ。まあ、この目標に気づくまで三十年くらいかかったんだけどね。愚者どもが込めた願いは巧妙で複雑だったから、魔核の仕組みに気づくのに長い年月が必要だった――っていうのもあるけれど、常世を追い出された後、私はショックで記憶を失っちゃったの。そりゃーもう大変だったわよ。奴隷にされたり、盗賊に追いかけ回されたり……私に危害を加えるやつは全員殺してあげたけど」

「……当然のように三十年とか言ってるけど、お前って何でそんなに長生きなの？」

「神仙《しんせん》種と吸血種のハーフだから、もともとの寿命は二百年くらいかしら？　でもそれじゃあ常世を奪還するのに全然足りなかった。そしてナチューリアも言っていた――『季節が六二二度巡った時にまた会いましょう』って。だから長生きする烈核解放《れっかくかいほう》が発現したのよ。正確には〝流れ〟に干渉する力だけれど」

烈核解放は心の力。本人の意志や願い、ポリシーや生き様に基づいて世界を変革する。

こいつは以前「気合で長生きしてる」みたいなことを言っていたけれど、あながち間違いではないのかもしれなかった。

「私はナチューリアと再会しなければならない。そして常世を引きこもりの楽園にしなければならない。――たぶん、この話を聞いてあんたは私に協力したことを後悔してるんじゃないかしら？」

「な、何で？」

「私は現世の魔核をすべて破壊するつもりよ。魔力を奪われっぱなしなんて癪《しゃく》だからね、文明の発展を阻害されているようなもんだし。でも常世からの魔力供給が停止すれば、現世は再び戦国時代になってしまうかもしれない——あんたはそんなの許せないでしょ？」

「…………」

スピカの言うことには一理あった。

私と目指している場所は似ているのかもしれない。

フーヤオの夢だった「誰もが死に場所を選べる世界」とも通じているのかもしれない。

だが根本的に異なっているのは、それを実現するまでの道のりだ。

こいつはどこまでも冷酷で、自分の行く手を阻《はば》む者には容赦《ようしゃ》をしない。〝引きこもり〟としての素質を持たない者たち、つまり自分の気に食わない者たちのことなんて路傍《ろぼう》の石ころのようにしか思っていない。

「……お前は本当に邪悪だよ」

「そうよ。だから私は〝神殺しの邪悪〟なの」

「でも頑張ってきたんだな。お前は意外とすごいやつだったんだ」

「………………」

こいつは純粋すぎるのだろう。

冷酷な性分《しょうぶん》は願いの強さの裏返し。こいつはどんな手段を使ってでも常世を、ナチューリアを取り戻したいと思っている。手段は邪悪であったとしても、その想《おも》い自体は決して否定されるべきものではなく、むしろ尊重されるべきものなのだ。

だから、私はスピカと仲良くしたい。

こいつと共存する方法はあるはずなのだ。

「お前のことはまだよく分からない。でも仲良くできると思うんだ」

「あ──」

スピカが奇妙に表情を歪《ゆが》めて叫んだ。

まるで宇宙人と対面したかのような顔だ。

「あんたって本当に愚かよねっ！　恐ろしいくらいに愚かだわ──ちょっと昔話を聞いたくらいで異常なまでに感情移入できちゃうのね。だからいつもいつも邪悪な殺人鬼たちに喉笛《のどぶえ》を掻《か》き切られそうになっているのよ」

「そんなのは百も承知だよ。でもしょうがないだろ……お前とだって分かり合えそうな気がするって思っちゃったんだから」

「…………」

「魔核を壊すのはダメだと思う。もちろん無闇に人を殺すのもダメだ。そういうことをしなくても済む方法はあるはずなんだ。だからそれを考えなくちゃいけない」

「……………」

「少なくとも愚者のやり方は間違ってるからな。あいつを放っておくことはできない。スピカだってそうだろ？　だからもう一人で戦う必要はないんだ。私もルクシュミオをやっつけるために頑張るから」

スピカは俯《うつむ》いている。

爪先と爪先を擦《こす》り合わせてモジモジしている。

やがて「くあー」という小さな欠伸《あくび》をした。

目に溜《た》まった涙をごしごしと拭《ぬぐ》い、いつもの飄々《ひょうひょう》とした笑みを作りながら、

「――私はいつでも一人じゃなかったわっ！　逆さ月の仲間がたくさんいたものっ！」

「そうだったな。トリフォンやコルネリウス――フーヤオがいるもんな」

「そうよっ！　でもあんたも利用してあげるわ。愚者どもを逆さ月だけで相手にするのはちょっと疲れるからね」

「ああ。よろしく」

私は笑みを浮かべてそう言った。

スピカが一瞬真顔になる。不意に目を背《そむ》け、しばらく経《た》ってから、聞き取れるか聞き取れないか微妙なくらいの音量で「……うん。よろしく」と返ってきた。

これでスピカとも上手《うま》くやっていける気がしてきた。

「……コマリ様。私は不満です」

しばらく黙っていたヴィルがマジで不満そうに言った。

「コマリ様はそうやって新ヒロインを増やしていきますよね。私に構ってくれる時間がどんどん減っていくのは許せないのでジェミニ殿をキノコの苗床《なえどこ》にしたくなりました」

「何言ってんだお前」

「だって。コマリ様の一番近くにいるべきなのは私だと決まっているのに……」

メイドは口を尖《とが》らせて床を見つめていた。

拗《す》ねているらしい。私は思わず溜息《ためいき》を吐《つ》いてしまった。

「私が誰と仲良くしようが勝手だろ」

「じゃあ私がコマリ様をほったらかしにしてコレットと毎日いちゃいちゃしててもコマリ様は平気なのですか?」

「…………」

「ほら」

「べ、別に心配する必要はない。私はお前と一緒にもとの世界に帰りたいんだ。それは最初から変わってないよ。だからスピカと協力する必要があるわけで……」

「ジェミニ殿は帰るための道具なのですね? ハーレム要員ではないのですね?」

「仲良くなりたいとは思ってるが……ん? ハーレムって何?」

「コマリ様は放っておけばどこの馬の骨とも知れぬ小娘（具体的にはリンズ殿）とも結婚して

しまうプレイガールです。ちゃんと見張っておかなければなりません」

「むしろ私はお前を見張っているぞ。いつ変態行為を働くか分からないからな」

「そうです。私はいついかなる時でもコマリ様をお守りいたします。だからコマリ様も私のことをちゃんと見ていてくださいね」

「う、うむ……」

ばごん!! と鉄格子を蹴《け》りつける音が聞こえた。

びっくりして振り返る。スピカがイライラした様子で舌打ちをした。

「いちゃいちゃすんな!! 耳が腐るわ!! 昔の私たちを見てるみたいで腹が立つのよ!!」

「お前とナチューリアってこと? 全然違うと思うんだが」

「違わないわ! あんたとヴィルヘイズは比翼連理《ひよくれんり》の肝胆相照《かんたんそうしょう》。たぶん――テラコマリ・ガンデスブラッドはヴィルヘイズを失ったら私みたいになる。目的のためなら手段を選ばない生粋《きっすい》のテロリストにね。せいぜいその子のことを大切にしなさいよ」

「コマリ様、あのテロリストもたまにはいいことを言いますね。私とコマリ様はぴったりのパートナーだそうです」

ヴィルの囁《ささや》きはいったん無視する。

スピカの私たちを見る目には憧憬《しょうけい》や羨望《せんぼう》といった色が見え隠れしていた。

私がこいつみたいになる? 冗談だろ――と思ったが否定はしきれなかった。私はヴィルのおかげで今日まで生き延びられている。もしこのメイドが消えてしまったら私は引きこもりに逆戻りだ。

いや。

むしろスピカのように何が何でもヴィルを取り返そうとするかもしれない。

こいつの気持ちが少し分かった気がした。

「まあとにかく！　今はここを脱出するのが先ね！　早くしないとナチューリアに再会する前に地獄行きよ！」

「私とコマリ様は天国ですけどね」

「どっちも嫌だよ！　くそ、なんとかして逃げないと……」

私は突破口を見出すべく周囲を見渡した。手足は縛られている。枷《かせ》を外しても鉄格子のせいで脱出できない。そもそも見張りの兵士もたくさんいるはず。駄目だ。何も思いつかない。処刑の瞬間だけがゆっくりと近づいて――

ブチブチブチブチブチブチブチブチブチブチブチィイイイイイッッ!!

ものすごい音が聞こえた。

ビクッとして隣の牢屋を見る。

ヴィルやカルラがいる区画の向こう。

白銀の美少女サクナ・メモワールが息を荒らげながら立っていた。

全身汗だく。その表情には苦行を乗り越えた修行僧のような達成感がにじんでいる。

え？　何で立ってるの？

サクナって厳重に縛られていたはずじゃなかったっけ？

「コマリさん」

額の汗を拭いながらサクナが振り返る。

「やっと……やっとロープと鎖を破壊できました……あと猿轡《さるぐつわ》も……」

「破壊したの？　どうやって……？」

「力で」

「力で⁉︎⁉︎」

サクナは「はいっ」と花が咲いたような笑みを浮かべた。

あの子が力持ちだということは前々から知っていたが、ここまでとは。ルクシュミオもこの結果は予想できなかったに違いない。隣のスピカが「ますます欲しくなったわ〜！」などと嬉《うれ》しそうに笑っていた。サクナは渡さないって言ってるだろ。

「ちょっと疲れてしまいました……でも弱音《よわね》を吐いている場合じゃないですよね」

「もしかして、一晩中ロープと格闘してたの？」

「はい。このままでは処刑されてしまいますから。あとはこの鉄格子をこじ開ければ脱出できます……んっ」

サクナは両手で二本の鉄棒を掴《つか》むと、渾身《こんしん》の力を込めて左右に広げていく――

しかしさすがにびくともしなかった。

「はあ……はあ……ダメです……私の力じゃ壊せませんっ……」

「そりゃそうだよっ！　もし壊せたらサクナは常識人枠から飛び出しちゃうよっ！」

「お役に立てずごめんなさい……」

へなへなとその場に座り込むサクナ。

あの拘束を破壊しただけでもスゴイのだが。

「……スピカ、超パワーはまだ回復しないのか？」

「まだまだだよ。脚《あし》は治ってきたけど、以前のような力は発揮できない」

「カルラは……」

「むにゃむにゃ……カリンさん……私は寝てないですよ……お仕事……ちゃあんとしてますからね……」

この状況で爆睡できる強さが羨《うらや》ましかった。私も強くなりたい。

いやまあそれはともかく。

現状、明らかに八方塞《はっぽうふさ》がりだった。

考えることが多すぎて頭がどうにかなりそうだ。

牢獄《ろうごく》を脱出する方法だけではない。

残り一つの魔核のありか。刺されたクレちゃん。キャンプ場で別れた仲間たち。広場の騒動で別れた仲間たち。未《いま》だに見つかっていないというプロへリヤやリオーナ。常世のどこかにいるはずのお母さん。そして愚者——私たちを殺そうとしている秩序の守護者。

分からん。

いったい何から手をつければいいんだよ。

「簡単よ。まずは愚者を倒せばいい」

スピカが冷静な声でそう言った。

「あいつが魔核の収集を妨げているの。あいつさえ排除できれば何とかなる。ナチューリアの手がかりも分かるだろうし……」

「その前に脱出しなくちゃですよね。せめて魔法が使えればいいのですが……」

「ん？　魔法……？」

そこでふと思い出した。

私たちは魔核を収集している。

そしてすでにスピカは二つも持っているのだ。

「——魔核だ！　常世の魔核はあっちの魔核と違って魔力を発しているんだよな⁉」

「そうね、そういうふうに設定されているわ」

「だったら魔法が使えるようになるんじゃないか⁉　サクナに渡せば氷結魔法とかで……」

「無理」

スピカは溜息を吐いて言った。

「今は出せないわ。もうちょっと時間がかかりそう」

「どういう意味だ？　愚者に取られちゃったとか……？」

「取られないように隠したのよ……だからここにはないと言える」

妙に歯切れが悪いような。

しかし隠したのなら取り出せないのも頷《うなず》ける。

「どこに置いてきたんだ？　あ、立てこもりをした尖塔《せんとう》？」

「さあね。それにしても」

スピカは私の胸元《むなもと》をチラリと見て言った。

「愚者はどうしてあんたのペンダントを見逃したのかしらねえ？」

「見逃す……？　どういう意味？」

「何でもないわ！　無知は無知のままでいたほうが幸せよ！」

「私ほど叡智《えいち》という言葉が相応《ふさわ》しい吸血鬼はいないんだが」

「そうねっ！　あんたは無知の知と正反対ねっ！」

「ムチムチ？　お前何言ってんの？」

「……ジェミニ殿。あなたはペンダントの正体を知っているのですか」

ヴィルが鋭い目で詰問した。

スピカは「まあね」とケラケラ笑う。

「吸血動乱の時に分かったわよ。でも今は狙《ねら》ったりしないわ。私たちは一蓮托生《いちれんたくしょう》の仲間なんだもの」

「………………」

「そんなに心配？　大丈夫よ、今までテラコマリと一緒にいてちょっかい出さなかったのが何よりの証拠でしょ？」

「……そうですね。ひとまず信頼しておきましょう」

何だろう？　二人の間に微妙な空気が流れたような……？

そんな感じで不審な気分になった瞬間。

がこぉん――という不気味な金属音が響きわたった。

まさかサクナが鉄格子をへし折ったのかと思って振り返る。

しかし違った。

外に通じる扉が開いた音だった。

複数の人間がゆっくりと歩いてくる。レハイシアの兵士。その他の国々の兵士。

そして――彼らの先頭に立っていたのは、奇妙な帯《おび》を身体《からだ》にまきつけた神仙種の男。

「祈りは済んだか。遺書は認《したた》めたか」

サクナが拳《こぶし》を握る。カルラが「ふぇ?」と目を覚ます。

どうやらついに運命の瞬間が来てしまったらしい。

〝天文台〟の愚者リウ・ルクシュミオは、静かに宣告する。

「処刑の時間だ。群衆は貴様らが散る姿を心待ちにしているぞ」

☆

テラコマリとスピカが戦乱の黒幕である証拠は続々と発見された。

それらの殆《ほとん》どはルクシュミオが捏造《ねつぞう》したものだ。

しかし常世の人々は信じた。

彼らがすべての元凶だったのだ! 彼らがいなくなれば平穏が訪れるのだ!――そういう分かりやすい希望を目の前にぶら下げられれば、戦争に倦《う》んでヘトヘトになった人々の心など簡単に靡《なび》いてしまうのだった。

一部の理性的な国は「たとえ彼らが黒幕であっても処刑するのは早い」と慎重な姿勢を見せていたが、民衆からの突き上げには敵《かな》わなかった。常世は「テロリストを処刑せよ!」という暴力的な声によって一色に染まっていった。

かくして神聖レハイシア帝国は空前の熱狂を見せる。

もちろん宗教的な熱ではない。

各地から集まった人々が注目しているのは――広場の処刑台。

この世を混沌《こんとん》に陥《おとしい》れる悪、スピカ・ラ・ジェミニとテラコマリ・ガンデスブラッド（とオマケ三人）が打ち滅ぼされるその瞬間を、今か今かと待ち構えているのだった。

――処刑せよ！　処刑せよ！　処刑せよ！　処刑せよ！

人々の盛り上がりは止まるところを知らない。

わざわざ処刑を見物しに来た人間なのだから当然ではあるけれど。

「来たぞ！　あれがテロリストだ！」

「あんな小娘が……⁉」

「構いやしない！　俺《おれ》の故郷をぶっ壊しやがって！」

作られた憎悪。誘導された悪意。

兵士に率いられる形で件《くだん》の罪人たちが姿を現した瞬間、それらの〝負の意志力〟が広場に充満していった。

――処刑せよ！　処刑せよ！　処刑せよ！　処刑せよ！

世界中から聞くに堪《た》えない罵倒《ばとう》がひっきりなしに投げかけられる。

それらを一身に浴び続けるテロリストたちは。

深紅《しんく》の吸血姫《きゅうけつき》は――

☆

私はトイレに行きたくなっていた。

牢屋の中にいた時は六時間に一回しか行かせてもらえなかったのだ。

で、処刑の時間になったら「もう必要ないだろ」みたいな感じでそのまま連行である。

しかし「トイレ行っていいですか?」などと言い出せる雰囲気ではなかった。

私たちを出迎えたのは、人、人、人――まるで大草原に生える草どものごとき一面の人。

しかも「処刑しろ!」だの「死ね!」だの「くたばれ!」だの、お前は真心をどこへ忘れてきたんだよと言いたくなるほどの罵倒を浴びせてくるのだ。

「くそ……みんな騙《だま》されてるんだ! 悪いのは星砦《ほしとりで》なのに」

「これほどの群衆を集めるとは驚愕《きょうがく》ですね。きっとあの夭仙《ようせん》は私たちを捕まえる前から動員をかけていたのでしょう」

「そんなことどうでもいいですっ! このままでは死んでしまいますっ! こはる～っ! お兄様～っ! 誰でもいいから助けて～っ!」

「カルラさん。あなたの烈核解放でなんとかならないですか……?」

「無理ですっ」

カルラは泣きそうな顔で呟《つぶや》いた。

「愚者さんの帯が私の腕に巻きついているんです！　何故《なぜ》か【逆巻《さかまき》の玉響《たまゆら》】が無効化されて発動できませんっ！　たぶん意志力を封印する効果があるのだと思いますが——そもそも発動できたとしても自分の時間は巻き戻すことができないので逃げ道はないっていうか死ぬしかないっていうか人生終了なんですっ！　嗚呼《ああ》もっとやっておきたいことがたくさんあったのにいいいいいい！　風前亭《ふうぜんてい》の第二、第三店舗を出したかったのにいいいいい！」

「私だってやり残したことがたくさんあるんだよぉおおお！　具体的にはトイレ行っておけばよかった！」

もはや何を叫んでも意味はなかった。

私たちは悪意にさらされながら処刑台へと連行されていった。

前を歩いていたスピカが突然「ふにゅっ」とつんのめり、両脇《わき》の兵士たちに支えられた。

特効薬の影響かと思ったが、そうではない——群衆から生卵《なまたまご》を投げつけられたのだ。彼女は顔をべとべとにしながら「信じられない」といった表情で人々を見つめていた。

「スピカ⁉︎　大丈夫か⁉︎」

「……。……大丈夫よっ！　食べ物を粗末にするなんて愚かねえっ！」

虚勢のような笑顔を張りつけたままスピカが嘯《うそぶ》く。

想像以上だ。

想像以上に私たちは恨まれているらしかった。

スピカにとって常世は第二の故郷、いや、本当の故郷――楽園だったのだ。その住人たちから憎まれ、罵倒を浴びせられ、今まさに殺されようとしている。スピカは常世のために戦ってきたというのに。

「醜いな」

私たちを先導していたルクシュミオが呟いた。

「人は現実逃避をする生き物だ。不幸の原因を何かに押しつけることによって束《つか》の間《ま》の安寧《あんねい》を得る。しかしその安寧こそが秩序の源《みなもと》に他ならない」

「そんなの嘘だろ！　私たちが常世を壊したわけじゃないのに！」

「世界は偽りの積み重ねによって均衡を保っているのだ。本質など関係ない」

「意味分かんねえよ！　この鎖を解《ほど》けよ！　あとトイレ休憩が欲しい！」

「貴様らは贄《にえ》だ。秩序のために死んでおけ」

取りつく島もなかった。

私たちはそのまま処刑台の上に立たされた。

まるでアイドルのステージのように広大な壇、その中央に一列で並ばせられる。

群衆が湧《わ》いた。やつらはサーカスを楽しみにする子供のように『死ね！　死ね！』と大騒ぎをしていた。第七部隊の連中だってもう少し品があると思う。いやないか。

「スピカ・ラ・ジェミニ。これで六百年前の物語に終止符が打たれることになる」

ルクシュミオは淡々と言った。

まるで思い知らせるかのように。

「常世は星砦の影響下から脱し、適切な状態に戻るであろう。発展も衰退もなく、適度に残酷な戦争を繰り返しながら第一世界にエネルギーを輸出し続ける。人々はその真実を知るよしもないだろうが、人生とはそんなものだ。多くの民草《たみくさ》は何も分からずに死んでいく」

「許さないわ……お前らは……私たちの楽園を滅茶苦茶にした……」

「『私たちの』？　それは違うな」

ルクシュミオは鼻で笑った。

群衆の投げた石がスピカの額に直撃する。

たらりと垂れる血。それを指で拭ってやりながら、愚者は冷酷に言い放った。

「常世はもともと我々のものだったのだ。戦国時代を終わらせるための道具、そして六国《りっこく》の食い物にされるべきエサ。それを無遠慮に荒らすなど……そして常世から追放されてもなお執着するなど、万死《ばんし》に値する」

「私は常世のために戦ってきた……心優しい引きこもりのために……！」

「何を言っている？　多くの人間を不幸に陥れたのは貴様ではないか。常世を発展させ、魔法を授けたことによって、やつらは戦うすべを手に入れた。だからあれほど残酷な戦乱が巻き起こったのだ」

スピカの肩が震える。

「罪滅ぼしでもしているつもりだったのか？　哀れだな――その過程でさらに多くの人間を傷つけているではないか」

「私が殺したのは……心の優しくない人間だけ……」

「そんな恣意《しい》が罷《まか》り通ると思っているのならお笑いだ。客観的に考えてみろ、貴様は存在が邪悪なのだ。生まれた時から掛け値なしの邪悪だったのだ。ジェミニ家の記録によれば、貴様は幼い頃から幽閉《ゆうへい》されていたそうだな。そのまま外に出ることなく引きこもっていれば多くの人間が救われたというのに」

「私は……ナチューリアと一緒に平和な世界を目指していただけなのよ……」

「ナチューリア・ルミエールは悲しむだろうな。今の貴様を見たら」

「……っ！」

「そろそろ時間だ」

ルクシュミオが懐中時計《かいちゅうどけい》を取り出して呟いた。

「暇潰《ひまつぶ》しも終わりだな。処刑の準備が整ったようだ」

「待てっ！　ナチューリアは……ナチューリアは……！」

「死んだと言っているだろう。貴様も今からあの小娘の元へ行くのだ」

「有り得ないッ！　あの子は〝神殺しの塔〟の最上階にいるはずだッ！　私が魔核でそう願ったのだから間違いないッ！」

「魔核は歪《いびつ》な神具だ。あんな即席の祈りでは正しく願いを叶《かな》えてくれるはずがない。我々は貴様が常世から追い出された後、塔にめり込んで死んでいるナチューリア・ルミエールを発見したのだ」

「………………………………………………」

スピカが凍りつく。

ルクシュミオが「もう用はない」と言わんばかりに去っていった。

トイレのことなんてどうでもよくなってしまった。

ナチューリア・ルミエール。スピカの心の支え。

こいつは六百年間、彼女のために戦ってきたといっても過言ではないのだ。

「スピカ……」

「ふ……ふふ……なんてことなの……」

広場には無限の罵声が木霊している。

世界中の非難をその身で受けながら、スピカはしかし笑っていた。

「――ままならない。本当にままならない。いかに手を尽くしても天にまします神は骨の髄まで嘲笑うのだ。殺してやりたくなってくるな」

「し、しっかりしろスピカ！　まだナチューリアが死んだかどうか分からないだろ⁉」

「分かっているわ。でも気づいた。神がここまで私を虚仮にするのは、私が多くの人間を殺してきたからなのだろう。その報いなのだろう」

それまでずっと複雑な顔で話を聞いていたサクナが、ハッとしたように息を呑んだ。

スピカは取り繕ったような無表情になっていた。

「私は手段を選ぶべきだったのかもしれない。選ばなかった結果がこれなのだから……」

隣でミシミシと音が聞こえた。

サクナがものすごい形相《ぎょうそう》でスピカを睨《にら》んでいたのだ。

「か……神殺しの邪悪ッ！　今更後悔したところで……！」

「遅い。そんなのは分かってるわ。だからこうして罰を受けることになってるんだ」

「ッ……」

その時、ゴロゴロと車輪が回転するような音が聞こえた。

広場の人間たちが大歓声をあげる。

兵士たちによって運ばれてきたのは、まるで城かと思うほど巨大な大砲である。

その無骨で物騒な砲門が、まっすぐ私たちのほうへと向けられていた。

私は身震いをした。てっきり槍とかで串刺しにされるのかと思っていたのに。

「ま、まずいですっ！　あれで私たちを木端微塵《こっぱみじん》に吹っ飛ばすつもりなんですっ！　でも火炙《ひあぶ》りとかより一瞬で死ねるから楽でしょうね……」

「何言ってんだよカルラ！　くそ……」

私はスピカのほうに視線を向けた。

彼女はすでに目を瞑《つむ》って黙り込んでいた。

何やってるんだよ……！

「――スピカ！　お前はそれでいいのか⁉」

スピカが目を開けた。

その瞳からは星の輝きが失われているように見えた。

「いいも何もないわ。私たちには何もできないでしょ？」

「お前らしくないいっ！　お前はいつだって天真爛漫《てんしんらんまん》にアホみたいな暴力を振るってきたじゃないか！　何でちょっと詰《なじ》られたくらいでしょげてんだよ！」

「しょげてないわ。あんたには何も分からないでしょうけど」

「分かるよっ！　だってさっき牢屋でお前自身が教えてくれただろ⁉」

「………、」

「何度も同じことを繰り返させるな！　私はお前の協力者なんだ！　だから分かる……こんなところで死んだら意味がないってことくらい分かる！」

「あんただって本当は私なんて死ぬべきだと思ってるんでしょ？　私のせいで多くの人間が死んだんだからね。ナチューリアだって――」

「そんなこと思ってないっ！」

スピカがぱちぱちと瞬《まばた》きをした。

私は構わずに叫んでいた。

「お前は最低な人間だよっ！　でもここで死んでいい人間じゃない！　自分のしたことが悪いことだっていう自覚があるなら……やることがあるだろ！」

「はっ、罪を償えって言いたいわけ？　安っぽい正義感だわ。十五歳児の言うことは本当に稚拙《ちせつ》ね。あまりにも不愉快だから今この場で殺してしまおうかしら」

「十六歳だよ！　もちろん罪を償うのも大事だと思うけど……そうじゃない！　お前のやることとは最初から変わっていない！　自分で始めたことは最後まで責任を取れよ！」

「皆に『ごめんなさい』って言えばいいの？　それじゃ満足できないわよね？　もうすでに世界は破綻《はたん》しているのよ。今更責任も何もあったもんじゃ――」

「私はお前とナチューリアが作る平和な常世が見てみたいんだ！」

スピカが口を噤《つぐ》んだ。

ヴィルもカルラもサクナも黙って聞いていた。

私は群衆の罵倒を上書きする勢いで叫んだ。

「お前は六百年も頑張ってきた！　そんなの私みたいな引きこもりにはできないことだよ。だからこんなところで諦《あきら》めていいわけがない。もし立ち上がるのが難しいって言うのなら……私がどこまでも引っ張っていってやる！　だから落ち込んだりするのは後にしろ！」

　こいつの話を聞いていて分かったことがある。

　スピカ・ラ・ジェミニの根っこは私と同じ――どうしようもなく気弱な引きこもり吸血鬼なのだ。こいつはナチューリアに手を引かれるまで外の世界を知らなかった。私もヴィルに手を引かれるまで部屋から出ることができなかった。

　そして、こいつはまたしても引きこもろうとしている。

　ここにナチューリアはいない。

　ならば私がナチューリアになるしかなかった。

「こんな世界は懲《こ》り懲《ご》りだ。私はお前の夢が叶うところを見てみたいんだ。困難な道のりかもしれないけど、私と一緒に頑張ろう」

「…………………………、、、」

　スピカの目が泳いだ。

　私から視線を外し、何故かぴくぴくと全身を痙攣《けいれん》させながら歯軋《はぎし》りをしている。

　憤慨《ふんがい》によるものだろう、顔どころか耳までみるみる紅潮していき、やがてその小さな口から巨大な叫びがあふれ出た。

「お……お人好しにもほどがあるわ！　あんたはとんでもない邪悪ね！　私なんかが霞《かす》んで見えなくなるくらい真っ黒だわ！」

「急に謙虚になるなよ⁉　お前のほうがよっぽど危険だろ⁉」

「謙遜してるんじゃない！　貶《けな》しているの！　あなたの無軌道すぎる言動をね！　よくもそれだけ愚直に振る舞えるもんだわ……馬鹿なのかしらまったく。そうやってたくさんの女の子を落としてきたのね。もちろん私には通用しないけれど……」

　スピカは目を伏せて言った。

「……うん。あんたの言うことにも一理ある。むしろそれが真理だ」

「スピカ……！」

「でも意味がないわ」

　スピカは火照《ほて》った顔を冷ますように、何度も瞬きをして言った。

「私には通じない。あんたがどれだけ喚いたところで私の心は少しも変わらないのよ」

「な、何でだよ⁉　諦めるなよ、一緒に頑張ろうよ！」

「いつ私が諦めたって言ったの？　あんたの叱咤《しった》激励なんて必要ないわ。愚者に色々言われて動揺していたように見えたかもしれないけれど、あれ演技だから。あんたに色々言われて動揺していたように見えたかもしれないけれど、あれも演技だから」

「は……？」

「すべては計画通りなの。私の心は最初から変わっていない」

どこか強がりじみた言葉。

しかしスピカらしい余裕の感じられる空気だ。

「私は普段の力を使えない。あんたも血を吸っている暇はない。サクナ・メモワールもヴィルヘイズも動けないし、アマツ・カルラは最初っから木偶《でく》の坊《ぼう》よ――――でも」

スピカは星のように輝く瞳を私に向けた。

「――あんたの心は生きている。その輝きに惹《ひ》かれて仲間たちがやってくる。……いえ、これは私の計画じゃないわね。どうやってもそうなってしまうんだもの」

「何を言って……」

「それに気づいたわ。リウ・ルクシュミオの言葉はデタラメよ。クレちゃんの夢に出てくるってことは、ナチューリアは生きている」

「あ……そ、そうか……！」

広場の兵士たちが大砲に弾を詰め始めた。

「危ないので離れてくださーい！」とレハイシアの司祭たちが群衆を誘導していく。

ドカンと一発ぶちかます準備が整いつつあるらしかった。

「ど、どうしましょう⁉　打ちどころがよければ助かったりしないでしょうか……⁉」

「無理ですカルラさん！　打ちどころ以前に骨の髄まで消滅してしまいますっ……！　こう

なったら拘束を破壊するしかありませんっ……ふぎぎぎぎ」

「それこそ無理に決まっていますっ！　魔法も烈核解放も使えない私たちに残された唯一の武器――それは頭脳！　頭脳を使ってスマートに解決しましょう！　私はこれから神に祈るために祈禱《きとう》を始めます！　気が散るので話しかけないようにっ！」

カルラもサクナも拘束を脱するために大騒ぎをしていた。

その気持ちは分かる。私だって痛いくらいに鼓動が高鳴っている。

不安。恐怖。絶望――負の感情が渦を巻いて押し潰《つぶ》されそうだった。

「――さあ!!　レハイシアに集まりし歴史の証人たちよ!!」

いつの間にかルクシュミオが演台に立っていた。

まるで群衆を煽るかのように声を張り上げている。

「今ここに世界を破滅に導くテロリストが捕縛《ほばく》された！　彼らが神の火によって灰となれば、〝罰の日〟は回避される！　紛《まご》うことなき真の泰平が訪れるだろう！」

うおおおおおおおぉぉぉ――――――――――!!

テロリストに死を!!　テロリストに死を!!　テロリストに死を!!

ルクシュミオに感化された人々が大声をあげている。

新時代の幕開けを告げる一大セレモニー。肌がぴりぴりするほどの憎悪と殺気、そして未来への希望が広がっていく。

兵士が「準備完了です！」と絶叫した。

ルクシュミオが頷く。もはや一刻の猶予も残されていないようだった。

「おいスピカ！　ナチューリアが生きていることは分かった、でも『計画』って何だ⁉　どういう意味だよ⁉」

「それは時が来れば分かるわ」

「ぐぬぬ……」

こんな時まで隠し事をしやがって。

だが——

「コマリ様。ご心配なく」

メイドが自信満々にそう言った。

「……ヴィル？　何か策があるのか？」

「ありません。……非常に癪ですが、そのテロリストは間違っていません」

私の耳がピクリと勝手に動いた。

遠くで誰かが呼んでいる。私の名前を呼んでいる。

ものすごいスピードで近づいてくる。

「あ……」

聞き覚えのある声だった。

そうだ。ヴィルの言う通りだった。

「ほら見なさい、あんたは恵まれているのよ」

スピカがケラケラ笑った。

カルラが「ケラケラ笑ってる場合じゃないでしょう⁉」と憤激していた。神にも宇宙にも祈りは通じなかったらしい。

だが問題はない。

スピカにナチューリアや逆さ月がいるように。

私には頼りになる部下や友達がいるのだ。

「五」

カウントダウンが始まる。

ルクシュミオが諸手《もろて》をあげて群衆を扇動していた。

「四」

大砲に火がつけられる。

兵士たちは我先にといった感じで安全地帯へと避難していった。

「三」

心臓がバクバクと鳴る。カルラが涙を流して「こはる～こはる～！」と大号泣《ごうきゅう》していた。

不意にサクナの鎖がメキメキと軋む音が聞こえた。

「二」

マジかよ――と思ったが遅い。

いくら鎖を破壊できても逃げる時間がない。

あの大砲を止めない限りは何をやっても助からないのだ。

「一」

私はぎゅっと目を瞑った。

信頼はある。しかしあまりにも怖すぎる。このまま死んでしまうのではないか――そういう不安に苛《さいな》まれて自発的に頭が爆散してしまいそうな気分だった。

隣のスピカは呑気《のんき》に天を仰《あお》いで鼻歌を歌っていた。

こいつの心臓には毛が生えているのかもしれなかった。

その毛を一、二本でいいから分けてほしい。

やがてルクシュミオは時計のような正確さで容赦なく言い放った。

「零」

大砲が爆《は》ぜた。

大砲それ自体が木端微塵に吹き飛んでいた。

☆

殲滅外装《せんめつがいそうゼロヨン》04-《縛《バク》》を発動。

リウ・ルクシュミオは帯を展開して自らの肉体をドーム状に包み込み、嵐《あらし》のごとく吹きすさぶ爆風をガードした。広場のほうから無数の悲鳴。すでに群衆は退避させていたため、爆発《ばくはつ》の規模からして巻き込まれた人間がいるとは思わない。が、パニックが巻き起こるのは無理もないだろう。ルクシュミオにも何が何だか分かっていないのだから。

「暴発か……あれだけ整備はしておけと言っておいたのに……」

愚痴りながら帯を解除する。

もくもくと立ち上がる黒煙。

破壊された大砲の残骸《ざんがい》に四人の影を見た。

犬頭の獣人。サングラスの奇人。金髪の放火魔。脱獄が成功した犯罪者のようなニヤケ顔の吸血鬼。

「馬鹿な……生きていたのか……」

生き埋めにしたはずのテロリストたちが四人並んで立っているのだ。

ルクシュミオは戦慄《せんりつ》した。殺意があまりにも凶悪すぎる。しかもやつらは魔核を利用して魔法を使うのだ。ここにいる軍隊で対処しきれるとは思えない――

「イエーッ！　これがオレの全力魔法。しっかり聞けよそこの阿呆。処刑なんてぶっ壊してやる。犯人はオレがぶっ殺して狩る」

「あまり暴《あば》れすぎるなよ。常世で死んだら復活しないのだ」

「まったくもって許せませんねえ！　これだから常世の野蛮人は……！　我々第七部隊が侵略して差し上げましょう！　この地に神聖テラコマリ帝国を建国するのですッ！」

「いや侵略もやめておけ……禍根《かこん》を残すことになる」

「関係ねえだろうが！　テラコマリがあそこで捕まってるんだ！　こんな馬鹿げたことを考えたやつは――この僕が全部燃やしてやるッ！」

「おや、どこぞの軍が出てきましたね。我々の行く手を阻むつもりのようですよ」

「イエーッ！――――――道を開けろ」

吸血鬼が瓦礫《がれき》から飛翔した。

控えていた兵士たちが泡を食って迎撃《げいげき》する。彼らはたった四人なのに信じられない強さを発揮していた。迫りくる兵士たちを千切《ちぎ》っては投げ、千切っては投げ――その気迫はまさに決死隊。普段から生きるか死ぬかの戦いをしていなければ到底不可能な芸当。

兵士たちが吹っ飛ばされていく光景を眺めながら、ルクシュミオはぽつりと呟いた。

「ありえない」

〝天文台〟の本拠地には《称極碑《しょうきょくひ》》と呼ばれる石碑が存在する。

これに魔力のこもった水をかけると、秩序を崩す可能性のある〝破壊者〟、つまり愚者たちが排

除すべき者の名が浮かび上がるのだ。

現状、《称極碑《しょうきょくひ》》に浮かんだ〝破壊者〟の名は三つだけだ。

スピカとテラコマリと夕星《ゆうせい》。

逆に言えば、この三人以外はどれだけ放置しても問題ないということだ。スピカのように昔は無害だったのに、六百年経って〝破壊者〟に列せられた者もいるにはいるが、そんなのは例外中の例外。のはずなのだが。

「やつらも十分に破壊者ではないか……」

ぱっと見では星砦よりも遥かに危険そうだった。

排除しなければ。そう思って再び《縛》を展開しようとした瞬間、
広場の入り口のほうがにわかに騒がしくなった。

押し合いへし合いしながら逃げ惑っている群衆の向こう、喊声《かんせい》とともに突撃してくる謎《なぞ》の軍隊が見えた。レハイシアが掌握している多国籍軍ではない。その全《すべ》てが獣人たちで構成されており、生肉に群がる肉食獣のような勢いで進軍している。

先陣を切るシロクマが将軍だろうか。

いや違う。シロクマの上に白い少女が乗っている。

「――さあ進め、ポワポワ・ミト・ウカイの連合軍よ！　やつらは偽りの正義を掲げて世界を再び混沌に陥れようとしているっ！　真の自由とバナナと平等のために戦うのだ！　やつら

をズタズタにしてしまえーっ！」

「ちょっとプロヘリヤ⁉　ズタズタにしちゃったら死んじゃうよ⁉」

「もちろん冗談だ！　死なない程度にズタズタにしたまえ！」

わーっはっはっはっはっは‼

ふざけている。多国籍軍が獣人を止めるために出動した。しかし完全に不意を突かれた形であるため、敵の勢いに圧倒されてなすすべもなく蹴散らされていく。

やつらの狙いは処刑の阻止だ。

もはやなりふり構っている暇はなかった。

こうなったら自らの手で首を撥ねるしかない。

「待て」

「⁉」

ルクシュミオの前に誰かが立ちはだかった。

ゆったりした和装と黒髪が特徴的な和魂種《わこん》、アマツ・カクメイ。

刀の切っ先をこちらに向け、鋭い眼光で睨んでくる。

「お前は何を企《たくら》んでいる。何故テラコマリやおひい様を狙うんだ」

思わず舌打ちをしてしまった。

キャンプ場で対峙《たいじ》した時は全員を生け捕りにしようと思っていた。殺すべき人間と殺さずにおくべき人間は正しく選別する必要があるからだ。しかし――

「――殺しておくべきだったようだな」

「答えろ。天文台の愚者とやら」

「秩序のためだ。しばしば愚者０２に『巧遅《こうち》は拙速《せっそく》に如《し》かず』と注意されたものだが……まさにその通りだ」

《縛》を展開。

四方八方に広がった帯が一斉に襲いかかる。

アマツは刀を器用に翻《ひるがえ》して容易《たやす》く特級神具を切断していった。だがそれは何の解決にもならない。《縛》は無限に伸縮する帯、斬られたところで痛くも痒《かゆ》くもないのだ。

「さあ死ね――――ぬッ⁉」

違和感。

見下ろせば、帯がルクシュミオの腹部に巻きついて動きを封じていた。

思考がフリーズした。何故《縛》が所持者を縛《いまし》めているのだろうか？　殲滅外装は愚者に与えられた、秩序を維持するための神具であるはずなのに。

「これはスゴイな！　さすがは特級神具だ」

いつの間にかアマツの隣に誰かが立っていた。

白衣の翦劉《せんりゅう》――ロネ・コルネリウス。

その背中から《縛》とそっくりの帯が伸びていた。

「何だ……それは……殲滅外装……⁉」

「烈核解放・【増幅する霊宝】――私は触れた神具を解析する力を持っているんだ。その情報をもとに自作してみたのさ。ようするに模造品だ」

「有り得ない。これは〝銀盤《インセイント》〟から授《さず》かった至高にして最強の神具……！」

「至高？　最強？　そういう大袈裟な言葉は好きじゃないね。進歩を否定する思考停止のお呪《まじな》いじゃないか」

《縛》のコピーがルクシュミオの身体を縛りつける。

骨が軋んだ。威力は本物とそう変わらないらしい。

コルネリウスは眼鏡《めがね》の奥の瞳を輝かせながらニヤリと笑う。

「それにしても興味深い神具だなあ。お前はこれのことを『殲滅外装04《ゼロヨン》‐《縛》』って呼んでたよな？　01《ゼロイチ》から03《ゼロサン》もあるのか？　05《ゼロゴ》以降もある？　是非《ぜひ》ともちょうだいしたいところだ――さあアマツ！　全部強奪してしまえ！」

「今回はお前に賛成だ。こいつの武器は危険すぎる」

「…………、」

広場は大混乱に陥っている。

暴れる獣人。迎え撃つ多国籍軍。その間で右往左往する公開処刑の見物客。神に祈る神聖教の信者たち。容赦なく破壊されていくレハイシアの街並み。

そして、雑踏の中を突っ切っていく少女の姿を発見した。

まずい。

テロリストたちが解放されてしまう。

☆

クレメソス504世は安眠という概念を忘れている。

睡眠は人々の声を聞くための苦行でしかなかったからだ。

夢の世界は人の声で満たされている。救いを求める悲痛な声だ。

ミーシャ・モンドリウツカヤは幼い頃から彼らの声を聞いて育ってきたため、いつしか使命感に駆られるようになった。

救いたい。

苦しんでいる人たちのためになることをしたい。

それは元からミーシャの中に存在していた正義感なのかもしれなかった。

ミーシャは三年前、戦乱によって学校の友人たちを失った。校舎の倒壊に巻き込まれて潰された友人たちが、石の下から「助けて」と叫んでいるのに、ミーシャは手を差し伸べることもできず、父母に引っ張られてレハイシアまで逃げてきた。

それ以来、夢の中で人の声が聞こえるようになったのだ。

後悔。罪悪感。救える人間は少しでも救いたい――そういう意志が胸に宿ったことによる異能の発露。

この力のおかげでミーシャは次期教皇に選ばれることになった。

人々の声のみならず、悪魔の声も聞こえるのだ。オレンジ色の奇妙な悪魔である。ミーシャはそいつが「大聖堂に爆弾を仕掛けてやろう」と囁くのを耳にし、大慌《おおあわ》てで聖職者たちに報告した。すると本当に爆弾を仕掛けようとしている浮浪者が捕らえられ、ミーシャの異能の正しさが認められたのだ。

「この子は神が地上に送りたもうた天使だ。次の教皇に相応しい」

まさに神様の思《おぼ》し召《め》しに違いなかった。これで多くの人を救うことができる、乱れた世界を正すことができる――あの時はそう確信してやまなかったのに。

世界は未だに平和になっていなかった。

今日も夢の中は大荒れだった。

――テロリストを殺せ！　正義の鉄槌《てっつい》を下せ！

――助けてください。神様。神様。

――あんなに喜捨《きしゃ》してるのに！　神は全然救ってくれないじゃないか！

――今日もまた人が死んだよ。この村はもう終わりさ。

――神様。神様。神様。

クレメソス504世は眉《まゆ》をひそめた。

何故だかお腹《なか》が痛かった。ズキズキと断続的に疼《うず》いている。

これは神様が与えた罰なのだろう。

教皇という至上の地位にありながら、誰一人として救うことができていない未熟者。お腹が痛んで当然だった。

ふと、
闇《やみ》の中にぽわぽわと輝く青い光を発見した。

光はみるみる膨らんでいき、やがて人の形を作る。

「こちらはナチューリアです。聞こえていますか」

落ち着いていて、しかし不思議と温《ぬく》もりに満ちた声が、クレメソス504世の頭に響きわたった。

たまに夢に現れる神様、ナチューリア。

彼女は切迫した様子で何かを訴えていた。

「世界は大変なことになっています。スピカの命が奪われようとしているのです」

「お願いです。スピカの力になってあげてください」

「このままでは常世は愚者の食い物にされてしまいます」

「あなたには世界を救うだけの力があるのです」

だんだんと意識が遠のいていった。

神様の声がどんどんぼんやりとしていく。

いったい何をお伝えになっているのだろうか。

どんな使命をこの小さな身にお与えになっているのだろうか。

今のクレメソス504世にはこれっぽっちも分からなかった。

ルクシュミオに裏切られ、お腹を抉《えぐ》られ、死の淵を彷徨《さまよ》っている無力な教皇には――


「――はっ⁉」

クレメソス504世は飛び起きた。

同時にお腹に激痛が走り、思わず「いたたた～」とその場にうずくまる。

三十秒ほど亀のように丸まってから、ようやくクレメソス504世は顔をあげた。

ここは病院らしい。お腹は包帯でぐるぐる巻きにされている。

いったい何が起きたのだろう？　攫《さら》われて、人質にされて、テロリストと色々話して、ルクシュミオにお腹をぶっ刺されて、それから。

「生きてるのじゃ……」

辛うじて一命を取り留めたらしかった。

病院まで運んでくれた者、治療をしてくれた者には後で礼をしなければならない。

「……ん？」

その時、外が異常に騒がしいことに気づいた。

窓から広場を見やれば、軍服を着た兵士どもが武器を振り回して大暴れをしているではないか。神聖なるレハイシアの城塞《じょうさい》で見られていい光景ではなかった。

「な――何が起こっているのじゃ⁉」

意味不明すぎて石像のように固まってしまった。

おそらくルクシュミオの仕業《しわざ》だろう。あの男が悪事を働いた結果がこれなのだ。

神様の言葉が蘇る。

――世界は大変なことになっています。

――スピカの力になってあげてください。

「…………」

少なくともルクシュミオが敵で、スピカが敵ではないことだけは理解できた。

クレメソス504世は胸の〝光のくす玉〟をぎゅっと握りしめる。

自分に何ができるか分からないけれど、毛布に包《くる》まって震えているわけにはいかなかった。

神聖教の教皇には、多くの民のために祈る義務があるのだから。

☆

爆発した大砲。攻めてきた軍隊。うろたえる人々の雑踏。

何が起きたのかは即座に分かった——仲間たちが助けに来てくれたのだ。

「す、すごいです！　レハイシアの軍隊が蹴散らされていきますっ！　何だか分かりませんけど頑張ってくださいーっ！　あと私たちを助けてーっ！」

「コマリ様。助けがやって来たようですね」

「…………！」

人垣から真っすぐ突き進んでくる影が見えた。

紅竜《こうりゅう》に跨《また》がって戦場を駆け抜ける少女。

「コマリ！　今すぐ真っ二つにしてあげるわ！」

「え？」

〝月桃姫《げっとうき》〟が飛翔した。

スカートが翻る。まるでサーカスのようにクルクルと宙を回転し、シュタッと華麗なる動作で私の目の前に着地した瞬間——彼女の手に握られた双剣が光の軌跡を描いた。

ぱきぃいいいん！

私を縛める枷《いまし》が両断されてしまった。

烈核解放・【尽劉《みなごろし》の剣花《けんか》】――すべてを切断する秘奥義《ひおうぎ》だ。思わずつんのめり、ふわりとネリアに抱き留められる。涙がにじんだ。こいつを姉と認めるのは非常に癪だが、今はその温《ぬく》もりが果てしなく頼もしく感じられてしまった。

「ね、ネリアああああ‼　ありがとおおおおおお‼」

「遅くなってごめんね。監獄は警備が厳重だったから、助けに入るタイミングが今しかなかったのよ」

「う、ううう、うう……死ぬかと思った……」

「もう大丈夫よ。コマリにヒドイことするやつは私が全員叩《たた》き斬ってあげるわ。ほらほら泣かないの、あんたは世界を征服する吸血鬼なんでしょ？」

「泣いてないっ！　妹扱いすんなっ！」

「そうね、コマリは強いものね！」

ネリアがハンカチで私の目元を拭ってくれた。

許しがたき子ども扱いである。しかしその優しさが身に染みた。心が無性にぽかぽかしてきたのは何故だろう。もしかしてこいつは本当に私のお姉ちゃんだったのか？　今日から「お姉ちゃん」って呼べばいいのか？　悪くない気がしてきたな――そんな感じでネリアに頭を撫でられながら血迷いかけた瞬間。

「……コマリ様。いつまでそうしているおつもりですか」

「はっ⁉」

メイドの言葉で現実に引き戻された。

私はネリアから離れて周囲の状況を確認する。

彼女だけじゃない――大勢の仲間たちが駆けつけてくれていた。

遅れてやってきたのはエステル、リンズ、メイファ、こはる。

あっちで動物を率いて戦っているのはプロヘリヤにリオーナだ。そして鬼気迫る勢いで敵軍を殴り飛ばしているのは第七部隊の幹部たち。頼むから死なないでくれよ、特にコハン。

「メモワール閣下、お疲れ様です！　皆で一緒に帰りましょう！」

エステルが〈チェーンメタル〉を操《あやつ》ってサクナの拘束を破壊する。

よろよろとよろめく白銀の美少女。エステルは慌てて彼女の身体を支えた。

「だ、大丈夫ですか⁉　無理せずゆっくりお休みくださいっ」

「ありがとございます、エステルさん。もうちょっとで壊せそうだったんですけど……まだまだ修行が足りませんでした……」

「え……？　自力で壊そうとしてたんですか……？」

何やら戦慄するエステル。

その隣では忍者のこはるが「カルラ様」と己《おのれ》の主人を見下ろして、

「私のペットになるなら助けてあげる」

「主人が動けないからって調子に乗らないでくださいっ！　お菓子でもお小遣《こづか》いでも何でもあげるから助けてこはる～っ！」

「契約成立だね」

こはるが力強くクナイを振るった。主人を縛り上げる鎖だの枷だのがみるみる破壊されていく。やがて自由の身となったカルラは、「こはる～～～！　ありがとぉ～～～！」と号泣しながら己の従者に頬擦《ほおず》りをするのだった。

「コマリ様、負けていられません。私たちも頬擦り祭りを開催しましょう。お互いの皮膚が一体化するまでスリスリするのです」

「しなくていいよっ！」

ネリアに助けられたヴィルが抱き着いてきやがった。

今は遊んでる場合じゃねえだろ！　と内心で絶叫しながらスリスリ攻撃を防御していると、ふと、遠くで誰かが私の名前を叫ぶのが聞こえた。

「――テラコマリ！　どうやら処刑は免れたようだな！」

雑踏の中でもハッキリと耳に届く声。

振り返ると、シロクマに乗った少女――プロヘリヤ・ズタズタスキー（とリオーナ・フラット）がものすごい勢いでこちらに向かってきていた。

処刑台の前でシロクマから降りると、鞄《かばん》から干し肉を取り出し、「ご苦労！」と叫んでそれを放り投げた。シロクマが嬉しそうにムシャムシャ肉を食べ始めるのを尻目《しりめ》に、彼女は相変わらず自信満々な笑みを浮かべて私のほうに近づいてくる。

「……なんだ、意外と元気そうではないか。お前を間一髪《かんいっぱつ》で救出して恩を売っておく作戦がご破算《はさん》となったのは痛いな」

「ぷ、プロヘリヤ……！　常世に飛ばされてからどこで何をしてたんだ⁉」

「国王になった」

わけが分からねえ。

隣のリオーナが「テラコマリ！」と無邪気な笑みを浮かべて近づいてきた。

「公開処刑のチラシを見た時はビックリしたよ～！　心配したんだからなぁっ？」

「あ、ありがとう。リオーナも無事でよかったよ」

「天舞祭《てんぶさい》とかで一緒に戦った仲だしねっ！　でも一番焦《あせ》ってたのはプロヘリヤなんだよ？　処刑のことを聞いた途端、血相を変えて『許せん！』とか言っちゃって――」

「それはお前の主観であろう！　私は血相など変えていないし『許せん！』とは一言も言っていない！　許せなかったのは確かだが」

「やっぱりテラコマリが心配だったんじゃん」

「……まったく呆《あき》れた物言いだな。物事を自分の都合がいいように解釈するのはやめたほうがいいぞ。そんなだからお前はいつまで経っても猫なのだ」

「私は死ぬまで猫のつもりなんだけど⁉」

プロヘリヤとリオーナがいつものように言い合いを始めた。

ふと、誰かが私の背中をつんつんとつついた。

泣きそうな顔をした夭仙の少女、アイラン・リンズが立っている。

「よかった。コマリさん……怪我《けが》とかない？」

「リンズ！　お前こそ平気か⁉　危ないから隠れてたほうがいいぞ⁉　ここはもう戦場なんだ、リンズみたいな子が出歩ていいような場所じゃない！」

「え？　あ、うん……私もいちおう将軍やってたんだけどな……」

そういえばそうだった。

私の中ではリンズとサクナは何故か〝か弱い枠〟に分類されているのだ。

いやサクナもサクナで普通に強いんだけど……。

「そ、それより大丈夫だったの？　キャンプ場は大変なことになってたみたいだけど……」

「あなたたちとは別の場所に【転移】したんだよ」

リンズのかわりにメイファが口を開いた。

「それからテラコマリたちを捜して旅をしていたんだけど、掲示板に貼《は》られていた公開処刑のニュースを見たから……こうして神聖レハイシア帝国に向かうことになったんだ。助かってよかったよ、テラコマリ」

「そうだったのか……」

思わず目元をごしごしと拭う。

私には頼りになる仲間たちが大勢いるのだ。

こんなに嬉しいことがあるだろうか。

私は「ヴィルたちを戦いに巻き込みたくない」という思いから逆さ月と行動を共にし、星砦との戦いに赴《おもむ》いた。しかしそれは思い上がりも甚《はなは》だしかったのかもしれない。私には彼らの力が必要なのだ――この一件を通じて心の底からそう思った。

「――で、そいつはどうするんだ？」

プロヘリヤが冷ややかに言った。

その場の視線が一点に――縛られたままの〝神殺しの邪悪〟に集まった。

私は慌ててプロヘリヤに向き直った。

「スピカはもう悪いことはしない。敵対する必要はないんだ」

「その根拠は？」

「こいつも常世を平和にしたいと思ってるから……」

「…………」

凍てつくような瞳に見据えられた。

やがてプロヘリヤは「ふん」と腕を組んでそっぽを向いた。

「お前がそう言うのならそうなのだろう。事情は知らんが従っておくとするよ。その小娘には前に対峙した時のような邪悪さが感じられないからな」

「ありがとう……！」

「コマリの言う通りよ。反抗する様子もないから大丈夫」

ネリアが再び双剣を振るった。

ぱきん、とスピカの拘束が切断される。

しばらくぶりに自由を取り戻した吸血鬼は――〝神殺しの邪悪〟は、勢いに流されてよろよろと数歩歩いた後、がくりとその場に膝《ひざ》をつく。

しかしすぐに立ち上がると、奇妙な無表情で私を見つめてきた。

「……あんたは私が失ったものをたくさん持っているのね」

「？　友達のこと？　それを取り戻しに行くんだろ」

「ふん……」

スピカは頬《ほお》を膨らませてそっぽを向いてしまった。

ネリアが双剣を鞘《さや》に納めながら「ねえ」とスピカに視線を向けた。

「立てこもりの目的は何だったの？　これからどうするつもり？」

「立てこもりは魔核を集めるための作戦。だけど失敗してしまったわ。これから私たちは残りの魔核を集めて塔に向かう必要がある――」

スピカは簡潔に状況を再確認した。

愚者が私やスピカの命を狙っていること。群衆を扇動して私たちを始末しようと企んでいること。すべてを解決するには争いを鎮める必要があること――常世の人々の心を変えていかなければならないこと。そのために必要なのが〝神殺しの塔〟に封印された巫女姫《みこ》の力だ。そして塔の封印を解除するためには六つの魔核が必要となる。

ヴィルが「カニンガム殿」とネリアを見据えた。

「すでに我々が魔核を持っていることは伝えてあります」

「そう。なるほど。先生はこれを見越していたのかもね」

ネリアがごそごそとポケットを漁った。

中から出てきたのは――二つの〝キラキラと輝く星のような球体〟。

まさか本当に持っていたなんて。

「第七部隊のやつらに渡しておくと本当に人を殺しちゃいそうだから、預かっておいたの。……残りはあと何個？　ややこしくて整理できてないんだけど」

「私が元から持っていたものが二つ。あんたが持ってきたのが二つ。教皇が持っているものが一つ――所在が分からないのはあと一つね」

その時、腕を組んで話を聞いていたリオーナが「ああああっ！」と変な声をあげた。

「それ、ポワポワの王様が持ってたやつじゃない⁉　ねえプロヘリヤ⁉」

「そのようだな。つまり私の予想通りだったというわけだ」

プロヘリヤが帽子の中から何かを取り出した。

驚愕してしまった。それは紛《まぎ》れもなく常世の魔核だったからだ。

「これを〝神殺しの邪悪〟に無償で譲渡するのは憚《はばか》られるが、テラコマリが監督するなら問題あるまい。持っていけ」

「わっ、放り投げるなよ⁉」

私は慌てて魔核をキャッチした。落っことして壊したらどうするんだ――そんな文句を吐き出す前に、ネリアが「すごい偶然ね」と感嘆まじりに呟いた。

「あとは教皇が持ってるやつだっけ？　まるで神があんたを応援しているみたいね」

「神なんて信じないわ。これは私と――テラコマリの頑張りのおかげなのよ」

「スピカ‼」

その場の全員が振り返った。

幼女である。ルクシュミオによって刺されたはずの教皇、クレメソス504世が、端正な顔立ちを苦痛に歪めながら処刑台によじ登っていたのである。

「だ、大丈夫だったの⁉　怪我とかは……」

「余は蒼玉《そうぎょく》じゃ！　あんな攻撃ではびくともせぬ！」

そう言いながらもクレちゃんは痛そうにお腹を押さえていた。

私はカルラと一緒に彼女のもとへ駆け寄った。傷は思ったより浅かったようだが、それでも無茶をしていい容体《ようだい》ではない。

「クレちゃんさん、休んでいたほうが……」

「神様が！　神様が『スピカを助けてください』と仰《おっしゃ》っているのじゃ！」

クレちゃんは興奮した様子でスピカに近寄った。

何故か悔《くや》しそうに眉を八の字にしながら。

「……余では頼りないということなのじゃ。それが分かってしまうから悔しい。余は何の力もない未熟者……レハイシアをまとめ上げることもできなかった」

「ナチューリアの声を聞いてくれただけでも十分よ」

ちょっとびっくりしてしまった。

スピカが優しい手つきでクレちゃんの頭を撫でていたからだ。

「あんたの烈核解放は進むべき方向を示してくれた。愚者の戯言《ざれごと》にちょっと惑わされちゃったけど、ナチューリアはまだ私のことを心配してくれてるってことだ。それを教えてくれただけでも十分——だからそんなに悲しそうな顔はしなくていい」

「の、じゃ……」

「いつまでも落ち込んでると食べちゃうわよ!?　お腹のお肉が美味《おい》しそうねっ！」

クレちゃんはビクリとしてカルラの背後に隠れた。

また余計に脅かしやがって。お前の冗談は冗談に思えないから怖いんだよ――と呆れていたのだが、幼女教皇は意外にもすぐスピカの前に戻ってきた。

「これを……そなたに授けるのじゃ」

〝光のくす玉〞が掲げられる。

教皇の証。神聖教の象徴。世界を変革する至高の神具。

「余には教皇に相応しい能力がなかった。まだまだ修行が足りなかったのじゃ。これを授けることはすなわち、教皇権の移譲を意味する。スピカは服装からして神聖教の敬虔《けいけん》な信者であるようだし、神様も認めておるのじゃ。そなたはこれを預けるに足る人間だと余は考えた」

「それは違いますよクレメソス504世さん。この吸血鬼はむしろ神聖教を利用して悪事を働いていたテロリストで――むぐっ」

「いいだろ今は！」

私は慌ててメイドの口を塞《ふさ》いだ。クレちゃんは少し躊躇《ためら》ってからペンダントを外すと、それをスピカに差し出して頭を下げるのだった。

「頼む。余のかわりに、神様の思い描く世界を実現しておくれ」

「もちろん。私は最初からそのつもりよ」

スピカはニヤリと笑うと、〝光のくす玉〞を大事そうに受け取った。

これですべての魔核が集まった。

あとは〝神殺しの塔〟に向かうだけだ。ナチューリア・ルミエールと再会し、常世を平和にする方法を教えてもらえば万事解決。ヴィルもネリアも納得してくれたし、サクナでさえ認めてくれている――かつての敵たちに背を押されつつ、スピカの悲願はようやく果たされようとしていた。

「ッ――もたもたしてる場合じゃないわよ！　敵がこっちに来てるわ！」

ネリアが双剣を構えて叫んだ。

見れば、獣人の軍団を突破した兵士たちが破竹の勢いで襲いかかってきていた。第七部隊のやつらが食い止めてはいるが、多勢に無勢すぎて取りこぼしが発生している。というかあいつらに無理をさせすぎるわけにもいかない。なんとかして止めなければならない――

「――コマリ様。烈核解放を使いましょう」

「え⁉　でも……」

「それしかありません。圧倒的な力を見せつければ敵の士気を挫《くじ》くことができます。さっそく私が口移しで飲ませてあげますね」

「おわあああ⁉　いいよ自分で吸うよっ！」

結局こうなるのか。

でも私にできることなら何でもしよう。

この場を脱出することができなければ、スピカの夢を叶えることもできないのだから。

私は恥ずかしそうに頰を赤らめているヴィルの前まで来ると、その首筋に狙いを定め、かぷりと歯を立てた。何故かサクナが絶叫した。しかし構っている余裕はない。甘くてまろやかなヴィルの血が私の身体を駆け巡った瞬間、膨大な魔力が拡散するのを感じた。

烈核解放・【孤紅《ここう》の恤《とむらい》】。

抗《あらが》いがたい破壊衝動に突き動かされ、私はゆっくりと手をかざすのだった。

「どいて」

天文台を創設したのは、銀色の吸血鬼だった。

同じ吸血鬼でありながら、現在ルクシュミオを困らせているあの娘とは根本的に性質が異なる。テラコマリが人々の心を変えようとしているのに対し、あの人は徹頭徹尾《てっとうてつび》〝変わらないこと〟を志向した。

それは、今から六百と三十年ほど前のことだった。

「すべての人間は引きこもるべきだ」

彼女は〝銀盤《インセイント》〟という二つ名で呼ばれていた。

その特異な思想のせいで一族を追放された異端。

月のように冴《さ》えわたる銀色の髪を靡《なび》かせ、誰《だれ》よりも優しく穏やかな瞳《ひとみ》で六人の戦士たちを見つめている。

「もちろん人と関《かか》わることは否定しない。でも関わりすぎるのはよくない。人と人とが接しすぎれば必ず意志力が発生し、意志力は秩序を揺るがす巨大なうねりとなる――〝破壊者〟が誕生してしまう」

銀盤《インセイント》は溜息《ためいき》を吐《つ》いて視線を正面に向ける。

そこに広がっているのは、茫漠《ぼうばく》たる荒野の風景だ。

病葉《わくらば》のようにくすんだ土。

天は夕闇《ゆうやみ》に覆《おお》われ、生き物の気配は少しもない。

死に絶えた世界――それが〝第六世界〟と呼ばれる場所だった。

「この惨状《さんじょう》を見てくれ。《称極碑《しょうきょくひ》》に示された破壊者がやったんだ。オレンジ色の髪をした少女だったな……」

「その破壊者はまだ生きているのですか」

ルクシュミオは問う。

銀盤《インセイント》は「うん」と穏やかに言った。

「これから私が仕留めるつもりだよ。だが、破壊者は彼女だけではない――他にもたくさんいる。意志力と意志力が共鳴するたび、ぽこぽこと生まれてくるんだ。やつらを放っておけば、いずれ私たちの故郷もめちゃくちゃになってしまう。たぶん、戦国時代がずっと続いているのもやつらのせいなんだと思う」

銀盤《インセイント》の故郷、第一世界は戦乱の世だった。

それをなんとかするのが彼女の願いにして〝天文台〟の使命。

「私は故郷が……ムルナイト帝国が、天照楽土《てんしょうらくど》が、夭仙郷《ようせんきょう》が、アルカ王国が、白極帝国《はっきょくていこく》が、ラペリコ王国が大好きなんだ。だから引きこもりによる秩序を守らなければならない。破壊者たちを殲滅《せんめつ》しなければならない。でも私だけじゃ力が足りないから、みんなにも協力してほしいんだけど……」

「はい。もちろんでございます」

愚者01が即座に応じた。

それ以外のメンバーも彼女に倣《なら》って決意を固める。

六人は六人とも孤児だった。

戦災によって行き場を失い、食うもの着るものに困っていたところを、銀盤《インセイント》によって拾われた。それからは第一世界のムルナイト帝国で養われ、すくすくと成長した。

「お前たちには世界を変えないための力を用意した。殲滅外装《せんめつがいそう》のことだ。私が方々を旅して見つけてきた貴重な原石を加工したもので、その価値は魔核《まかく》にも匹敵《ひってき》する。まあ魔核ほど万能ではないけれど、魔法も烈核解放《れっかくかいほう》も超越する破格の武器だよ」

ルクシユミオに与えられたのは帯《おび》だ。

殲滅外装《せんめつがいそう》04《ゼロヨン》-《縛《バク》》。銀盤《インセイント》に認められた証。

「故郷がこんなことになるのはごめんだ。引きこもりによる秩序を維持するためなら、どんな犠牲を払っても構わない。必要ならば、他《ほか》の世界を食い物にしたって構わない。だから……私の夢を叶《かな》えてくれ、子供たちよ」

愚者０１から愚者０６は力強く頷《うなず》いた。

世界を揺るがす破壊者は許しておけなかった。

ルクシュミオや愚者の仲間たちは彼らのせいで不幸になった。すべての人間が静かに引きこもっていれば、こんな不幸は起こらなかったはずなのだ。

争いのない世界のために。

銀盤《インセイント》の願いを叶えるために。

六人の愚者は――ルクシュミオは命すら投げ打つ覚悟を決める。

18 落花流水《りっかりゅうすい》

Hikikomari the Vampire Coun
no
Monmon

『――スピカちゃんは愚かだね。六百年前の友達の力を借りれば、すべてが上手《うま》くいくと思ってるみたい』

暗闇《くらやみ》に声が響く。

子供っぽくて、残酷で、何故《なぜ》か不思議と優しさを含んだ声。

すべてを殺すために生まれてきた、破壊者の囁《ささや》きだった。

星砦《ほしとりで》のメンバー、ネフティ・ストロベリィは、「そうだね」と適当に相槌《あいづち》を打ってウサギのぬいぐるみをモミモミした。

「残念だよ。あたしが殺してあげようと思ってたのに」

『知事府を追われた復讐《ふくしゅう》？　そういうのはよくないと思うよ』

「よくないわけあるか！　あんなに勉強頑張ったのに……それをあいつは……」

『切り捨てができない人は心が貧しくなっていくのよ。だからネフティの部屋はゴミでいっぱいなの』

「そ、そんなことないよ？　あたしは綺麗好《きれいず》きだし……」

『執務室にはピザのかすがたくさん落ちていたわ』

「夕星《ゆうせい》、目がないのによく気づくね……」

『綺麗好きだからよ。こんな汚い色をした世界はすべて壊れてしまえばいいの。それが私たち星砦の役目だから』

ネフティは傍《かたわ》らの柩《ひつぎ》に目を向けた。

夕焼けのように綺麗な色の髪を持つ少女が眠っている。

星砦の首魁《しゅかい》、夕星。

彼女は大昔、〝銀盤《インセイント》〟とかいう吸血鬼と激闘を繰り広げたらしい。辛うじて死は免れたものの、身体《からだ》の機能がいくつも破壊され、こうして寝たきりとなってしまったのだ。

それはともかく。

常世《とこよ》での戦いに敗れた星砦は、秘密のアジトで休息をとることにしたのだった。

とはいえ邪魔者を消すための努力を怠《おこた》っているわけではない。

塔はトリガーだ。

すべてを破壊するための布石。

『〝神殺しの塔〟は六つの部屋を結ぶ梯子《はしご》みたいなもの。無理矢理こじ開けてしまったら大変なことになるわ。獣たちは外の空気が大嫌いだからね……』

「いや、夕星が送り込んだんでしょ。塔の周りに」

『そうね。あの子たちもたまには外で遊びたいでしょうからね』

ウサギのぬいぐるみがくすくすと笑っている。

ネフティは薄ら寒いものを感じて身を竦《すく》めた。

夕星は生粋《きっすい》の殺人鬼だ。スピカのような似非《えせ》殺人鬼とは違う。

テラコマリの心をもってしても彼女の性質を変えることはできないだろう。

信頼するべき仲間であるはずなのに、時折その考えが分からなくなって立ち止まってしまうことがある。自分もまだまだ青二才だな、とネフティは溜息《ためいき》を吐《つ》くのだった。

☆

「出鱈目《でたらめ》だな。もはや〝天文台〟の天敵だ……」

神聖レハイシア帝国・中央広場。

兵士たちの山を見つめながら、リウ・ルクシュミオは嘆息《たんそく》した。

家屋《かおく》は無惨に破壊され、世界遺産に登録されていた広場は見る影もなくなっている。そのくせ死者は一人もおらず、山のように倒れている兵士たちは軒並み気絶。

すべてテラコマリ・ガンデスブラッドがやったのだ。

このどさくさに紛《まぎ》れてアマツ・カクメイたちの追撃を逃れることはできたが、事態が好転したわけでは決してない。あの吸血鬼は紅色の魔力によって広場を蹂躪《じゅうりん》し、隙《すき》をついて〝神殺しの塔〟へと向かった。ナチューリア・ルミエールと再会できるはずもないが、やつらは六つの魔核《まかく》を集めおおせたらしい。不埒《ふらち》な願いを込めて新しい秩序を構築されてしまえば、第一世界の繁栄はここで打ち止めとなってしまう。

「また会いましたね。拘束させていただきます」

「！」

目の前に蒼玉《そうぎょく》の男が立っていた。

スピカ・ラ・ジェミニの下僕、トリフォン・クロス。その双眸《そうぼう》が紅色の輝きを発した瞬間、ズドンッ!!　とルクシュミオの足元に針が突き刺さった。

この蒼玉も危険ではあるが、テラコマリやスピカほどではない。

ゆえにここで相手をしている暇はない。

連射される針を躱《かわ》しながら《縛》の第二解放を発動。

「なっ……消えた⁉」

トリフォンが驚愕《きょうがく》に目を見開く。

帯《おび》に包まれたルクシュミオの身体が周囲の風景に溶けていったからだ。正確には色を調整して透過したのだが、彼の目には忽然《こつぜん》と消えたように映ったはずである。

殲滅外装《せんめつがいそう》には三つの段階が存在する。

通常兵器としての第一解放、それより一歩進んだ第二解放、そして奥義《おうぎ》たる最終解放。

《縛》の第二解放は、帯を背景と同化させる迷彩の能力だ。キャンプ場ではこの力を利用して破壊者どもに接近した。銀盤《インセイント》の血を引くテラコマリには気づかれてしまったけれど。

「排除しなければ」

「ちっ……待ちなさい！」

勘だけを頼りに針が射出される。

しかしルクシュミオには一発も当たらなかった。

自分を中心にして帯を八方に展開すると、それを脚《あし》のように利用して大地を蹴《け》った。上空から見れば、まるで巨大な蜘蛛《くも》が高速で大地を移動しているかのようであろう。もはや手段を選んでいる場合ではない――秩序を破壊する者はここで仕留めておかねばならなかった。

ルクシュミオは〝神殺しの塔〟を目指して駆ける。

それが愚者の役目なのだ。

☆

「うぷっ……おげえええええええっ」

紅竜《こうりゅう》に乗って〝神殺しの塔〟に到着した瞬間。

四つん這いになったスピカが壮絶な勢いで嘔吐《おうと》した。

私とリンズは一緒になって悲鳴をあげてしまった。

「お、おいスピカ⁉　まさか酔ったのか⁉」

「違うわ……塔に入るためには魔核が必要だから……出そうとしてるのよ……」

「出すって、何を……？」

「もちろん魔核よ……おげえええぇっ」

「うわあああ⁉　ヴィル、酔い止めの薬持ってないか⁉」

「飲んだら吐血して死ぬ薬なら持っていますが…………おや？」

ぽとり。ぽとり。

スピカの口から何かが落ちた。

それは――二つの〝キラキラと輝く星のような球体〟。よだれとか胃液とかでベトベトになっているが、間違いなかった。塔の封印を解除するために必要なアイテム、魔核。

「はあ、はあ……やっっっっっっっっと出せたわ！　スッキリ！」

「なんで魔核食べてたの⁉　美味《おい》しいの⁉」

「とんでもなく不味《まず》いわ！　愚者に奪われないように隠してたのよ！　牢獄《ろうごく》で出せればよかったんだけど、ず〜っと胃の噴門《ふんもん》に引っかかってて取れなかったの！」

「下品ですね。私やコマリ様のように上品な吸血鬼には到底思いつかない発想です。ねえコマリ様？」

「…………」

色々と言いたいことはあるが、面倒くさいので口を噤《つぐ》んでおいた。

現在、私たちは塔の前に集まって作戦会議をしていた。

周囲には廃墟《はいきょ》の街が広がっている。

どうにも見覚えがあるなと思ったら、温泉街フレジールで起きた〝黄泉《よみ》写し〟の街に他ならなかった。私が立っている場所の反対側には温泉があるのかもしれない。

ここにいるメンバー――ヴィル、サクナ、ネリア、カルラ、こはる、エステル、リンズ、メイファ、プロヘリヤ、リオーナ、そして私とスピカ。すべてが終わったら皆で温泉にでも浸かりたいところだ。

「……それにしても、すごくでかい塔だな」

「コマリ様の一兆倍くらいの高さがありますね」

「せめて千倍くらいだろ」

私は眼前にそびえる白い塔を見上げた。

この距離ではてっぺんを拝むこともできない。窓はなく、入り口もなく、ただの大きなオブジェのように思えなくもない。が、私は奇妙なざわつきを感じて立ち尽くす。

塔の内側から、音が聞こえるような気がする。

ごうごうと風が唸《うな》っているかのような。

ネリアが「それにしても」と胡散臭《うさんくさ》そうにスピカを睨《にら》む。

「巫女《みこ》姫は六百年も眠ってたわけでしょ？　そんなやつに常世の状況が正確に分かるわけ？」

「大丈夫よっ！　ナチューリアには【パラドックスオラクル】っていう烈核解放《れっかくかいほう》があるの！　人間一人ぶんの血を捧げることで、最高の未来を示すことができる異能よ」

「いやちょっと待て、『人間一人ぶんの血』……？」

「それはつまり生贄《いけにえ》が必要ということですか？」

スピカは「そうね」と呆気《あっけ》なく言った。

「その生贄の意志力が強ければ強いほど予言も強化される。私がルミエール村でテラコマリを助けた理由よ」

「⁉」

ネリアやサクナ、ヴィルが警戒のにじむ視線をスピカに向けた。

なるほどなるほど。こいつが私を助けた理由は「戦力になるから」ではなく、「生贄にしたかったから」だったんだな――

「――そうだったの⁉⁉」

「そう『だった』のよ！　今更あんたを殺そうとは思わないわ！　だって――」

何故か少し間を置いて、

「――だって。あんたを殺しちゃったらナチューリアに顔向けできないから。なんだかんだ世話になったしね、あんたは楽園に相応《ふさわ》しい引きこもりなのかもしれないわ」

スピカにしては真摯《しんし》な言葉だった。

ヴィルやネリアも彼女に敵意がないことを悟ったらしく、呆《あき》れた様子で一歩退いた。

サクナだけが「警戒を緩めちゃダメです」と抱き着いてくる。心配してくれるのは嬉《うれ》しいけど苦しい。突然ヴィルが「メモワール殿ばっかりズルイです」と抱き着いてくる。こいつは邪《よこしま》なだけなので嬉しくないし苦しい。

リンズが「あの」とおずおず切り出した。

「そうなると、どうやって【パラドックスオラクル】を発動するんですか？　ナチューリアさんには血が必要なんですよね……？」

「そんなの後で考えればいいのよっ！　さっそく塔の封印を解除しましょうっ！」

私はふと嫌な予感を覚えた。

いつもより無駄に声がでかいのが引っかかる。

こいつはもしかして、もしかすると――しかし私の懸念が具体的な言葉になるよりも早く、スピカが六つの魔核を掲げて祈禱《きとう》を始めた。

魔核は所持者の願いを実現・維持する力を持っている。

その役割から解放するためには再び祈りを込める必要があるのだろう。

六つの星が回転しながら宙に浮く。

膨大な魔力が拡散していく。

サクナが「ふわあっ」と声をあげた。

彼女の杖《つえ》が淡い光を発し、その先端で氷がパキパキと弾《はじ》けて消えていったのだ。

「魔力が……魔法が使えそうですっ」

「魔核に蓄えられていたものが一時的に拡散したのだろうな。これならば存分に戦うことができるぞ」

プロヘリヤが満足そうに銃を撫でていた。

「存分に戦うことができる」展開になってほしくはないんだけど――懸念を抱きながら回転する魔核を見つめていると、やがて静かな光が四方八方に拡散した。

のっぺりした塔の外壁に切れ込みが生まれる。

四角く窪《くぼ》んでいく壁――それはまさに入り口に他ならなかった。

六百年の封印が、今まさに解かれようとしている。

「ナチューリア！」

希望に満ちた叫びが漏《も》れる。役割を終えて地面に落ちた魔核などには目もくれない、スピカは〝神殺しの邪悪〟に相応しくない子供のような表情で駆け出す。

私たちも彼女の後を追うとしよう。

そう思って一歩踏み出した時、
くすくす。くすくす。

誰《だれ》かが笑ったような気がした。

「？　スピカ――」

不気味な風が頬《ほお》を撫でた。

スピカはすでに塔の中へ踏み込もうとしている。ネリアやプロヘリヤやリオーナも躊躇《ちゅうちょ》なくスピカに続く。ヴィルが「私たちも行きましょう」と背中を押した。

しかし私は身が竦んで動けなかった。

ネオプラスの星洞《せいどう》で感じたものと同じだ。

悲しみや悔《くや》しさ、殺意。強烈な〝負の意志力〟、瘴気《しょうき》の波動。

「待ってください。何かが出てきます……」

サクナが震える声でそう言った。

次の瞬間、入り口を破壊するようにして何かが飛び出してきた。

それは真っ黒い影のような獣だった。

「は？――、、、」

匪獣《ひじゅう》。

スピカのお腹《なか》に痛烈な一撃が叩《たた》き込《こ》まれた。

ネリアもプロへリヤもリオーナも咄嗟《とっさ》には反応できなかった。

背後に吹っ飛んでいく〝神殺しの邪悪〟を眺めつつ、「いったい何が起きたのだろう？」といった雰囲気で視線を正面に戻した。

巨大な竜のような獣だ。その鋭い爪《つめ》が振り下ろされようとしていた。

最初に立ち直ったのはプロへリヤだった。

「――退却するぞ！　イレギュラーが発生している！」

迷うことなく引き金を引いた。

魔力の弾丸が高速で驀進《ばくしん》し、ドパアッ!!　と匪獣の頭部を破裂させた。マンダフ鉱石が粉々に砕け散ったのだ。

しかしそれだけでは終わらなかった。

塔の内側からぞろぞろと匪獣が姿を現した。

犬の形をしたもの。虎の形をしたもの。ドラゴンの形をしたもの。

獲物を殺すことしか考えていないような目だった。

塔からあふれた瘴気が天を焦《こ》がし、たちまちにして暗雲が広がっていく。鉱山都市ネオプラスで見た光景だった。私はなすすべもなく立ち尽くしていた。お腹を空かせた匪獣どもが次から次へと襲いかかってくる。星洞で出会ったやつらよりもはるかに凶暴そうで、しかも両手両足の指では数えきれないほどの頭数。

こいつらは常世を蹂躙するべく現れた破壊者に違いなかった。
でも何故？　匪獣は星砦の手先のはずなのに。星洞にしか棲《す》んでいないはずなのに。
それにナチューリアはどうしたのだろう？
まさか、こいつらに食べられてしまったのだろうか……？

☆

リウ・ルクシュミオは荒野のど真ん中で停止した。
空を覆《おお》っていくのは禍々《まがまが》しい瘴気。
バケモノどもの産声《うぶごえ》が常世のいたるところで反響していた。
ネオプラスから輸出されたマンダラ鉱石は、常世のいたるところに存在している。
瘴気はそれらと結びつくことにより、新たなる匪獣を無限に生み出していくのだろう。
災厄が始まろうとしていた。
天文台にも想定外の出来事だった。
常世には〝搾取されるべき場所〟として、ある程度の安定が必要だった。
このまま異常を放置しておけば、第一世界の安定すらも崩れてしまうであろう。
「…………」

ルクシュミオは無言で考える。

自分一人では足りない。しかし他の愚者はまだ目覚めていない。ゆえに自分一人で六人ぶんの働きをするしかない。スピカやテラコマリを処刑したところで意味はない。問題の本質とかけ離れているからだ。常世に安定をもたらすためには。人々の心を落ち着かせるためには。天文台を創設した〝銀盤《インセイント》〟の御心に沿うためには――

そこで一つの解答が浮かび上がる。

今までの計画は無に帰した。であれば新しい計画を始めるしかなかった。

「……星砦。利用させてもらおう」

ルクシュミオは帯を器用に動かして進行を再開した。

目指す場所は変わらない――〝神殺しの塔〟。

テラコマリ・ガンデスブラッドとスピカ・ラ・ジェミニ。

☆

「――コマリ様ッ！」

突然ヴィルに突き飛ばされた。踏ん張ることもできずに転倒してしまう。

直後、匪獣の巨大な尻尾《しっぽ》がヴィルのお腹に命中する光景を見た。

「ヴィ……」

名前を呼ぶ前に彼女の身体がごろごろと吹っ飛んでいった。

はやく彼女の元へ駆けつけなければ——そう思って立ち上がろうとした瞬間。

殺気を感じた。

私はぎょっとして振り返る。

でかいドラゴンみたいな匪獣が私に向かって爪を叩きつけようとしていた。

助けを求めようと思って周囲を見渡す。

ヴィルは倒れている。ネリアもサクナもエステルもリンズもメイファもこはるもリオーナも匪獣たちに悪戦苦闘している。カルラは岩の陰に隠れてダンゴムシのようにジッとしている。

スピカは呆然《ぼうぜん》とした様子で座り込んでいた。

「何をやっている！　退けと言っているだろうがッ！」

パンっ、と銃声が轟《とどろ》いた。

頭上で野太い断末魔が聞こえた——かと思ったら、でかいドラゴンの身体がぐらりと揺れ、震動を轟かせながら大地に転がった。ふと背後を見やれば、眦《まなじり》を吊り上げたプロヘリヤが銃を構えて絶叫していた。

「このまま無闇《むやみ》に戦うのは愚か者のすることだ！　おいリオーナ、無邪気に狩りを楽しんでいる場合ではないだろう⁉」

「分かってるよ！　でもこいつらしつこくて……！」

「ズタズタの言う通りね。相手をしていても仕方ない——コマリ、下がるわよ！」

「ヴィルヘイズさん、大丈夫ですか……⁉」

それぞれが退却の準備を始めた。

私はネリアに支えられながら辛うじて立ち上がる。

ヴィルは大丈夫だろうか……不安になって彼女のほうを見やると、サクナに肩を借りながらよろよろと立ち上がっているのが見えた。ひとまず無事だったようで一安心。

それにしても、いったい何が起きているのだろう？

塔の封印を解いた瞬間、バケモノどもが雪崩《なだれ》を打って襲いかかってきた。

あいつらが封印されていたってことなのか……？

「星の仕業《しわざ》だ」

スピカが目を見開いて震えていた。

その白い頬を汗が伝っていくのが見える。

「フーヤオを苦しめただけに飽き足らず……やつらは常世そのものを破壊しようとしているんだ。許せない……許せないわ……」

いつの間にか空は真っ黒になっていた。

ぽたり。ぽたり。

瘴気を帯びた雨がぽつぽつと降ってくる。

一部のバケモノどもが不気味な叫び声とともに散っていった。他の獲物を狙《ねら》いに行ったのかもしれない。プロヘリヤが匪獣の頭部を撃ち抜きながら「ちっ」と舌打ちをした。

「おい〝神殺しの邪悪〟！　魔核で何とかならないのか⁉」

「そ、そうだよスピカ！　魔核は何でも願いを叶《かな》えてくれるんだろ⁉」

「魔核……確かにそうだけど……」

「その必要はない」

その場の全員がぎょっとして振り返った。

匪獣どものパレードが繰り広げられているど真ん中。

帯を全身にまとった夭仙《ようせん》、リウ・ルクシュミオが立っていた。

彼は右手をこちらにかざしながら言った。

「俺《おれ》が常世のすべてを殺してやろう。もちろん貴様らも一緒にな」

「な……何言ってるんだ⁉　お前はこれに心当たりがあるのか……⁉」

「星砦の仕業だ。しかしやつらも俺の駒でしかない」

私の頭では何一つ理解できなかった。

詳しく問《と》い質《ただ》そうとした瞬間――

ルクシュミオの全身から無数の帯が発射された。

☆

「……エグいなあ。あいつらって〝羅刹《らせつ》〟よりも強いんでしょ？」

『そうね。私の自慢の精鋭たちよ』

夕星はくすくすと笑う。

水晶には常世の映像が浮かんでいる。

単純な遠視魔法だ。塔の周辺では匪獣たちが大暴《あば》れをしていた。常世は今以上にヒドイ有様になるだろうな――ネフティはショーを見るような気分でピザにかじりつく。

「でもいいの？　下手《へた》すれば倒されちゃうかもよ？」

『それはそれでいいの。失敗は成功の基《もと》って言うでしょ？』

「ふーん……」

夕星は『心配いらないわ』と優しい声音で囁いた。

『これはただの遊びよ。ちょっとしたデモンストレーション。星砦は転んでもタダじゃ起きないってことを教えてあげないとね』

「遊びにしては手が込んでると思うけど」

『気づけなかったほうが悪いのよ』

匪獣たちが瘴気を撒《ま》き散らしながら常世中に拡散していく。トレモロによって引き起こされた戦争よりも遥かに恐ろしい出来事が始まろうとしていた。

『三つ目の世界は私のテリトリー。瘴気と匪獣にまみれた修羅の楽園。三つ目につながっている塔を開けば、怪物たちがあふれ出すのは自然の理よ』

「だったら魔核を取り合う必要なんかなかったんじゃない？　やつらに塔の封印を解かせちゃえばトレモロは死なずに済んだかもしれないのに……」

『あの子たちに魔核が渡っちゃうでしょ。それじゃダメ』

言われてみればそうだった。

夕星は魔核を悪用することによって世界を滅ぼしてきた。

常世を壊すためには常世の魔核が必要――つまり魔核を奪われている時点で星砦は敗北している。だからこそ夕星は「遊び」と称したのであろう。

『あ……　〝天文台〟も動き出したみたいだね』

「リウ・ルクシュミオってやつ？　いったい何をしでかすつもりなんだか」

『やつらの目的は秩序の維持。そのためなら何だってするよ――たとえ自分の身が破滅に追いやられてもね』

「……なるほどねえ。性格の悪さがにじみ出ているよ」

ネフティはピザを味わいながらニヤリと笑う。

でもまあ、性格が悪いくらいがちょうどいいのだろう。

トレモロやネルザンピをいじめた報いだ。

「スピカもテラコマリもこれで死んでくれたらいいのにね……うわあ、見てよ。常世がえらいことになってる。もうちょっと匪獣を投入したらこのままぶっ壊せるんじゃない？」

『それもそうね。遊びは全力でやるから楽しいんだものね――』

そこで夕星の言葉が途切れた。

不審に思ってウサギのぬいぐるみを見下ろす。

「夕星？　どうしたの？」

『――』

彼女の意志力にわずかな揺らぎが感じられた。

これは――不安？　緊張？　それとも恐怖？　いずれにせよ破壊者たる夕星には似合わない感情だった。ウサギのぬいぐるみが痙攣《けいれん》を起こしたように震え始める。

カツン――

その時、誰かが階段を下りてくる足音を聞いた。

ネフティはハッとして振り返る。

ここは第三世界に存在する星砦アジトの地下室だ。

第三世界はすでに夕星の手中に落ちており、最後まで抵抗していたイシュエラ帝国という抱影種《ほうよう》の国も、匪獣たちに食い荒らされ、その首脳部は第二世界へ逃げたはず。これほど凶悪な殺意を振《ふ》り撒きながらネフティたちを訪ねてくる人物に心当たりはなかった。

「――やっと見つけた」

紅色の魔力が床を這った。

金色の髪を靡《なび》かせながら、その吸血鬼はゆっくりとこちらに近づいてくる。

身体の芯《しん》を抉《えぐ》るような美声がネフティの鼓膜を震わせた。

「これ以上は看過できない。コマリやその友達が傷つく前に仕留めてやろう」

「お前は……まさか」

手汗がにじむ。今にも逃げ出したくなってくる。

夕星が極めて冷静な声で言った。

『ネフティ。私の身体を持って逃げて』

「な、何でここが――」

『探知魔法を発動した気配があるって言ったでしょ？　こんなに早く来るとは思っていなかったけれど』

「ど、どうするの？　柩はまだ完成してないし」

『残念だけど遊びは中止。匪獣の一部をこっちに戻したほうがいいわ。スピカちゃんやテラコマリちゃんを本気で殺すのは後回し――』

夕星の言葉が終わる前に魔力の斬撃《ざんげき》が襲いかかってきた。

ネフティは悲鳴をあげて走り出した。

☆

諸悪の元凶に鉄槌《てっつい》が下されようとしていても――

常世を覆い尽くす瘴気の影は一向に消えようとはしなかった。

神聖レハイシア帝国。

傭兵団《ようへいだん》〝フルムーン〟のメンバー、キルティ・ブランは、暗黒に染まっていく空を見上げながら悲しげに嘆息した。

この光景はネオプラスで見たものと似ている。

だが、あの時よりもさらにひどい。

空から降ってくる瘴気が教会の装飾――マンダラ鉱石と融合し、獰猛《どうもう》な獣の形となって顕現《けんげん》した。漆黒《しっこく》の体軀《たいく》と、影のようにぶれる輪郭が特徴的な怪物、匪獣である。彼らは生まれ落ちた瞬間から見境なしに大暴れを開始した。

レハイシアの人々は悲鳴をあげて逃げ惑った。

それは幼い時に体験した故国の滅亡とよく似ていた。

イシュエラ帝国もそうだった。夕星の力によって黒く染め上げられ、世界は星が煌《きら》めく夜になってしまった。あの災厄がまた繰り返されようとしているのだろうか。

「何だあれは」

「ああ……神様……」

「これが〝罰の日〟なのか……」

人々が絶望した表情で遠くの空を眺めていた。

キルティはつられて振り返る。レハイシアより北――〝神殺しの塔〟が建っている辺りに、黒々とした鉄の塊のようなモノが浮いていた。

さながら巨大な繭《まゆ》。

あれは意志力の集合体なのかもしれない。

常世に充満する瘴気が、あの塊《かたまり》に吸い寄せられていくのが見えた。

無数の帯のようなものが中心から拡散し、瘴気をかき集めているらしいのだ。

そして帯の根元――塊の中央付近に、誰かが浮遊しているのを見た。

「あれは愚者だ」

誰かが傍らに立つ気配。襲いかかってきた小型の匪獣を斬り飛ばしながら、アマツ・カクメイが苦々しそうに吐き捨てた。

彼の身体には解《ほつ》れた糸くずが付着している。テラコマリが暴れている隙に不意打ちでコルネリウスごと拘束されたのだ。トリフォンが「何をやっているのですか世話が焼けますね」と針で帯を破いていた光景が未《いま》だに頭から離れない。

「愚者、ですか？　あの黒い塊が……？」

「瘴気を吸った帯なのだろう。だが状況がよく分からない」

「それどころじゃないぞ！　匪獣がどんどん生まれている！　またやつらに食べられるのはゴメンだからな⁉」

コルネリウスが叫びながら逃げ回っていた。

ぽつぽつと黒い雨がレハイシアを濡《ぬ》らす。そこかしこに飾られているマンダラ鉱石と結びつき、世にもおぞましいバケモノと化す。彼らは容赦《ようしゃ》なく人々を襲った。絶叫、悲鳴、神に祈る声——見るに堪《た》えない地獄が生み出されようとしている。

「愚者を追うどころではない。こいつらを片付けなければ……」

アマツが刀を構えて周囲を睨みつける。

いつの間にか匪獣がキルティたちを取り囲んでいた。

神様。神様。神様——祈りが世界に広がっていく。

それに反比例するかのごとく空の黒さも増していく。

キルティは手先が震えるのを自覚した。

「こんなの……本当の神様じゃなきゃどうにもならないよ……」

☆（すこしさかのぼる）

「な……何やってんだ……？」

帯の目的は攻撃ではなかったらしい。

何故か私たちを素通りし、その背後に建っている〝神殺しの塔〟の入り口をぶっ刺したのである。さらに帯はそこらで暴れていた匪獣をも突き刺した。バケモノの断末魔が響く中、無数の帯の根元たるルクシュミオは――

「――何をやっているのか？　それは最初から一つも変わっていない」

傲然《ごうぜん》とした眼差《まなざ》し。

いつの間にかルクシュミオの身体が黒々と輝き始めた。

というよりも、彼の周りにモヤモヤとした瘴気が旋回し始めたのだ。

プロヘリヤが「なるほど」と面白《おもしろ》そうに笑って言った。

「帯で意志力を吸っているのか。まるで食事でも楽しむかのようだな」

「いかにも。殲滅外装《せんめつがいそう》０４‐《縛《バク》》は、魔力や意志力を吸収することによって無限に強化することができる。負の意志力――なかなかにグロテスクな力だが、これがあれば貴様らを殺すのも容易《たやす》いだろう」

匪獣が爆散した。黒い意志力が帯を伝ってルクシュミオのほうへと移動していく。

まるでストローでちゅうちゅう吸っているかのようだった。

「お、おい⁉ これは星砦の仕業だよな⁉ お前は星砦のメンバーだったのか⁉」

「違う」

ルクシュミオは律儀に答えてくれた。

「星砦は天文台が殺すべき敵だ。この瘴気は星砦が仕掛けておいた罠《わな》。このままでは常世は想定以上に破壊される。だから俺が《縛》を利用して災厄を引き受けることにした」

「常世を救うために……？ お前って実はいいやつだったりするの？」

「勘違いするな。別に常世のためではない」

「ツンデレ……？」

「……？ 俺の素の力ではテラコマリ・ガンデスブラッドを殺すことはできぬ。やつらの罠は貴様らを殺すための道具として利用させてもらうのだ」

ツンデレでも何でもなかった。

やっぱり敵じゃねえか‼――そんなふうに内心で絶叫していた時。

視界の端で、ツインテールの少女がふらふらと立ち上がった。

「ナチューリアは……どうしたの……？」

スピカである。

まだ特効薬が抜けないらしく、バランスを崩して転びそうになっていた。私は慌《あわ》てて彼女のもとへ近寄り、その肩を支えてやった。ちょっと前から思っていたけれど、こいつは〝神殺しの邪悪〟なんていう大層な二つ名に似合わず、どこまでも華奢《きゃしゃ》で小さかった。

「塔にはナチューリアがいるはずだわ。早く助けに行かなくちゃ……」

「行っても意味はない。あの状況を見れば分かるだろう」

「ナチューリアは六百二十二年後に再会しましょうって予言をしたのよ……」

「馬鹿《ばか》か貴様は」

ルクシュミオが冷酷に言い放った。

「六百年も待てると思うか？　貴様のことを忘れずにいられると思うのか？」

「それは……」

「そもそも貴様はナチューリア・ルミエールが六百年も待つに値する人物なのか？　俺にはとてもそうは思えない。空回りしてばかりの引きこもり吸血鬼だ」

「――――」

スピカの動きが停止した。

すぐそこにある頭蓋骨の内側で、筆舌にしがたい迷いと困惑が駆け巡る気配がした。ルクシュミオはスピカをいじめる専門家のようだ。ぷるぷると震える〝神殺しの邪悪〟を見つめながら、私は必死で頭を回転させて励ましの言葉を組み立てるのだった。

「スピカ！　あいつの言うことなんて……」

「――必要ないわ」

私はびっくりしてスピカの顔を見下ろした。

星のような瞳《ひとみ》には不敵な光が湛《たた》えられていた。

必要ない。つまり慰めなどいらないということだ。

「まったく――まったく面倒くさい！　面倒くさいったらありゃしないわ！」

スピカが私を押しのけて自らの脚で立った。

その瞳はまっすぐルクシュミオに向けられている。

「ナチューリアはいないし。星砦のやつらはアホみたいな置き土産《みやげ》をしてくれるし。とっくに死んでると思ってた愚者どもは生きてるし――天の神はどれだけ意地が悪いのかしら！　殺したくなってきたわ！」

「おいスピカ……」

「私の邪魔をするやつは許さない。常世を混沌《こんとん》に陥《おとしい》れる馬鹿者どもは絶対に許さない。これ以上お前たちの好き勝手にはさせない――だからテラコマリ！」

スピカが顔を真《ま》っ赤《か》にして私を振り返った。

こいつはいつでも孤高だった。朔月《さくげつ》のやつらにさえ弱みは見せてこなかったのだろう。

飄々《ひょうひょう》とした仮面の奥に隠されている情熱的な素顔。六百年もの時を経ても衰えることがなかった意志の炎。その煌めきが、まっすぐ私に注《そそ》がれていた。

「――私に力を貸せっ！　一人じゃあいつを殺せないからっ！」

「分かった」

私は間髪《かんはつ》入れずに頷《うなず》いていた。

私はこいつの夢が叶うところを見たいのだ。

だから自分にできることなら何だってやるつもりだった。

常世を平和にするためならば――

「愚かだな。我ら愚者よりも遥かに愚かだ」

ルクシュミオの身体がフワフワと宙に浮いていく。

なんで飛べるんだよ⁉――とツッコミを入れたくなったがあいつは神仙《しんせん》種なのだ。魔力とか意志力とか関係なしに気とかいう謎《なぞ》エネルギーで浮遊できるのである。

うねうねと蠢《うごめ》くどす黒い帯。

それはまさに世界を壊すために現れた悪魔。

スピカが神をも殺すような眼差しで絶叫した。

「死ね！　六百年前の恨みはここで晴らしてやる！」

それが開戦の合図となった。

ルクシュミオの帯が回転しながら突っ込んできた。

前に出ていたネリアやリオーナが危ない。

助けなくちゃ。助けなくちゃ。助けなくちゃ――

「テラコマリっ！」

「うわっ⁉」

何故かスピカが私に抱き着いてきた。

砂糖のように甘いにおいが駆け抜ける。あまりにも突然だったので頭がフリーズしてしまった。こいつも変態の仲間だったのか？――そんなふうに絶望した瞬間。

かぷり。

スピカが私の首筋に歯を立てていた。

皮膚が破られ、ちゅうちゅうと吸血されていく感覚。

私は顔が真っ赤になっていくのを自覚した。

「お、おい⁉　何やってんの⁉」

「ぷはぁっ」とスピカが私の肌からいったん口を離し、

「気づいたのっ！　太陽の特効薬を打ち消すためには血が必要なんだ。とっても美味しい血がね――あんたの体内で作り出されるものは特別よ。きれいな意志力に満ちていて素晴らしい。これなら力を取り戻せるかもしれないわ……」ちゅうちゅうちゅうちゅう。

「だ、だ、だからっていきなりそんな……ってどんだけ吸うんだよ⁉　貧血になって死んだらお前のせいだぞ⁉」

「コマリ様アアアアアアアアアアアアアアアアアアアアアアアアアアアアアアアア‼」

　絶叫が聞こえた。

　振り返ると、迫りくる帯をクナイで切断しながらこちらに駆けつけてくるメイドの姿が見えた。その表情は絶望やら憤怒《ふんぬ》やらでものすごいことになっている。

「ヴィ、ヴィル⁉　怪我《けが》は大丈夫なの……⁉」

「大丈夫ですご心配ありがとうございます。しかしそれよりもコマリ様が大変です。はやくその不埒なテロリストを駆除しなければなりません……」

　ワナワナと震えながらスピカを睨み下ろすヴィル。

　スピカは「大丈夫っ！」と馬鹿みたいに笑ってヴィルを見上げた。

「死ぬまで吸うわけじゃないわ！　死んじゃったらもう血は作れないもの！　でも美味しいわ～、骨髄までしゃぶり尽くしたいわ～っ！」

「骨髄が何だかよく分かりませんが、初しゃぶりは私がいただきます」

「やめろ！　お前まで吸ったら本当に干からびるだろぉっ！」

「かわりに私の血を吸えばいいのです。そこのテロリストはコマリ様の血じゃなくて泥水でも啜《すす》っていれば――――ッ⁉」

　刹那《せつな》、ヴィルが高速で振り返ってクナイを振るった。

引き裂かれた帯がひらひらと地に落ちる。ルクシュミオの攻撃だ。しかし狙われているのは私たちばかりではない——無数にひらめく帯は他の仲間たちを縦横無尽に追いかけ回す。

ふと、私の日の前を見覚えのある主従が駆け抜けていくのを見た。

カルラの足首を掴《つか》んで帯から逃走する忍者、こはる。

「あああああ〜〜〜ッ!! 待ってくださいっ！ 足を引っ張らないでくださいっ！」

「足を引っ張ってるのはカルラ様だよ。完全にお荷物」

「だからってこの運び方はないでしょう!? 顔も服も泥だらけになってしまいますっ！」

「死と泥、どっちがマシ？」

「泥!!!」

あいつら何で楽しそうなんだよ……いやそんなことよりも。

塔の前ではすでに激戦が始まっていた。

錯綜する帯が仲間たちを襲う。帯から滴《したた》る黒々とした意志力が辺りに充満していく。ルクシュミオは私たちを完全抹殺するつもりらしい。

再び襲いかかってきた帯を、ヴィルが間一髪《かんいっぱつ》で切り裂いてくれた。

「コマリ様っ！ 逃げてくださいっ！」

「はあ!? みんなを置いて逃げられるわけないだろっ！」

「逃げちゃダメよ、まだ血が足りないからねっ！ ちゅうちゅう」

「お前はいつまで吸ってるんだああああああああ!!」

押し倒してくるスピカから逃れようと四苦八苦していた時。

少し離れたところで銃声が轟いた。

「散れ」

プロヘリヤが躊躇《ためら》いなく引き金を引く。

ルクシュミオは帯をいくつも重ね合わせることで障壁を展開し、銃弾を間一髪のところで阻《はば》んでしまった。

しかしその隙を狙って飛翔する影が二つ。

ネリアとリオーナが魔力の軌跡を描きながら敵に肉薄していた。

あれは身体強化の魔法だろう。理屈はまったく分からんが、魔核の封印が解除されたことにより、塔の周辺には瑞々《みずみず》しい魔力が満ちあふれているのだ。

「はああっ！」

掛け声とともに双剣が振るわれた。

切断される帯、飛び散る糸くず、しかし刃がルクシュミオまで届くことはなかった。そのかわりにネリアを踏み台にしてリオーナが突貫する。帯の弾幕を掻《か》い潜《くぐ》り、それこそ弾丸のような勢いで本体に接近。

「骨まで砕けろぉっ！」

その頬を目がけて渾身《こんしん》の回し蹴りが繰り出された。

衝撃。彼女の靴がルクシュミオの鼻っ面に命中していた。

あれはマジで骨まで砕けたんじゃないだろうか――そんなふうに戦々恐々《せんせんきょうきょう》としながらも希望を抱いた直後、

「なっ⁉――」

「効かない。瘴気を吸って強化された俺には……」

ルクシュミオは帯を顔にまとわせてガードしていた。

驚愕するリオーナに別の帯が襲いかかる。空中ではろくに回避をすることもできず、あっという間に簀《す》巻《ま》きにされ、そのまま逆さ吊りにされてしまった。

「何なのこの帯っ……！　うぐぐ……！」

「このまま圧死させてやろう。さあ死ね」

「おいリオーナ！　この手の輩に打撃が通用するとは思えん！　お前はそこのアマツ・カルラと一緒に隠れていろ、冬眠する熊のようにな！」

「この状況でそんなこと言われても――うわわわっ⁉」

いつの間にかリオーナを縛《いまし》める帯が切断されていた。

なすすべもなく落下していく猫耳少女。それを間一髪のところで抱き留めたのは、孔雀《くじゃく》のような衣装をひらひらと風に靡《なび》かせる少女――アイラン・リンズだった。

「大丈夫ですか……⁉」

「ありがとぉ～～～～～～～っ！　やっぱり持つべきものは飛べる友達だよねっ！」

「あ、あれ？　プロヘリヤさんも魔法で飛べたような気が……」

「あいつは友達じゃないもん！　ぜんっぜん助けてくれないし――って前から来てるよ⁉」

「はいっ……！」

リンズは迫りくる帯の波を高速で回避していった。

一方で地上のプロヘリヤも弾丸を放って援護する。ネリアが「ちっ」と舌打ちをして駆け出した。再び跳躍して一閃を叩き込もうとしたのだろう、しかし別方向から帯が飛来して蹈鞴《たたら》を踏んでしまう。

「まるで一枚一枚が意志を持っているみたいだわ……！　キリがない！」

「なければ無理矢理作ればいいのだ！　本体を叩けば万事解決だろう！」

ぱぁんっ‼

しかしプロヘリヤの銃弾は帯に阻まれてルクシュミオまで届かなかった。

その時、リンズが空中で急停止した。

リオーナが「どうしたのっ⁉」と困惑気味の声をあげた直後、私は見た。

リンズの前方と後方から挟撃するようにして帯が殺到する光景を。

マズイ。このままではリンズが大変なことになる――ところが間一髪のところで緑色の影が躍り出た。

「烈核解放・【屋烏愛染《おくうあいぜん》】」

「⁉」

どくんっ。

心臓が爆発《ばくはつ》するような気配。

帯のほうも急停止していた。ルクシュミオの眼前にふわふわと浮いていたのは、リンズの従者、リャン・メイファ。その紅色に輝く瞳が、邪悪な愚者をまっすぐ捉《とら》えていた。

「ありがとうメイファ！」

リンズが帯の包囲を脱して逃げていく。

ルクシュミオの目はその孔雀色の少女に釘付けになっている。

「これは……まさか……」

「リンズは攻撃できないだろう？　お前はそのまま止まっていろ」

「馬鹿な……俺がこんな幻惑に……」

身に覚えがある、あれは心臓を爆発させる能力だ。

リンズを好きになってしまう馬鹿げた烈核解放。正確にはリンズに対する同情心を喚起《かんき》させる能力だった気がするが、ルクシュミオの動きを止めるには十分だった。

おっさんが懊悩《おうのう》する姿はあまり長く見ていたいものではない。

敵の動きが鈍ったと見るや、どこからともなく直進してきた鎖が——〈チェーンメタル〉がルクシュミオの腕を縛り上げていた。

「メモワール閣下！　お願いしますっ！」

「はいっ！」

エステルに名前を呼ばれたサクナが魔力を拡散させる。

杖から放出された氷が辺りを漂白していき——やがて〈チェーンメタル〉を伝ってルクシュミオのほうへと昇っていった。

それは氷の橋だった。

敵の身体へと直接つながる勝利への道筋。

サクナは大ジャンプして凍った〈チェーンメタル〉を踏みしめると、そのまま杖を構えてものすごい勢いでルクシュミオへと駆ける。

「小癪《こしゃく》なっ……！」

帯がサクナに襲いかかった。

しかし上空から隕石《いんせき》のように降ってきたリオーナが蹴りでその軌道を捻《ね》じ曲げる。さらにリンズの鉄扇によって帯どもは真っ二つに切断されてしまった。

その隙を逃さずにサクナは魔力を練る。

目の前に再び帯の弾幕。背後から放たれたプロヘリヤの弾丸が何重ものバリアを突き破る。

しかし最後の一枚を破ることはできなかった。

「ちっ……弾切れか」

「問題ありません。上級氷結魔法・【ダストテイルの箒星《ほうきぼし》】」

サクナの全身から眩《まばゆ》い星々がほとばしった。

それは氷の弾丸である。めちゃくちゃな軌道を描きながら驀進して――ズドドドドドドドドドドドドドドドッ!!　と耳を聾《ろう》するような爆音が轟いた。魔力と水蒸気が飛散し、ルクシュミオを守っていた最後の帯がズタボロに崩れていく。

「こ、これで限界ですっ……!」

サクナが呻《うめ》く。あと一歩のところで【ダストテイルの箒星】が尽きてしまったのだ。

しかし彼女の背後から桃色の光が駆け抜けていった。

ネリアだ。ネリアが氷の橋をわたってルクシュミオに肉薄していたのだ。

「【尽劉《みなごろし》の剣花《けんか》】――後は私がやるわ」

ルクシュミオの頬に冷や汗が流れるのを見た。

帯はサクナに破壊されてしまった。新しいものを手繰《たぐ》り寄せても間に合わない。ネリアの剣戟《けんげき》が敵の心臓目がけて叩き込まれる――

「ま、待ってください！　〈チェーンメタル〉が……!」

エステルが叫んだその直後。

ぱきん。

凍りついた〈チェーンメタル〉が鎖ごと引き千切《ちぎ》れていた。

足場が崩壊していく。落ちていくサクナがメイファに救出される。

そうして縛めから脱したルクシュミオは——そのまま背後に後退した。

「ッ⁉」

「ネリアさんっ！」

足場と標的を失ったネリアはなすすべもなく地面に落下していく。

身動きのとれない獲物に向かって帯どもが集中した。空中で双剣を振り回して何枚かを切断するが、結局捌《さば》ききることはできなかった。

一枚の帯がネリアの双剣に激突し、彼女の身体は流星のように墜落した。

衝撃が轟く。砂煙が舞う。

サクナたちが悲痛な声で彼女の名前を呼んでいた。

私は絶望的な気分になってネリアが落ちた場所を見つめた。

なんてことだ。ネリアですら敵《かな》わないなんて——しかし彼女は無事だった。双剣をザクリと地面に突き刺し、顔をしかめながらゆっくりと膝《ひざ》立ちになる。

「手強いわね。あの自由自在に動く帯……」

「遊びは終わりだ」

ルクシュミオはさらに高度を上げていった。

彼の身体から大量の帯がひらひらと躍り出る。

一枚一枚が邪悪な瘴気をまとった殺戮《さつりく》の兵器――それが一斉に地上を蹂躙していった。

リオーナやプロヘリヤが俊敏な動作で回避する。サクナは氷結魔法で防御。こはるは絶叫するカルラを引きずりながら逃げ回っている。メイファがリンズに襲いかかってきた帯を障壁魔法で防御、しかし呆気なく破壊されて背後によろめく。

「あっ……」

エステルが帯の直撃を受けて吹っ飛ばされた。彼女の身体がバウンドしながら地面を転がるのを見た瞬間、私は血の気が引いていくのを感じた。

このままでは全滅してしまう。

黙って見ている場合ではなかった。

「おいスピカ！　そろそろ離れろ！　これじゃあ血が吸えないから――」

「コマリ様っ！」

殺気。

振り返ると、竜のように荒ぶる帯どもがこちらを目がけて迫っていた。

ヴィルが必死の形相《ぎょうそう》で駆けてくる。彼女はずっと私に降りかかる災厄をクナイ一つで防いでくれていたのだ。でも撃ち漏らしが発生するのは無理もなかった。

私はぎゅっと目を瞑《つむ》った。

帯どもはミシンの針のように私の周囲の地面を耕していった。

あまりの震動にその場で転げる。もうもうと舞い上がる砂煙に目を開けることもできない。

駄目だ。死ぬ――そう思った瞬間、

「――潤った。これで十分だ」

ごうっ!! とすさまじい魔力が吹き荒れた。

帯が次々に千切れていく。砂煙も一瞬にして振り払われてしまう。

いつの間にか、私を守るようにして直立している吸血鬼の姿がそこにあった。

風に靡《なび》くツインテール。

口の端からたらりと垂れる私の血。

両足でしっかりと大地を踏みしめている様子からは〝神殺しの邪悪〟に相応しい凛々《りり》しさが感じられた。希代《きだい》のテロリスト、スピカ・ラ・ジェミニは、殺意のにじむ視線を上空の愚者へと向けながらニヤリと笑う。

「よくもやってくれたわね。常世はあんたの好きにさせない」

「す、スピカ!? 復活したのか……!?」

「あんたの血のおかげでね。そして――殺戮の時間だ」

目を覆いたくなる突風。

スピカの身体が忽然と消えていた。

ハッとして顔をあげる。力を取り戻した最強最悪のテロリストは、夜空に打ち上げられる花火のような勢いでルクシュミオに突っ込んでいった。

「スピカ……！」

私がその名を呼ぶのと同時。

彼女の拳と邪悪な帯が、壮絶な激突を果たした。

19 とこしえのフィロソフィ

Hikikomari the Vampire Countess no Monmon

人の栄華は時が過ぎれば衰える。

夏の草花は秋になると枯死を迎える。

今がどれだけ楽しくても、充実していても、「こんな時間がずっと続けばいいのに」と必死で願ったとしても――破滅と崩壊の日は必ずやってくる。

私はそんな理《ことわり》に抗《あらが》いたかったのだ。争いもなく、憎しみもなく、温かな時間だけが存在している常ならぬ世界の理の中で、永遠に引きこもるための六百年間。

紅色の吸血鬼とは大違いだった。

テラコマリ・ガンデスブラッド。

あの子は本質的に私と同じであり、目指している境地も同じでありながら、見ている方向が根本的に異なる。

七紅天《しちぐてん》闘争、六国《りっこく》大戦、天舞祭《てんぶさい》、吸血動乱、華燭《かしょく》戦争――様々な死闘を乗り越えるにつれ、この少女は〝部屋の外〟に意識を向け始めた。

彼女は静かな永久を得るために戦っているのではない。

輝かしい今この瞬間を守るために戦っている。

やっぱり相容《あいい》れることのない存在なのかもしれなかった。

でも、今だけはこいつの存在に感謝しないでもない。

私は根っからの引きこもり吸血姫《きゅうけつき》。

誰《だれ》かに手を引かれなければ、立ち上がることすらできなかったのだから。

そして、彼女ならば――テラコマリ・ガンデスブラッドならば、私の夢を託していいのかもしれなかった。

フーヤオがそうしたように。

★

力が漲《みなぎ》って仕方ない。

テラコマリの血が心と身体《からだ》を元気にしてくれたのだ。

血を吸えば、その人物の器や度量といったものがだいたい分かる。あの吸血鬼の少女は、私と同じくらい大きな意志力を秘めた傑物《けつぶつ》。その力の一端を受け取ったのだから、今の私を止められる者など誰一人いるはずもなかった。

「あっはっはっはっは！　六百年前の雪辱《せつじょく》を果たそうではないか！」

迫りくる帯《おび》に拳《こぶし》を叩《たた》きつけた。

魔力に焼かれた繊維がブチブチと千切《ちぎ》れて辺りに散る。しかしキリがない。連中は核たる愚者を守護するために躍起《やっき》になって襲いかかってきた。

空中で旋回しながら帯の海に蹴《け》りを叩き込《こ》む。

二重、三重にも重なっていた防壁を一気にぶち抜いた。

「無駄な抵抗はやめろ」

交差する帯の向こうに愚者の冷徹《れいてつ》な瞳《ひとみ》がのぞく。

楽園を壊した仇敵《きゅうてき》。私とナチューリアを引き離した諸悪の元凶。

「ナチューリア・ルミエールは死んでいる。貴様がここで暴《あば》れても変わらない。大人しく処刑されていろ」

「あの子は生きているッ！　私との約束を忘れるはずがないッ！」

高速で突貫。拳を顔面に叩き込もうとする。

しかし相手も曲芸のように身を翻《ひるがえ》して回避した。

「教皇が言っていた！　ナチューリアはどこかで私を待っていてくれている！　お前のような愚か者に邪魔などさせるものかッ！」

「貴様のほうがよっぽど愚かだ。諦《あきら》めておけ」

これは永久を得るための戦いでもあった。

誰もが死に場所を選べる世界。無闇《むやみ》に虐げられることがない世界。心優しい引きこもりたちが、細やかな幸福を胸に抱くことができる世界――私はそういう常ならぬ世界の理の中で、ナチューリアと一緒に永遠を生きたかった。

すべてを水の泡にしたのが天文台の愚者どもだ。

この手で復讐《ふくしゅう》してやらねば気がすまない。

「お前たちは私からすべてを奪っていった。だから取り戻してやる」

帯が縦横無尽に交差して私を閉じ込める鳥籠《とりかご》を作り出した。あたかもナチューリアを捕らえていた檻《おり》のようだ。しかし拳を叩きつけることで容易《たやす》く脱出。迎撃《げいげき》する帯の波を破壊しながら仇敵に向かって突き進む。

――ナチューリア。今すぐこいつをぶっ殺してあんたのもとに行くから。

「止まれ」

目の前に巨大な壁が出現する。帯を重ねて防御壁を構築したらしい。蹴りを叩き込んでやると、それだけでビスケットが割れるように爆散した。

眼前には憎たらしい愚者の顔。

もうすぐ楽園を取り戻すことができるのだ。

「かかったな。――貫け《縛》」

今度は背後から殺意が接近する気配。

普通ならば避けることは不可能、しかし六百年前のようにはいかなかった。

私は理想郷を手に入れるために壮絶な鍛錬を積んできたのだ。

魔力を体内に巡らせて加速する。

帯が私を捉《とら》える前にやつの心臓を貫いてしまえばいい――

そう思って拳を突き出した瞬間、
がくん。力が一挙に霧散する感触。

「⁉」

見れば、足首に帯の切れ端が巻きついていた。

先ほど破壊した防御壁の一部に違いない。

「《縛》は魔力や意志力を吸収することができる。そんな切れ端でも、貴様の力を一時的に奪うには十分だ。そして――」

腹部に激震。

やつの帯が肉を抉《えぐ》っていた。

せっかく吸収した血がだらだらと流れていく。

突然すぎて痛みは感じなかった。だが身体が動かなくなってしまった。

浮遊する力も失い、私はそのまま地面に吸い込まれていく。

頭上から冷たい声が降ってきた。

「世界を変えようとするな。秩序を破壊しようとするな。貴様らは大人しく引きこもっていればいい」

「――――」

傷口から瘴気《しょうき》が入り込んできた。

黒々とした靄《もや》が私の心を包み込んでいく。

こんなモノはまやかしに決まっていた。夕星《ゆうせい》の馬鹿《ばか》が作り出した悲劇の残りカスにすぎないはずだった。

大量の帯がとどめを刺すべく迫る。

手足が動かない。

無限の後悔に縛られて思考すらままならない。

脳裏に蠢《うごめ》くのは過去の惨劇。

自分のせいで多くの人間が悲しんだという猛毒のような現実。

私が楽園を目指さなければ、私が愚者や六国の暴虐に抵抗しなければ、あの戦争で心優しい人間たちが殺されることもなかったのではないか。逆さ月を結成してからもそうだ。私は「必要な犠牲だ」と高言して多くの人間を陥《おとしい》れてきたが、その選択が正しかったという保証はどこにある。

私はジェミニ家の密室に引きこもっていればよかったのか？

ナチューリアと出会わなければよかったのか？

私は。私は――

「――まけちゃだめ」

ふわり。

いつの間にか、紅色の吸血鬼にお姫様抱っこされていた。

どぱぁん！――彼女が手をかざしただけで、そこらに跳梁していた帯が破裂した。

殺意に満ちた紅色の魔力が肌を刺す。

十六歳とは思えないほど小柄なくせに、その身に秘められた心は海よりも大きい。

テラコマリの唇が、小さく動いた。

「あとちょっと。がんばろう」

「何故《なぜ》……」

「みんながついてるから……」

「……！」

誰かの声援が聞こえた。

見れば、地上で帯に追われていたはずのプロヘリヤ・ズタズタスキーやリオーナ・フラットが私に向かって激励を送っている。アイラン・リンズやリャン・メイファ、岩陰に隠れているアマツ・カルラやその忍者、負傷したネリア・カニンガムを治療しているサクナ・メモワール

&エステル・クレール、不満そうな顔をしたヴィルヘイズ――それぞれがそれぞれの感情を抱きながら、しかし私に向かって「義務を果たせ」という視線を向けていた。

それだけではなかった。

ふと、どこからともなく声が聞こえてきた。

世界に満ちる人々の祈りだ。


――神様、神様、どうか世界をお救いください。

――〝罰の日〟を終わらせてください。

――悪魔に正義の光を！


彼らの輝かしい意志力が、私の心にかかった霧を一掃してくれた。

胸の内からおかしさが込み上げてきた。

そうだ。挫折《ざせつ》という言葉はスピカ・ラ・ジェミニにもっとも似合わない。

私は〝神殺しの邪悪〟。

常世《とこよ》の賢者にして理想郷の探究者。

散っていった者たちのために努力する義務があった。

テラコマリが言ってくれたように、私は六百年間も死に物狂いで頑張ってきた。

ルミエール村の人々、逆さ月の面々、ナチューリアやフーヤオ――私を信じてついてきてくれたすべての人々のために、必ず理想郷を完成させなければならなかった。

「――神様？　そんな大層な役目はテラコマリに任せるわ」

魔力を練る。

特級再生魔法・【永劫円環術《えいごうえんかんじゅつ》】。

肉がもりもりと盛り上がり、傷口はあっという間に塞《ふさ》がってしまった。

テラコマリが心配そうに剝《む》き出しのお腹《なか》を撫でてくれる。私は左手でその手を握り、右手をまっすぐ愚者に向かって突き出した。

「――私の役目は人類救済ではない。引きこもりを傷つける邪悪な神を殺すこと。永久の楽園を創り上げること。それだけだ」

★

スピカ・ラ・ジェミニの右手から紅色のレーザーが放たれた。

大気を震わせながら驀進《ばくしん》する魔力の塊《かたまり》。

帯で防御――はできない。あれを受け止められるだけの硬度はない。ルクシュミオはギリギリまで迷ってから身体をそらした。

衝撃。レーザーは脇腹《わきばら》を奪って遥か後方へと駆け抜けていった。

帯で傷を修復しながら眼下の吸血鬼どもを睨《にら》みつける。

スピカ・ラ・ジェミニとテラコマリ・ガンデスブラッド。

ルクシュミオが殺すべき破壊者たち。

どちらも已《おのれ》が出せる最高の力を発揮しており、普段のルクシュミオならば手も足も出ないはずだった。だが今は夕星が送り込んだ瘴気がある。かのテロリストはこれを目論んでいたのかもしれない。自分の力を愚者に吸収させ、目の敵《かたき》であるスピカとテラコマリを処分させる――なんとも狡猾《こうかつ》な少女ではないか。

「よろしい。今はその手に乗ってやろう」

瘴気で《縛》をコーティングする。

これならばテラコマリにも攻撃が通用するはずだった。

高速で飛来する二人の吸血鬼に向かって《縛》を発射。その先端がテラコマリの二の腕を掠《かす》めて鮮血を飛ばした。無差別に無効化されたりはしないようだ。このままやつの身体を縛り上げてやれば終わりだ。

「むだ」

「⁉」

ぱぁんっ‼――すさまじい破裂音とともに帯が砕け散った。

糸くずとなって落ちていく殲滅外装《せんめつがいそう》を見下ろしながら、ルクシュミオはあまりの出来事に言葉を失ってしまった。

銀盤《インセイント》の血族だから――ではない。

純粋な腕力で引き千切られたのだ。

瘴気であれだけコーティングしたのに。

「ふざけるな」

ルクシュミオは我武者羅《がむしゃら》に帯を振り回した。

しかしやつらはすべての障害を突き破りながらこちらに接近してくる。

弾《はじ》ける瘴気。砕ける帯。拡散する魔力。

やつらが拳を振りかざすたびに殲滅外装は粉々に砕け散っていく。ならば《縛》ではなく純粋な体術で迎え撃とう――そう思って拳を握った瞬間、

「、」

血の味がした。

ルクシュミオはたまらず「げほげほ」と咳き込《せ》んだ。

あふれ出る血を拳で拭《ぬぐ》いながら、己の身体に起きた異変を察知する。

夕星の瘴気を吸収しすぎたのだ。これ以上無理をすれば、身体の内側から破壊されて死んでしまうかもしれない。

「苦しそうね。でも容赦《ようしゃ》はしないわ」

目の前に強大な魔力の反応があった。

スピカ・ラ・ジェミニとテラコマリ・ガンデスブラッド。

世界の秩序を脅かす不届き者が、揃《そろ》ってルクシュミオを睨みつけていた。

〝銀盤《インセイント》〟は言った――「魔核《まかく》の秩序は絶対に維持しなければならない」と。「秩序が壊れれば多くの人間が悲しむことになる」と。「人々は大人しく引きこもっていればいいのだ」と。

変化は害悪だ。進化は衰退だ。

この二人のように周りをも巻き込んで変えていく不埒者《ふらちもの》は、必ず始末しておかなければならない。

命を捨てる覚悟は決まった。

銀盤《インセイント》のために全《すべ》てを出し尽くそう。

「殲滅外装０４《ゼロヨン》‐最終解放」

ルクシュミオは天に掌をかざして呟《つぶや》いた。

所持者の命を吸うことで発動する究極奥義《おうぎ》、それを今解放するしかなかった。

帯どもが高速で回転しながらルクシュミオの身体を包み込んでいく。その体積が水を吸ったスポンジのように膨らんでいく。

スピカが警戒をにじませて急停止した。

テラコマリでさえ異変を察して動きを止めている。

04《ゼロヨン》・《縛》の奥義は、帯を身体に巻きつけることで鉄壁の巨人となる能力だ。

ルクシュミオの身体はみるみる肥大化し――天を覆《おお》うほどの威容を獲得した。

「な――何だあれ⁉」

「面白《おもしろ》いな。魔法や烈核解放《れっかくかいほう》ではあんなことはできない」

「退避です！　こはる、私を運んで～～～～～っ！」

地上の虫けらどもが何かを叫んでいた。

しかしルクシュミオの目には破壊者しか映っていなかった。

テラコマリとスピカが宙を旋回しながら魔法を打ち込んでくるが、最終解放を発動した殲滅外装には傷一つつかなかった。テラコマリの拳が叩きつけられてもびくともしない。何故なら無限の瘴気によって鎧《よろ》われているから。

「秩序のために」

秩序のために殺さねばならない。

殺すためには至強の一撃が必要だ。

そこで気づく。

すぐそこに、神すら殺す武器があるではないか。

五本の指を白亜の壁にめり込ませる。

崩れ落ちた瓦礫《がれき》がドカドカと地面に降《ふ》り注《そそ》いだ。

「そんな……」

「コマリ様っ！　はやく逃げてくださいっ！」

地上を逃げ回る小娘どもには目もくれない。すべての力を振り絞って〝神殺しの塔〟を握りしめたルクシュミオは、その極太の帯に瘴気を送り込んで殺戮《さつりく》の槍を持ち上げていった。

塔の根元がぼきりとへし折れる。

天地が鳴動し、すさまじい突風が巻き起こる。

「させない」

テラコマリの光撃魔法がルクシュミオの肩を撃ち抜いた。

血肉が飛び散る。痛みが弾ける。しかしそれだけだった。やつには敵を殺す覚悟が足りていない。容赦なく心臓を狙《ねら》うことすらできない。その甘さが命取りとなる。甘いうちに殺さねばならぬ。放置しておけば世界は壊れる。秩序が崩れる。第一世界のために。銀盤《インセイント》のために。

すべての人間を引きこもらせるために――

「これが最後の一撃だ」

天に掲げられた巨塔の残骸《ざんがい》。

わずかに届いていた陽光でさえ遮《さえぎ》る無機質な大槍。

テラコマリが――【孤紅《ここう》の恤《とむらい》】を発動して全能感に包まれているはずのテラコマリが、

ぴくりと表情を歪《ゆが》めた。

ルクシュミオの口から血があふれる。

身体のあらゆる機能が壊れていく音がした。

しかし構わなかった。

不惜身命《ふしゃくしんみょう》。銀盤《インセイント》の願いを叶《かな》えられるならば死すら厭《いと》わない。

「死ね」

ルクシュミオは力を込めて投擲《とうてき》した。

重力に従って落下する殺戮の一撃。

それはまさに天が下した罰に他ならない。

逃げられるはずがなかった。

下には大勢の仲間たちがいるのだ。

彼女に残された道はただ一つ、この鈍重《どんじゅう》なる一撃をその身で受け止めることだけ。

テラコマリはスピカを突き飛ばすと、何重もの障壁魔法を展開した。

一枚目が壊れる。二枚目も壊れる。三枚目、四枚目、五枚目が壊れたところでテラコマリの瞳から輝きが失われるのを見た。

意志が挫《くじ》けた証。

最後の障壁が音を立てて崩れる。

その小さな身体に塔が激突した。

悲鳴。怒号。絶望。

〝神殺しの塔〟はテラコマリを押し潰《つぶ》しながら地面に吸い込まれていった。

やがて世界を揺るがす激震が轟《とどろ》く。

塔が粉々に砕け、大地が割れ、飛沫《しぶき》のように瘴気が飛び散った。廃墟《はいきょ》の家屋《かおく》が次々に破壊されていく。人々の愚かな願いが弾け飛んでいく。常世それ自体が悲鳴をあげ、空間がバリバリと軋《きし》む音が聞こえた。

そこでルクシュミオは見た。

割れた大地の向こうに、真っ黒い空洞が広がっている。

それは穴だった。

〝罰の日〟に悪魔どもが開けるという、地獄へ通じる大穴。正確には神殺しの塔があった場所に存在していた、第三世界へと通じる巨大な通路。

このまま全員落ちてしまえばいい。

そうすればルクシュミオが追撃する必要もない。

しかし――

「!?」

雨のように降り注ぐ瓦礫が、何故か空中で停止していた。

否、スローになっている。

重力加速度が限りなくゼロに接近している。

ルクシュミオの周りには、時の流れから解放された無数の瓦礫。

須臾《しゅゆ》が永久に引き延ばされ、写真のように固定化されたモノクロの世界。


「烈核解放・【栄花《えいが》の秋忘れ《ときわす》】」


ルクシュミオはハッとして視線を下に向けた。

スピカ・ラ・ジェミニ。瓦礫に頭を打たれて血塗れ《ちまみ》になった吸血鬼が、決死の形相《ぎょうそう》でルクシュミオに抱き着いてきた。

「つかまえた」

彼女の足首に巻きつけた帯が剝《は》がれていた。

烈核解放の封印が解けてしまったのだ。

しくじった——そう思った時には遅かった。

「ぐふっ」

瘴気を吸い込みすぎたせいで《縛》がコントロールできない。

帯によって巨大化した身体がみるみる萎《しぼ》んでいく。元のサイズに戻ってしまったルクシュミオは、スピカにひっつかれたまま、ゆっくりと地獄の大穴に向かって落下していった。もはや空を飛ぶこともできなかった。

耳元で無邪気な声が響いた。

「あんたを殺してあげるっ！　六百年間の復讐よっ！」

「待て。このままでは……」

「二人とも死ぬって？　構わないわ！」

思わず息を呑《の》む。

「ッ、死ぬのは俺《おれ》も構わん――だがまだその時ではない‼　テラコマリ・ガンデスブラッドの死を見届けるまでは」

「馬鹿かお前は」

紅色の瞳がギロリと動いた。

「そうさせないための道連れなんだよ。テラコマリを死なせるわけにはいかないの。私の夢を応援してくれたあの子を……フーヤオが命を賭《と》して守ったあの子を……」

ぞくりとした。

スピカ・ラ・ジェミニはどこまでも冷血なテロリストだったはずだ。

それを。それをあの深紅《しんく》の吸血鬼は――

「心を変えてしまったのか。夕星よりもはるかに危険ではないか……テラコマリ・ガンデスブラッドという破壊者は……！」

「何を勘違いしているの？　私があいつに絆《ほだ》されたと思ったら大間違いだわ！　私の目的は最初から最後まで少しも変わらない――引きこもりの楽園を創造すること。自分の死すら手段の一つでしかない」

「気がふれているのか……」

「あいつに十字架を背負わせてやるのよっ！　テラコマリは私の思いを絶対に無下《むげ》にしない。失われた人々の思いを胸に生きていく。あいつに任せておけば、楽園を必ず完成させてくれるはずよ――あっはっはっは！　いい気味だわ！　自分が利用されているとも知らずに頑張り続けることになるのっ！」

「き、貴様は自分の目で楽園を見たかったはずであろう」

「それはもちろん。でも仕方がないわ」

スピカとルクシュミオはそのまま大穴に突入した。

地獄から吹く風がびょおびょおと身体にぶつかる。

辛うじて《縛》を動かした。スピカの腹部が容易く貫かれた。しかしやつは離れない。血を撒《ま》き散らしながら凄絶《せいぜつ》な笑みさえ浮かべている。

「【パラドックスオラクル】を発動させるためには犠牲が必要なの」

ぎゅっと締め付けられる。

とんでもない馬鹿力《ばかぢから》。骨が軋む音が聞こえた。

「どのみち誰かが死ななければならないんだ。私の血をナチューリアに届けられるならばそれでいい……」

「お前の血が巫女《みこ》姫に届けられる保証など……」

「テラコマリに手紙を残してあるわ。ナチューリアに私の死体を届けておいてねって」

「馬鹿な！　いや、そもそもナチューリア・ルミエールは死んでいる！」

「死んでないわ。そういう気配がするもの」

「ッ……」

ルクシュミオは恐怖のあまり震えた。

こいつはすでに覚悟を決めている。

いや――本人は否定しているが、決めさせられたのだ。

テラコマリ・ガンデスブラッドはとんでもない邪悪だった。

その勇気と優しさによって周囲の人間を変えていく。

「あいつのためなら命も惜しくない」と思わせてしまう。

やつは歴代の破壊者の中でも最低最悪のテロリストに違いなかった。

排除しなければ。

排除しなければ――

★

頭が痛い。思考が定まらない。立つこともできない。

私はまたしても大怪我《けが》を負ったらしい。

最後に見たのは、巨大な塔が降ってくる光景。そして地獄へ通じる大穴が開く光景。廃墟の街がぐしゃぐしゃに壊れ、あらゆるモノが穴に吸い込まれていく光景。

スピカは。

スピカはどうなったのだろうか。

みんなは逃げることができたのだろうか。

胸が苦しい。

ネオプラスの悲劇が繰り返されようとしている。

私はまた仲間たちを失ってしまうのだろうか。

そんなのは嫌だ――必死で立ち上がろうとしたが、私の足は凍りついたように動かない。

塔の一撃が全身に響いていた。烈核解放も途切れてしまっている。心が瘴気に囚《とら》われて身動きが取れなくなっている。

立ち上がっても無意味なんだ。

すでに手遅れなんだ。

どれだけ頑張っても手は届かないんだ。

フーヤオの時みたいに。

「そんなことはない」

闇《やみ》の中に聞き覚えのある声が響いた。

ぶっきらぼうで、殺意に満ちていて、隠しきれない気遣いがにじむ声。

私はハッとして顔をあげた。

そこにいたのは――

「フーヤオ……」

狐の耳がぴくぴくと動く。もふりとした尻尾《しっぽ》が静かに揺れている。

私は夢を見ているのだろう。彼女はすでにいなくなってしまったのだから、こうして目の前に立ち現れることなど有り得ないはずだった。

「お前は私の夢を引き継いだはずだ。こんなところで立ち止まるな」

「で、でも……」

「まだ間に合う。誰も死んではいない」

それは叱咤《しった》激励だった。

あいつらしい厳しくも優しい声が私の心に沁み込んでいく。

「だが放っておけば手遅れになってしまう。私の夢は〝誰もが死に場所を選べる世界〟――しかし、あの吸血姫は理不尽に死のうとしているんだ。まったく馬鹿げた話だよな、あいつは私の思いなんて全然汲《く》み取ってくれない」

「スピカが……？」

「ああ。だからお前に頼みたい」

思い出す。私はこの狐少女の夢を叶えると誓ったのだ。

誰も死なせたくない。

誰も苦しんでほしくない。

だが。

「身体が動かないんだ……どうしたらいいの……？」

「意志力は肉体が朽ちても残る場合がある。それはルナル村の連中から教わったことだ。あとちょっとだけでいい……私の力を使って頑張ってくれ」

私の頭にぽんと手が置かれた。

あの時と同じように儚《はかな》い笑みが浮かんでいた。

フーヤオの身体がみるみるぼやけていく。

まるで光に溶けて消えていくかのように。

そうだ。誰かを犠牲にして世界を救うなんてまっぴらだ。

私はみんなが助かってほしい。

みんなが欠けることなく暮らせる世界が欲しい。

立ち止まっている場合じゃない。

塔でぶん殴られた程度でへこたれるわけにはいかない。

「後は頼む。お前なら大丈夫だ」

雑音まじりの声。

彼女の姿が風に吹かれて消えていく。

私は思わず手を伸ばし――


「――フーヤオ!!」

がばっと起き上がった。

〝起き上がった〟? 私はいったい何をしていたのだろう?

ネオプラスで別れたはずのフーヤオが目の前に現れた。彼女は私に後のことを託して消えていった――あれは夢だったのだろうか。いやそんなはずは。

「て、テラコマリ! 大丈夫っ……!?」

「!?」

すぐそこから声が聞こえた。見れば、瞳を真っ赤《まか》に輝かせた吸血鬼――コレット・ルミエールが、心配そうな表情で私の顔を見つめていた。

え？　コレット？　なんでこいつがここにいるんだ……？

「コマリ様っ！　ご無事ですか⁉」

「うわわっ」

いきなり変態メイドが抱き着いてきた。

頭が冴《さ》えない。事情が把握できない。

「お怪我はありませんか⁉　舐《な》めたほうがいいですか⁉　ああよかった傷はありませんね――ああああああっ！　服がぼろぼろですっ！　コマリ様の柔肌が丸見えになっていますっ！　余人の目にさらすわけにはいかないので私が密着して塞いであげましょうそうしましょう」

「わあああああ⁉　いきなりくっついてくんな‼」

「ヴィル！　落ち着きなさいよっ！」

コレットが力尽くでヴィルを引き離した。変態メイドは「コマリ様アアアア‼」とバケモノのように絶叫して暴れていた。心配してくれるのは嬉《うれ》しいが、今はそれどころではない。

「えっと、コレットはどうしてここにいるの？」

「ヴィルたちを追いかけてきたのよ！　戦えないからって除《の》け者扱いは辛抱ならないからね。私もできることはしたいし。でも……手遅れだったのかもね」

にわかに冷たい風が足元から吹き上がった。

私はびっくりして周囲の様子をうかがう。

そこに広がっていたのは、見るも無残な破壊の痕跡だ。

ぶっ壊れた街、抉れた大地。

そして私のすぐそこにぽっかりと開いている、地獄へ通じる巨大な穴。

ルクシュミオの馬鹿が〝神殺しの塔〟をぶん投げたのだ。

私は運よく助かったらしいが、他のみんなは――

「無事ですよ。誰一人として大事に至ってはいません。アマツ殿は転んで気絶したみたいですが、すぐに目を覚ますはずです」

私が意識を取り戻したことに気づいたらしい。

ネリアやサクナ、リンズにエステル……大勢の仲間たちが駆け寄ってきた。

「大丈夫⁉」「具合はどう⁉」「ご無理なさらないでくださいっ！」――口々に私に対する心配の言葉を投げかけてくれる。

「え、え？　どういうこと……？」

「あんたのおかげよ！」

ネリアが私の頭を撫でながら言った。

「あいつの攻撃を魔法で防いでくれたのよね。おかげで誰も怪我をせずにすんだわ。コマリも間一髪《かんいっぱつ》のところで避けられたのね……よかったわ……」

「避けた……？」

私は塔に激突して大出血したはずだ。

現に軍服に血がついているではないか。においでなんとなく分かる、これは間違いなく私の血だ。いったい何が起きたのだろう——そんな感じで疑問に思っていると、コレットが悲しそうな顔をして「テラコマリ」と服をつまんできた。

「……声を聞いたわ」

「声？」

「フーヤオっていう人の」

言葉を失った。

コレットは眉根《まゆね》を寄せて続ける。

「私の異能は……死者の魂を呼ぶ力。誰も彼も呼べるってわけじゃないわ、どうしても伝えたい言葉がある人の願いだけを聞き届けることができるの……」

「そ、そうだ……！」

私はよろめきながら立ち上がった。

サクナやリンズが慌《あわ》てて支えてくれる。

ヴィルが「コマリ様？」と不審な顔で見つめてきた。

ネオプラスの時と同じだった。

「誰一人として大事に至ってはいません」――ヴィルの言葉には誤りがあった。

いるべき人間がいない。

ここまで苦楽を共にしてきたテロリストの少女がいない。

「コレット。スピカは……」

「フーヤオさんによれば、敵と一緒に穴に落ちたみたい」

「…………」

すぐそこで大口を開けている巨大な穴。

底は見えない。しかし禍々《まがまが》しい空気で分かる。

これは地獄へとつながる大穴だ。

悪魔によって作られた、世界を崩壊させるための罰。

「――ヴィル！　スピカを助けに行かなくちゃ！」

「こ、コマリ様……？」

許さない。こんな結末は許さない。

もう私は誰も失いたくないのだ。ネオプラスで嫌というほど味わった悲痛――あんな思いは二度としたくなかった。常世を平和にするためには、楽園にするためには、あの天真爛漫《てんしんらんまん》で傍若無人《ぼうじゃくぶじん》なテロリスト系お嬢様が必要不可欠。

仲間たちが真っすぐな瞳で見据えてくる。

私の決意を感じ取ってくれたようだった。

もはや一刻の猶予も残されていない。

私は拳を握りしめると、地獄の大穴に向かって一歩踏み出した。

★

太陽の特効薬が今頃《いまごろ》になってぶり返してきた。

テラコマリの血を吸って回復したが、それは一時的なものにすぎなかったようだ。

リウ・ルクシュミオは勘違いしているらしい――私がテラコマリに感化されて死を選んだのだと。もちろん、それは大きな間違いだ。この六百年間、多くの仲間を失っていくにつれて気づいたのである。

死こそ生ける者の本懐《ほんかい》。

たとえこの世から肉体が消え果てたとしても、残された人々の心にさえ残っていれば、それは生きていることと同義なのだ。誰かが私の夢を受け継ぎ、楽園を完成させてくれるならば、スピカ・ラ・ジェミニの肉体の生き死になんて関係ない。フーヤオとテラコマリの結末を目《ま》の当《あ》たりにすることで完成した、〝永久《とこしえ》の哲学《てつがく》〟だ。

「ふざけるな。こんな末路など……！」

ルクシュミオが帯を操《あやつ》って私を振り払おうとする。

肩が抉られる。お腹も抉られる。しかし私は決して離さなかった。

こいつを逃がしたら夢が潰《つい》えてしまうから。

逆さ月のみんなやテラコマリ、その仲間たちに毒牙《どくが》が及べば、私とナチューリアの計画は終わってしまう。

これでいいのだ。

このために私は頑張ってきたのだ。

悔《く》いはない。ないはずだ。

ないはずなのに――地獄の底がぐんぐん近づいてくるにつれ、身体の震えが収まらなくなった。死ぬのは怖くない。夢の果てを見届けることができないのが怖かった。

でも大丈夫。

テラコマリなら、私よりも上手《うま》くやってくれるだろうから。

あの殺意に満ちあふれた吸血鬼なら、ナチューリアの望んだ世界を実現してくれる。

だから心配する必要はないのだ。

ゆっくりと目を閉じる。

その時、地獄の底から声が聞こえてきた。

それは懐《なつ》かしい声――私の大切な友達の声。

びっくりして視線を下に向ける。

あの子は。

塔に消えたナチューリアは――

いや。今の私にはどうすることもできない。

未来の楽園に思いを馳せ、私は静かに呟いた。

「後は頼んだわ。テラコマリ……」

「わかった」

私は驚愕《きょうがく》に目を見開いた。

穴の上空。紅色の魔力を棚引かせながら落下してくる吸血鬼の姿が見えた。

爛々《らんらん》と輝く殺意、すべてを包み込む無限大の優しさ。

テラコマリ・ガンデスブラッド。

その傍《かたわ》らには青い魔力を湛《たた》えたメイドの姿もあった。

ああ。あれこそが私の望んでいた双翼の姿。

私とナチューリアもあんなふうになれたらよかったのに。

いや。それどころではない。

「ば――ばっかじゃないの！　どうして来たのよっ！」

「おまえを、たすけるために」

「は、はあ⁉」

「もうだれにも、しんでほしくないから……」

「ッ……、」

ルクシュミオが「好機ッ‼」と絶叫して帯を放った。

こいつの目的はテラコマリの殺害なのだ。これでは私がルクシュミオを道連れにした意味がない——そう思っていたのだが。

道連れは別の意味で無意味と化していた。

テラコマリは手刀で帯を切断すると、光の速度でルクシュミオに肉薄した。

瞠目《どうもく》する愚者の横っ面に蹴りが叩き込まれる。

「ぐはっ」——短い悲鳴。

「動かないでください」

さらにヴィルヘイズのクナイがグサグサと突き刺さる。

ルクシュミオは鮮血を吐き出しながらバランスを崩した。

その勢いで私の身体も滑り落ち、奈落へと真っ逆さま。

なんて無茶をしやがるんだ——舌打ちをしながら抗いようのない自由落下に身を任せていた時、

「だいじょうぶ？」

ぎゅっ。

高速で下方に回り込んできたテラコマリが、私の身体を柔らかに抱き留めていた。甘い血のかおりが鼻腔をくすぐる。紅色の優しい瞳が、まっすぐ私を捉えている。

思わず笑みがこぼれてしまった。

死を覚悟していたのに。心を鉄のように固くしていたのに。

何故だか身体がぽかぽかしてきた。

こいつの魔力が体内に注入されていくのが分かる。いや、それだけではない。あらゆる人間を感化してしまう優しさの奔流《ほんりゅう》が、私の心をじりじりと焦《こ》がしていくのも分かった。

ヴィルヘイズが「はあ」と溜息《ためいき》を吐《つ》いて私を見つめてきた。

「……ジェミニ殿。挫けている場合ではありませんよ」

「え……」

「コマリ様はあなたを救うと決めたのです。こんなところで死んだら怒りますからね」

「…………」

そうか。

これがテラコマリ・ガンデスブラッド。

私と並び立つに相応《ふさわ》しい引きこもりの吸血鬼なのか。

私は少し考えてから叫んだ。

「――計画は変更ねっ！　ナチューリアへの生贄《いけにえ》は後で考えればいいわっ！」

「？」

「今は目の前の敵を殺したほうが最大利益《りえき》を享受できる！　テラコマリ――ここまで来たってことは、私に協力してくれるんでしょ？　あいつを殺すために力を貸してくれるんでしょ？

嫌とは言わせないからねっ！」

テラコマリはこくりと頷《うなず》いた。

再び笑みが弾けるのを自覚した。

こいつを利用すれば――否、こいつと力を合わせればリウ・ルクシュミオなど敵ではない。

「愚かな」

ルクシュミオは帯を旋回させながら頭上で浮遊していた。

その瞳に浮かぶのは憎悪。

秩序を破壊する者への純粋なる嫌悪《けんお》。

「地獄に落ちろ」

まだ力を残していたらしい。

静かに呟いた直後、男の全身から無数の帯が拡散した。

★

リウ・ルクシュミオには余力などなかった。

最終解放を発動した時点で身も心もズタボロだった。

だが必ず殺さなければならなかった。

秩序を壊すわけにはいかない。

第六世界のような地獄を現出させるわけにはいかない。

銀盤《インセイント》の願いを絶やすわけにはいかない。

再びスピカの瞳が紅色に輝いた。

がくん。

ルクシュミオは身体が動かなくなるのを実感した。

すべての流れを鈍化させる烈核解放。

どれだけ力を込めても意味はなかった。帯の速度が恐ろしいほどに遅くなっている。

【孤紅の恤】だけではなかったのだ。スピカ・ラ・ジェミニもこの六百年のうちに世界を破壊するだけの力を身につけていたのである。

だがこの程度ならば――

「ぐふっ」

手足に衝撃。過去から転送されてきたクナイが突き刺さっていた。

テラコマリのメイド・ヴィルヘイズが瞳を輝かせながらこちらを睨んでいる。

「コマリ様の邪魔はさせませんよ」

「馬鹿な……」

眼下では強大な魔力が渦巻いていた。

テラコマリとスピカが天に向かって――愚かな悪魔に向かって掌を突き出していた。

ほどなくして、その中央から莫大な閃光《せんこう》がほとばしった。

帯が千切れる。全身に衝撃が走る。

風が吹き荒れ、暗雲が切り払われ、ルクシュミオの身体は来た道を逆走するように天へと吹き飛ばされていった。

「ぐ……ああああああああああああああああああああ‼」

光の奔流は大穴を抉りながら上昇していく。

気づけば穴の外へと飛ばされていた。

人々の祈りの声が聞こえた。

誰もが愚者の行いを糾弾《きゅうだん》している。

それは秩序を求める声ではなかった。

彼らはテラコマリ・ガンデスブラッドやスピカ・ラ・ジェミニが目指しているような、平和に向けた変革を求めているのかもしれなかった。

「おわりだ」

嗚呼《ああ》、

やはりこの少女たちは危険だ。

処刑などという回りくどい手法を用いず、見つけ次第殺しておけばよかった。

だが——今更嘆いたところで仕方はないのだ。

彼女たちの瞳は羨《うらや》ましいくらいに輝いている。

夢や野望を戦乱に奪われ、一定の場所に留まることを選んだルクシュミオにとっては——見ているだけで毒だった。

「なるほど。俺では及ばぬか……」

これほど眩《まぶ》しい少女たちに敵《かな》うはずもなかった。

後のことは他の愚者に任せるしかない。

ルクシュミオは諦念《ていねん》を抱いて目を閉じた。

次の瞬間——

がしゃあああああああああああああああああああああんっ!!

世界が壊れる音が響いた。

いつの間にか空が砕かれていた。

向こう側に存在する世界——逆さまの街の光景が浮かび上がる。

あれは第一世界の温泉街〝フレジール〟。

もはや常世は養分ではなくなった。

六百年続いた秩序は破壊されてしまったのだ。

これからは混沌《こんとん》の時代になるだろう。

あるいは彼女たちならすべてを乗り越えていけるのだろうか。

いずれにせよ、もはやルクシュミオには関係のないことだった。

燦々《さんさん》と降り注ぐ陽光をその身に浴びながら、悲願を果たせなかった愚者は目を瞑《つむ》る。浮遊する力はとうに潰え、そのまま逆さまの街へと落ちていった。

★

「――――!?」

そこで私は強烈な違和感を覚えた。

烈核解放・【孤紅の恤】が収束していく。意識がどんどんクリアになっていく。私はスピカやヴィルと一緒に穴へ向かって落ちていく――――はずだった。

「コマリ様！　摑《つか》まってください！」

「あれ？　え……？」

私とヴィルは何故だか重力に逆らって上昇していた。

地獄の穴から追い出されるようにして天に押し上げられていく。

しかし――

「スピカ!!」

一人だけ奈落に向かって落下しているやつがいた。

死に誘われるかのように正反対の方向へと加速していくツインテールの吸血鬼。

彼女は不敵な笑みを湛えながら奇妙な文句を呟いていた。

「魔核よ魔核　地獄への大穴を塞ぎ　現世と常世をつなぐ門《ゲート》を創出し　仲間たちを元の世界に返し　私をナチューリアの元へ導きたまえ」

「……!」

スピカの周囲には六つの魔核が浮遊していた。

しかも膨大な魔力が渦巻いている。すでに願いが込められているらしい。いつの間に発動したのだろう？　いやそんなことはどうでもいい。スピカが落ちてしまう。あいつの元へ向かわなければ。手を伸ばさなければ。また仲間を失うことになってしまう。

しかし身体が動かなかった。

莫大な魔力によって私とヴィルは穴の外へと押し出されていく。

「くそ……はやくあいつを助けないと！」

「無理ですっ！　相手は魔核ですから……」

「スピカああああああああああ！」

あいつはいったい何を考えているのだろう？

どうして地獄の底へと向かおうとしているのだろう？

ルクシュミオは倒した。何故か瘴気も匪獣《ひじゅう》も消えてしまった。後は楽園を造営するために頑張ればいいだけなのに。

スピカがふと笑みを浮かべて言った。

「足りないのよ。私の願いを叶えるためには」

「足りない？　何が……？」

「ナチューリアがいなくちゃ駄目。私の六百年の旅路《たびじ》はまだ終わっていないの」

そうだ。

楽園と巫女姫は不可分。

ナチューリアがいなければ始まらない。

「でも！　だったら！　私も一緒に行くよ……！　一緒にナチューリアを捜そう！」

「魔核が導いてくれるはずよ。あんたの手を借りる必要はない」

「心配なんだよ！　このままお前が死んじゃうんじゃないかって……」

「あんたは骨の髄まで甘いのね。でも心配いらないわ」

スピカは挑戦的な笑みを浮かべていた。

私は意外なものを見た気がした。

やつの瞳には〝決死の覚悟〟だの〝不退転の決意〟だの、そういう刺々《とげとげ》しい気配が少しも浮かんでいなかった。そのかわりに、どこまでも澄んでいて、燃え上がるような意志の力だけが感じられた。フーヤオの時とは違う――こいつは何も諦めてなんかいないのだ。

「私は死ぬつもりはない。私にしかできないことが残っているから」

「スピカ……」

「羨ましいわ。あんたとヴィルへイズが羨ましい――だから私は取り戻しに行くのよ！　あんたが仲間に支えられながらレハイシアへ乗り込んできた時のようにねっ！」

私は奇妙な気持ちを抱いた。

これは――途方もない共感だ。

「レハイシア」とは神聖レハイシア帝国のことではない。元の世界のレハイシアのことだ。私はヴィルを奪われるのが嫌で、それでもなかなか立ち上がることができなくて、仲間たちの手を借りながら必死で前へと突き進んだ。

ナチューリアはスピカにとってのヴィル。

ヴィルのかわりはいない。

いや、そもそも誰にもかわりなんていないんだ。

私にあいつを止めることなんてできなかった。

「――いやちょっと待てよ⁉　何もお前一人で頑張る必要はないだろ⁉」

「一人じゃないわ。あんたにも協力してもらうつもりよ」

「だったら――」

「あんたにはクレちゃんのサポートをしてもらいたい」

スピカはにっこりと笑って言った。

それはそれは悪そうな笑顔だった。

「常世はこれから神聖教主導で統一されていくはずよ。トップはクレメソス504世。でもあの幼女は未熟だから、支えてあげる人が必要なの。それが朔月《さくげつ》とあんたの役目」

「ど、どういう意味だ？」

「私とナチューリアが帰ってくるまで常世を平和にしておきなさいってこと！　あんたは私の夢の果てを見てみたいって言ったわ――責任は取ってもらうからねっ」

「な……」

なんて面倒くさそうな仕事を押しつけやがるんだ……。

しかし断ることはできなかった。

私はあの吸血鬼に協力すると決めたのだから。

にわかに突風が吹いた。

スピカの笑顔が遠ざかっていく。

地獄への大穴が不思議な霧によって覆われていく。

私はヴィルに抱きしめられながら身を固くした。

思い出す——あいつの瞳は星のようにキラキラと輝いていた。

きっとすぐにナチューリアと再会して凱旋《がいせん》するのだろう。

これ以上私が何を言っても仕方がない。

それがあいつの選択なのだから。

「——テラコマリ!!　じゃあね!!　また会おうぜー!!」

霧の奥から馬鹿でかい声が響く。

やっぱりアホほど元気だった。あの様子なら心配しても損である。

ヴィルが「はあ」と溜息を吐いて言った。

「どこまでもお騒がせなテロリストですね。やつのせいでコマリ様がどれだけ苦労することになったか……」

「しょうがないよ。スピカの気持ちも分かるから」

「なるほど。コマリ様は私のことが大好きだということですね」

「そう言われるとなんか違う気もするけど……わわっ」

天地が軋む音が聞こえた。

気づけば私たちは穴の外まで放り出されていた。というか穴は霧に覆われて塞がってしまっていた。天には温泉街フレジールの景色。キラキラと輝く陽光に彩《いろど》られた逆さまの街。なんてキレイなのだろう――そういう感慨を抱いている暇もなかった。

再びものすごい突風が吹き荒れた。

私と仲間たちはそのまま天に吸い込まれ、元の世界へと強制送還されてしまった。

【0】 えぴろーぐ

Hikikomari the Vampire Countess no Monmon

常世《とこよ》はしばらく大雨に見舞われた。

それは恵みの雨だった。世界に充溢《じゅういつ》していた瘴気《しょうき》は水流によって洗い落とされ、跳梁跋扈《ちょうりょうばっこ》していた匪獣《ひじゅう》たちもいつの間にかマンダラ鉱石に戻ってしまった。

やがて麗《うら》らかな日差しが地上を照らす。

〝罰の日〟は回避されたのだ。

神聖教の総本山は、〝神殺しの塔〟付近で大暴《あば》れした帯《おび》の怪物を悪魔と断定し、これを撃破した少女——スピカ・ラ・ジェミニとテラコマリ・ガンデスブラッドを列聖《れっせい》した。

人々は歓喜に打ち震えた。

戦乱は治まり、暗雲はどこかへ消えてしまった。

かくして常世は秩序を取り戻す——

だが、これも愚者の計画の一部なのかもしれなかった。

常世を星砦《ほしとりで》から守るためには安定が必要。スピカやテラコマリを元凶に仕立て上げることに失敗した以上、自分が悪のシンボルとなって退治されるしかない。

「真実は神のみぞ知るか……難儀であるな」

砂漠である。

駱駝《らくだ》のシャルルは砂を踏みしめながら嘆息《たんそく》する。

空には二つの太陽。不気味な星は一つも浮かんでいない。

しかし、残された課題はあまりにも多かった。

神聖教による世界の統一、交通可能となった現世と常世、逃走した星砦、残りの愚者たち、そして——どこかへ姿を消してしまったフルムーンのボス、ユーリン・ガンデスブラッド。

「あの……」

シャルルの手綱《たづな》を握っている少女、キルティ・ブランが声を発した。

「こ、これからどうしましょうか……？　ユーリンさんを捜すとか……？」

「ふむ。私たちも連れていってくれればよかったのに……」

ユーリン・ガンデスブラッドは仲間に何も言わずにいなくなった。

あの吸血鬼はいつだって猪突猛進、そして自分勝手だ。

一人ですべてを解決できると思い込んでいるのだろう。

「足手まといって思われたのかも……」

「フルムーンとしては彼女を捜索せねばなるまい。ボスは星砦を追って別の世界へと向かった
——キルティ、あなたの故郷だ」

「…………」

キルティは身を強張《こわば》らせた。

第三世界。すでに星砦によって食い荒らされた夕闇《ゆうやみ》の地獄。

シャルルは餌《えさ》の草を食《は》みながら「心配するな」と宥《なだ》める。

「ボスは見つかるだろう。すでに星砦を壊滅させている可能性すらある。流出してくる瘴気が消えたのも、あの方のおかげかもしれぬ」

「そうですね」

「悲観するのは心によくない。我々の旅路《たびじ》はどこまでも明るくあるべきだ。たとえ目の前に砂漠が立ちはだかっても、みんなで力を合わせれば乗り越えることができる」

「……はい。シャルロットさん」

「私はシャルロットではない」

まあとにかく。

今は常世が平定されたことを喜んでおこう。

世界を変えた少女たちに幸あれ。

☆

悪魔がスピカやテラコマリに退治されてからしばらく経った。

常世がある程度の秩序を取り戻すことができたのは、ひとえに神聖教のおかげである。〝罰の日〟を回避できたのは神様のおかげだという言説が広まり、人々は平和の象徴として神聖教を頼るようになった。これをチャンスと見た神聖レハイシア帝国は、教皇の名のもとで「停戦の大号令」を布告。各地の戦闘が一時的に停止したのだった。

クレメソス504世は神の声を聞くことができる神童だ。

これまで除け者《のけもの》にされてきた幼女教皇であったが、ここにきて人々はクレメソス504世を世界統一のシンボルと仰ぎ、世界各地で彼女を讃《たた》える声が巻き起こった。

――なんて勤勉！　クレメソス504世猊下は歴代最高の教皇に違いない！

――猊下は最初から悪魔を倒すために努力していたのだ！

――悪魔を倒せたのも猊下《げいか》の祈りが通じたからに違いない！

クレメソス504世がいれば安泰だ。もちろん争いが完全になくなることはないが、神の威光のもとで一定の秩序は確保されるはずである。

しかし。

その先頭に立つべき教皇猊下は。

「…………………………………………どうしてこうなった、のじゃ……」

神聖レハイシア帝国の大聖堂、『燭台《しょくだい》の間』――普段は教皇の執務室として使われている小さな部屋に、四人の人間がいた。

馬鹿でかい椅子に座って縮こまっている少女、クレメンソス504世。

壁に寄りかかって腕を組んでいる和魂《わこん》、アマツ・カクメイ。

ソファに寝転がって天を仰いでいる翦劉《せんりゅう》、ロネ・コルネリウス。

そして神経質そうに眉をひそめて資料を渉猟《しょうりょう》している蒼玉《そうぎょく》、トリフォン・クロス。

「ふむ、」

そのトリフォンが本をぱたりと閉じて言った。

「極めて順調ですね。各地の軍の武装解除も完了、反乱が起きる気配もなし。人々の信仰心はうなぎ上りで、レハイシアに巡礼する信者たちの数も日に日に増しています……このまま問題が起きなければ、常世は平和な神の国になるでしょう」

「う、うむ！　ごくろうなのじゃ！」

「クレメンソス504世猊下、くれぐれも軽挙妄動《けいきょもうどう》はつつしんでくださいね。現状、常世は宗教の力によってまとまりつつあります。そのトップであるあなたが相応《ふさわ》しい行動を取らなければ、世界は再び悪魔に支配されることでしょう。まあ悪魔なんて存在しませんが、ようするに人心がバラバラになって戦乱の世に逆戻りなのです」

クレメソス504世は「ぴっ」と声を漏らしてしまった。

トリフォンの顔が怖いのだ。

そして自分の行動一つで世界が終わってしまうかもしれないという状況も怖いのだ。これでは自由にお菓子を食べることもできないし、お昼寝をすることもできない。神聖教のトップがぐーたら生活を送っていると知られれば……トリフォンの言う通り、再び〝罰の日〟が訪れてしまうかもしれない。

（そんなのは嫌なのじゃ……！　余《よ》がしっかりしなくちゃ……！）

と決意を改めつつ、クレメソス504世は部屋にいる三人の顔を見渡した。

スピカの仲間、〝逆さ月〟のメンバーだ。

何を隠そう、彼らこそが現在の神聖教を操っている黒幕。

リウ・ルクシュミオが地獄の大穴に消えた後、この三人は突如《とつじょ》としてクレメソス504世の前に現れ、あれよあれよという間に世界各地の戦いを止めてしまった。教皇権を利用して様々な無茶を押し通し、人々にとっての神聖教の重要度を爆上げしていったのである。

彼らの目的は「常世（この世界のことをそう呼ぶらしい）の安定」。

最初は半信半疑だったが、実際に世界を平和にしてしまったのだから信じるしかない。たとえ信じられなくても今のクレメソス504世に抵抗するすべはない。

だってこの人たち、怖いから。

抵抗すれば煮物にされて食べられちゃいそうだから。

「……にしても困ったね」

白衣の翦劉、コルネリウスが天井を見上げながら呟いた。

「逆さ月は完全に壊滅じゃないか。吸血動乱でボロ負けした時の比じゃないぜ。おひい様がいなくなっちゃったら……」

「おひい様は我々に託したのですよ。この世界を」

トリフォンの声には疲れがにじんでいた。

この人は朝から晩まで色々な仕事をしているのだ。疲れて当然だな、とクレメソス504世は思う。

「あの方は消えたわけではありません。未来を勝ち取るために前へ進んだのです」

「まあそうだけど。……薄情だよなあ、おひい様のやつ。私も地獄の先がどうなっているのか知りたいのに」

彼らから経緯は聞いていた。

神様が言っていた〝スピカ〟――スピカ・ラ・ジェミニは、悪魔を倒した後、大穴の奥へと旅立ってしまったのだという。そして〝神殺しの塔〟があった場所にはスピカ直筆の手紙が残されていたらしいのだ。

曰《いわ》く――「私が帰ってくるまで常世のことは頼んだ」。

あのテロリストは最初から全てを見通していたのかもしれない。

「我々は命令を守らなければならない。それが逆さ月としての役目でしょう」

「……お前さ、前から気になってたんだけど。いったい何が目的なんだ？　どうせ盲目的におひい様を信じてるってわけじゃないんだろ？」

「私はおひい様を信じていますよ。しかしそれは手段。私の本来の目的は魔核を用いて世界に革命を起こすことであり、盲目的におひい様を信仰することで達成されるのです。やがてイグナートに一泡吹かせてやることもできるでしょう」

「イグナート？　誰？」

「私はこれで失礼します」

トリフォンが『燭台の間』を出て行こうとする。

ずっと黙っていたアマツ・カクメイが「おい」と声をかける。

「どこへ行くつもりだ。またよからぬ企みをしているわけじゃないだろうな」

「……ネオプラスへ。〝門〟が構築されたので一瞬です」

「何故」

「あの狐は私のもとで働いていました。同志として常世の現状を報告しておくのが義務かと思いまして。ひとまず戦いは終わりましたよ――と」

「………………」

アマツはそれ以上引き留めなかった。扉の向こうに消えていくトリフォンを見送りながら、

「まったく」と呆《あき》れたように溜息を吐いた。

「……調子が狂う。スピカ・ラ・ジェミニが消えたせいだ」

「ま、今はおひい様の言葉に従うしかないだろ。私は神聖教を隠れ蓑《みの》にして好き放題やらせてもらうとするよ。常世はまだまだ研究し甲斐《がい》がありそうだしな」

「本当に迷惑な話だ。すべてが予言から外れていく。フルムーンの問題もあるし……あのクレメソス504世という少女にしても……」

アマツがちらりとこちらを見つめてきた。

クレメソス504世は思わずビクリと震える。

「な、何用じゃ……!?　余はしっかり働くつもりじゃぞ……!?」

「……いや。後でカルラやテラコマリを呼ぼう」

「え……」

「あいつらはお前のことを心配していたからな。息抜きに遊んでやってくれ」

「のじゃ……！」

やばそうな目をしたやつらに囲まれて辟易《へきえき》していたところだ。

スピカに会えないのは残念だけれど、カルラたちとまた話せるのは嬉しかった。お菓子も食べられるかもしれないし……。

クレメソス504世はぎゅっと拳《こぶし》を握りしめる。

彼女たちは、力を合わせて悪魔を打ち倒したのだ。

その頑張《がんば》りを無駄にしないためにも、教皇としての仕事を頑張らなくちゃ。

☆

――コマリン！　コマリン！　コマリン！　コマリン！

神聖レハイシア帝国。

抉《えぐ》れた地面、放置された瓦礫《がれき》、倒れた尖塔――戦闘の傷痕《きずあと》が色濃く残る中央広場は、信者たちによって異常な熱気に包まれていた。

彼らが見つめているのは、特設ステージの上。

まるで悪徳セールスマンのように声を張り上げる、赤い軍服の吸血鬼がいた。

「さあ！　よってらっしゃい見てらっしゃい！　こちらは恐るべき悪魔を撃ち滅ぼし、世界を平和に導いた英雄――テラコマリ・ガンデスブラッド閣下の肖像画です！　飾ってよし、拝んでよし、ひれ伏してよしの逸品！　今なら一枚たったの十万ネカ！」

うおおおおおおおおおおおおぉぉぉぉ――!!

コマリン！　コマリン！　コマリン！　コマリン！

信者たちは我先にと札束を取り出し始めた。

吸血鬼――カオステル・コントが掲げているのは、背中に白い翼を生やした少女の絵画である。テラコマリ・ガンデスブラッド（天使の姿）だ。神聖教総本山がその功績を讃えて列聖したものだから、常世の信者たちは――いや信者のみならず一般人までもが彼女のことを崇《あが》め奉《たてまつ》っていた。

「ククク……飛ぶように売れますねえ。第七部隊のポケットがみるみる潤《うるお》っていきます」

「おいカオステル」

絵画の裏から不安そうに囁いたのは、犬頭のベリウスだった。

「さすがにまずいのではないか？　宗教を利用して儲けるのは……」

「何を言っているのですかベリウス！　我々は閣下の絵を売っているだけです！　神聖教とは何の関係もありません！　彼らは閣下に宗教性を見出しているのではなく、ただただ閣下が可憐《かれん》だから買い求めているだけなのですよ！」

「閣下が天使の恰好《かっこう》をしているではないか。どう見ても宗教だろうに」

「神聖教の天使とは関係ありません。コスプレです」

「詭弁《きべん》……」

ベリウスは「はあ」と溜息《ためいき》を吐いた。

まあ、第七部隊はそういうやつらだ。今更《いまさら》気にしても仕方ないだろう。

「ゆくゆくは神聖教にかわる勢力として常世を支配しましょう！　神聖テラコマリ帝国を建国するのです！」

「閣下が許すはずない。あの方が殺戮《さつりく》の覇者であることは事実だが、そういう称号に似合わない謙虚な心も持ち合わせているのだ」

「であるならば、部下である我々が押し上げて差し上げなくてはなりませんね。閣下はムルナイト帝国の皇帝になられるお方ですが、その程度で終わるほどの器ではありません」

「おいカオステル！　悪徳商法してる場合じゃねえだろ！」

金髪の少年——ヨハン・ヘルダースが駆け寄ってきた。

「テラコマリもヴィルヘイズもここにはいないんだ！　僕たちもさっさと帰るぞ！」

「しかし、常世における資金を獲得しておくのも大事ですよ」

「自分の絵が売られてるのを知ったらテラコマリは絶対嫌がるだろ。お前はあいつのことを何も分かっちゃいないんだ」

「分かっていないのはヨハンですねえ。先日の戦いでは大砲を破壊した後に滑って転んで気絶していましたよね？　ということは、またしても閣下の秘奥義を見逃してしまったのですね」

「はあ？　秘奥義？」

「ふっ、あなたにコマリストを名乗る資格はありません」

「最初から名乗ってねえよ!!」

ヨハンは歯軋《はぎし》りをしながら天使テラコマリの肖像画を見下ろし、

「……お前らも知ってるだろ。塔があったところの上空に大穴が開いてるんだよ。あっちの世界とこっちの世界を自由に行き来できるようになったんだ」

「では勝手に帰ればよいのでは？」

「ッ……」

ぎゅっと拳を握り、

「――穴の位置が高すぎて手が届かねえんだよ!! 運んでくれるやつをずーっっっと捜してるんだ!! 浮遊魔法が使えるやつでも空を飛べる天仙《ようせん》でも誰でもいいのに、全然見つからねえ！ お前らも一緒に捜せ！ お金稼ぎはどーでもいいから！」

カオステルが爆笑した。

ヨハンが激怒して襲いかかる。

ベリウスは再び大きな溜息を吐いた。

人々は「コマリン！ コマリン！」と熱狂している。メラコンシーが彼らに混じって『閣下Tシャツ』の在庫を売りさばいているのも見えた。

相変わらずテラコマリ・ガンデスブラッドはすさまじい。

次はいったいどんな騒動を引き起こしてくれるのだろう――ベリウスは胸の内にワクワクが成長していくのを感じていた。

☆

紅雪庵《こうせつあん》の一室。ベッドの上。

私はしみじみとした気分で呟《つぶや》いた。

「戻ってきたんだな……元の世界に……」

「コマリ様、リンゴの皮を剝《む》きました。美味《おい》しそうなので独《ひと》り占めしたいと思います。むしゃむしゃ」

「私に食べさせろよ!!」

「冗談です。どうぞ」

変態メイドはウサギの形にカットしたリンゴを私の口に運んでくれた。

美味しい。ほっぺが落ちそう。肩の凝りまでみるみる溶けていくような気分だ。

しかし私の身体《からだ》は未《いま》だに本調子ではなかった。

ふとした拍子《ひょうし》に立ち眩《くら》みがするし、指先に妙な痺《しび》れが残っている。もともと【孤紅《ここう》の恤《とむらい》】には、発動すると全身の魔力だの体力だのをごっそり持っていくという副作用があるのだ。最近は大人の階段をのぼって克服したかと思っていたのだが、常世で何回も使ったせいでしわ寄せが来たのかもしれなかった。

数日前。

リウ・ルクシュミオと激烈バトルを演じた私は、大空に開いた〝扉〟に吸い込まれてこちら側の世界——つまり元の世界へと落ちてきたらしい。その時点で私もヴィルも気絶していたので詳細は不明だが、露天風呂にぷかぷか浮いているのを発見され、そのまま紅雪庵で治療されることになったのだ。

天仙郷《ようせんきょう》から駆けつけてくれたクーヤ先生曰《いわ》く、「一週間は寝てろ」「絶対安静だ」「治っても一カ月くらいは無理するな」。

私が狂喜乱舞したのは言うまでもない。

だって合法的に休めるんだぞ？　仕事とオサラバできるんだぞ？

これで喜ばなかったら希代《きだい》の賢者の名が廃《すた》るね。

ウサギをしゃくしゃく齧《かじ》っていると、ヴィルが不思議そうな顔で「それにしても」と腕を組んだ。

「ジェミニ殿は今頃《いまごろ》どうしているのでしょうね。地獄に落ちたと考えるとちょっと気味がいいですが……」

「あいつのことだから上手《うま》くやってるだろ」

「テロリストとして犯した罪も償わずに消えるとは身勝手にもほどがあります。帰ってきたらやつの飴をぜんぶハッカ味のものにすり替えてあげましょう」

「せこいイタズラすんなよ。だいたいハッカ好きかもしれないぞ」

でもスピカの今後は気になるところだ。

　あいつは六国《りっこく》を荒らし回っていたテロリスト。逆さ月によって不幸になった人は両手の指では数えきれない。帰ってきたら処罰されるのは確実なのだが――しかし、いちばん妥当なのは「きちんと楽園を完成させること」だろう。誰《だれ》もが平和に暮らすことができる世界、それを実現することがあいつの責任であり、償いなのだと私は思う。

　まあ、私も可能な限り協力するつもりだ。

　土壇場《どたんば》で色々と押しつけられちゃったし。

「……また色々と面倒なことが始まりそうだな。主に常世の今後とかに関して」

「今のところ争いが起きる気配はなさそうですね。しかしきちんと目を光らせておかなければなりませんよ。通行が可能になってしまったということもありますし」

「むむ……」

　スピカが常世の魔核《まかく》に込めた祈りは複数あった。

　地獄へと通じる大穴を閉じること。スピカ・ラ・ジェミニがナチューリアの元へ辿《たど》り着くこと。私たちを元の世界へ帰すこと。そして――常世と現世の往来を可能にすること。

　私はリンゴを齧りながら窓の外を見上げた。

　フレジールの上空に広がるのは、澄みわたった青色の天。

　しかし、地上約百二十メートルに異変が見て取れる。何故《なぜ》かカッターで切れ込みを入れたかのような線が走っており、五……いや六角形の穴がぽっかりと開いているのだ。

そして穴の向こうに浮かんでいるのは、逆さまの街の光景である。

今年の二月に見た〝黄泉《よみ》写し〟と似たような景色。ここからでもハッキリと分かるが、あれは私たちがルクシュミオと戦った塔の近く、廃墟《はいきょ》の街だ。

何を隠そう、あれこそがスピカの残した巨大な〝扉〟。

こっちとあっちをつなぐ通路にして、世界中の偉い人たちを悩ませる頭痛のタネ。

「……クレちゃん大丈夫かな？　神聖教が主導で色々やってるんだよね？」

「そうですね、神聖レハイシア帝国を中心として戦後処理を行っております。そしてトリフォン・クロスやロネ・コルネリウス、アマツ・カクメイといった逆さ月の面々がブレインとしてクレメソス504世さんのサポートを行っているみたいですね。あのロリだけで常世をまとめられるとは思えませんから」

「アマツはともかく、あいつらに任せて大丈夫なのか……？」

「少なくともクレメソス504世さんの教育によくありませんね。のじゃロリ殺人鬼に成長してしまうかもしれません。コマリ様が軌道修正してあげないと大変なことになります。先生ですよ先生」

「先生……⁉」

な、何だその響き……。

ちょっとドキドキするな……？

「……そうか。先生か。私が年上として色々教えてあげないとだな」

「はい。常世のトップたる教皇の先生役ということは、常世のトップ・オブ・トップも同然です。コマリ様は一つの世界を手中に収めたことになります」

「ならねえだろ」

「コント中尉が喜んでいましたよ？　これで常世も閣下のものになりました――だそうです。すでに神聖テラコマリ帝国を建国する準備が着々と進んでいるとか」

「中止だ中止!!　今すぐカオステルを呼び出せ!!」

「通信用鉱石がつながりません。第七部隊はすでに常世で活動を始めているようです」

「ああああああ!!」

私は頭を抱えてその場にうずくまった。

上司の心労を増やしやがって……あいつら本当に言うこと聞いてくれないよな。いや今に始まったことじゃないんだけど。もういいや。何かあってもヴィルに責任をなすりつけるとしよう。疲れたので面倒なことは全部後回しだ。

「はあ……」

私は溜息《ためいき》を吐《つ》いて再び空を見上げた。

天気は快晴。

常世も現世も平和を取り戻しつつあった。

かくして私の長い異世界旅行は幕を閉じる。

常世の騒動は私に新しい気づきを与えてくれた。

たとえ敵であっても話し合えば仲直りすることができる——その考え方は間違っていなかったのだ。フーヤオとも絆《きずな》を深めることができたし、スピカも私に心を許してくれた。根気強く言葉を交わせば、どんな相手とも仲良くなれるのだ。

とりあえず、今はスピカと再会できることを祈っておこう。

あいつは私の敵であり、ライバルであり、同じ野望を胸に抱いた仲間なのだから。

（おわり）

あとがき

こんにちは。小林湖底《こばやしこてい》です。

各所で発表があったかと思いますが、『ひきこまり吸血姫《きゅうけつき》の悶々《もんもん》』のＴＶアニメ化が決定いたしました！　1巻が出た当時のことを考えると、まさかアニメ化するとは……というのが正直な感想ですが、じわじわ成長してここまで辿《たど》り着いてくれました。ひとえに読んでくださった皆様のおかげです、本当にありがとうございます。コミカライズもそうですが、自分が書いた小説が別の媒体になって広がっていくのを見ていると、「すごいことになったなあ」と感慨深い気分になりますね。ありがたさでいっぱいです。そんなひきこまりアニメは鋭意制作中ですので、どうぞ楽しみにお待ちください。

そして原作はついに2ケタ巻数……というわけで10巻です。7巻から始まった中盤戦はここで一区切りですが、「今後に続く」といった雰囲気になっています。シリーズを続けられるということで、よろしければ以降もお付き合いくださると幸いです。

遅ればせながら謝辞を。

新キャラも含めて素晴らしいイラストを描いてくださったイラスト担当のりいちゅ様。今回もひきこまりチックなデザインにしてくださった装丁《そうてい》担当の 柊 椋《ひいらぎりょう》様。改稿などで色々とアドバイスをくださった編集担当の杉浦よてん様。その他、刊行・販売に携わっていただいた多くの皆様。そしてこの本をお手に取ってくださった読者の皆様。すべての方々に厚く御礼申し上げます、ありがとうございました！

中盤戦の次は銀盤戦です。でもその前に、11巻では一冊丸ごと日常編（コメディ回？）を書かせていただくことになりました。常世に来てからバトルが連続していたので、そろそろお休みがあってもいいよね……といった感じです。本当に休めるかどうか分かりませんが。

ではまた次回お会いしましょう。

小林湖底

ファンレター、作品の
ご感想をお待ちしています

〈あて先〉

〒106－0032
東京都港区六本木2－4－5
SBクリエイティブ（株）
GA文庫編集部 気付

「小林湖底先生」係
「りいちゅ先生」係

本書に関するご意見・ご感想は
右の QR コードよりお寄せください。

※アクセスの際や登録時に発生する通信費等はご負担ください。

https://ga.sbcr.jp/

ひきこまり吸血姫の悶々 10

発　行　　2023年1月31日　初版第一刷発行
　　　　　2023年5月　1日　　　第三刷発行
著　者　　小林湖底
発行人　　小川　淳

発行所　　SBクリエイティブ株式会社
〒106−0032
東京都港区六本木2−4−5
電話　03−5549−1201
　　　03−5549−1167(編集)

装　丁　　柊椋（I.S.W DESIGNING）

印刷・製本　中央精版印刷株式会社

ISBN978-4-8156-1910-7
Printed in Japan　　GA文庫

ダンジョンに出会いを求めるのは間違っているだろうか18

著：大森藤ノ　画：ヤスダスズヒト

GA文庫

白妖精《ホワイト・エルフ》は誓う。女神に捧げる忠義を。黒妖精《ダーク・エルフ》は刻む。ただそれだけの想いを。

小人は哭《な》く。四つの後悔を力に変え。戦車は進む。女神以外全てを切り捨て。

そして、猛者《おうじゃ》は問う。　夢想でも詭弁でもなく『力』の証明を。

「この身を超えられぬ者に、『女神』を救う価値などなし」

誰も、何も間違っていない。

ただ女神を想い、己《エゴ》を貫いて、かつてない『大戦』を駆け抜ける。

だから、誰よりも傷付き果てる少年は——黄昏の空に、『偽善《それ》』を告げた。

「あの人を助けるって、約束したんだ」

これは少年が歩み、女神が記す、——【眷族の物語《ファミリア・ミィス》】——